Tudo o que eu deveria ter dito

Tudo o que eu deveria ter dito

max monroe

Tradução de **Sara Orofino**

ALTA BOOKS
GRUPO EDITORIAL
Rio de Janeiro, 2025

Tudo o que Eu Deveria Ter Dito

ALTA NOVEL é um selo da EDITORA ALTA BOOKS do Grupo Editorial Alta Books (Starlin Alta Editora e Consultoria Ltda.)

ISBN: 978-85-508-2525-0

Impresso no Brasil — 1ª Edição, 2025 — Edição revisada conforme o Acordo Ortográfico da Língua Portuguesa de 2009.

ATENÇÃO: esta obra aborda diversos temas sensíveis.
Para mais detalhes, verifique a página vi.

Dados Internacionais de Catalogação na Publicação (CIP)
(BENITEZ Catalogação Ass. Editorial, MS, Brasil)

M753t
1.ed. Monroe, Max
Tudo o que eu deveria ter dito / Max Monroe ; tradução Sara Orofino. - 1.ed. - Rio de Janeiro : Alta Books, 2025.
320 p.; 13,5 x 21 cm.

Título original: What I should've said.
ISBN 978-85-508-2525-0

1. Romance norte-americano. I. Orofino, Sara. II. Título.

02-2025/118 CDD 813.5

Índice para catálogo sistemático:
1. Romances : Literatura norte-americana 813.5
Aline Graziele Benitez - Bibliotecária - CRB-1/3129

Produção Editorial: Grupo Editorial Alta Books
Diretor Editorial: Anderson Vieira
Vendas Governamentais: Cristiane Mutüs
Gerência Comercial: Claudio Lima

Coordenadora Editorial: Illysabelle Trajano
Produtora Editorial: Beatriz de Assis
Tradução: Sara Orofino
Copidesque: Mariana Naime
Revisão: Luíza Thomas
Diagramação: Rita Motta

ALTA BOOKS
GRUPO EDITORIAL

Rua Viúva Cláudio, 291 — Bairro Industrial do Jacaré
CEP: 20.970-031 — Rio de Janeiro (RJ)
Tels.: (21) 3278-8069 / 3278-8419
www.altabooks.com.br — altabooks@altabooks.com.br
Ouvidoria: ouvidoria@altabooks.com.br

Editora **afiliada à:**

Nota das Autoras

Uau! Por onde começamos?
Durante dias, tentamos escrever uma nota que fizesse jus a este livro, mas sempre acabávamos de mãos vazias.
Tudo o que eu deveria ter dito mudou nossas vidas.
Roubou uma parte de nossos corações que nunca conseguiremos recuperar — e nem queremos.
Não temos palavras para contar a vocês o quanto nos sentimos honradas de ter tido a experiência de criar esta história, de conhecer estas personagens como se fossem sangue do nosso sangue.
Cuidem bem delas, está bem?
Com todo o amor,
Max & Monroe

Observação: *Tudo o que eu deveria ter dito* é um romance único e completo. E, por mais que ele tenha o humor e as peculiaridades de Max Monroe que vocês já conhecem e adoram, esta é uma história profunda e comovente, que irá mexer com o seu coração de uma maneira única. O verão nunca mais será o mesmo.

Observação extra: este livro contém temas sensíveis.

Alerta de conteúdo

Esta obra contém temas sensíveis, como infanticídio, violência doméstica, aborto forçado, prostituição de menores, abandono parental por capacitismo, doença terminal e luto, além de conteúdo sexual explícito (incluindo sexo sem proteção e consentimento dúbio devido à embriaguez).

Aos óculos escuros cor-de-rosa em formato de coração.
À calidez de um verão eterno.
À maneira como este livro mudou nossas vidas.

Prólogo

Domingo, 25 de julho

Norah

A noiva não conseguia se lembrar do rosto de seu futuro marido, nem por que ia se casar com ele para começo de conversa.

Encaro meu reflexo no espelho do banheiro, desejando me lembrar dos contornos do sorriso de Thomas, mas tudo o que vejo são palavras pretas em uma página cinza — um artigo do *New York Times* que li uma vez e que comparava dois tipos de pessoas: aquelas que se lembram de rostos e aquelas que se lembram de nomes.

Por mais que tente, não consigo recordar o que esse estudo provou ou o que significava ser um tipo ou o outro, só sei que a premissa do artigo tinha tudo a ver comigo.

Sempre fui a pessoa que se lembrava de rostos.

A cor dos olhos, o formato do nariz, a curva de um sorriso — até mesmo uma covinha minúscula escondida no queixo de alguém. Vejo tudo com clareza, os detalhes impressos na parte macia do meu cérebro.

Mas nomes? Nunca consigo me lembrar deles. Durante seis meses, pensei que o nome da minha vizinha de queixo redondo fosse Sally, mas, na verdade, era Margaret. Por outro lado, a cachorra dela se chama Sally e é uma Jack Russell Terrier, com o pelo branco arrepiado e um focinho arrebitado e esnobe. Não me pergunte como descobri isso — ver Margaret e Sally fugindo de mim toda vez que me deparo com elas já é traumático o suficiente.

Hoje, porém, justo no dia do meu casamento, deu um *bug* no meu sistema, e não consigo me lembrar das feições do homem com quem deveria me casar.

Tento imaginá-lo, mas tudo o que vejo é a imagem borrada e embaçada de um homem com um cabelo bonito.

Thomas, meu noivo, de fato tem um cabelo bonito. Mas também tem um rosto. Um que já vi várias vezes, e ainda assim, por mais que tente, não consigo me lembrar.

Meu reflexo no espelho do banheiro mostra manchas vermelhas cobrindo meu peito, e meu coração parece que subiu até a garganta e está fazendo polichinelos. Molho um papel-toalha com água gelada para tentar diminuir a irritação na pele, mas não adianta porque, dentro de mim, sinto uma tempestade se aproximando. Meu corpo está em alerta máximo, gritando para buscar refúgio em outro lugar. *Qualquer* lugar.

Espero que a verdade liberte você.

Meus olhos disparam pela pia do banheiro e param no envelope feito de papel-manilha. A letra no topo é feminina e delicada, o completo oposto da bomba catastrófica da verdade guardada ali dentro.

Hoje, quando entrei pelas portas gigantescas da Catedral de St. Patrick, jornalistas e fotógrafos da Page Six já estavam ali, registrando a minha chegada e me desejando felicidades antecipadas.

Eles não esperam que alguém desista de se casar com uma pessoa tão *importante* quanto Thomas. E, por mais que agora não consiga me lembrar do que exatamente gosto nele, eu também não esperava.

Esta catedral, o lugar onde deveria me casar, é um símbolo de Nova York. A Mariah Carey se casou aqui nos anos 1990, e o prédio fica bem no meio do Rockefeller Center e da Saks na Quinta Avenida. O lugar exala rios de dinheiro, sonhos incríveis e uma chance única de felicidade para uma garota de uma cidadezinha minúscula em Vermont.

Mas o conteúdo daquele envelope comprova que é tudo uma cortina de fumaça para esconder a verdade suja e terrível.

Porque, neste momento, eu não apenas esqueci o rosto do meu noivo, como também não sei *quem* ele é.

— Parece que toda a sua vida é uma mentira — murmurei para mim mesma, apoiando as mãos nas quinas da pia de porcelana.

No espelho, meu rosto idiota de noiva me encara de volta. Meu cabelo castanho-claro, naturalmente encaracolado, está preso em um *chignon* perfeito, e a maquiagem é uma combinação elegante de tons neutros e cor-de-rosa claro que realça minhas feições — tudo graças ao time de beleza que minha mãe contratou.

Apesar da irritação na pele, minha aparência está boa. Estou até bonita. Mas alguém cutucou o interior do meu peito com ferro quente, e a ferida é tão dolorosa que eu deveria estar me debulhando em lágrimas incontroláveis. Em vez disso, não consigo sentir nada. É o tipo de dormência que uma mulher em trabalho de parto espera sentir com a epidural enquanto um bebê do tamanho de uma bola de boliche tenta escapar do seu útero.

Contando com a minha mãe, o meu padrasto, Thomas e os convidados da família dele, há trezentas pessoas aqui para testemunhar eu me comprometendo com apenas um homem pelo resto da minha vida. E, em vez de estar toda animada me preparando para subir ao altar, estou encarando um envelope.

Deveria ter havido sinais. *Eu deveria saber.* Mas não sabia, e agora estava ali, com centenas de pessoas esperando e sem conseguir parar de ver o rosto dela. Ou a maneira como suas mãos tremiam ao me entregar o envelope.

Com as palmas suadas, passo as mãos pela frente do vestido de vinte mil dólares que o estilista favorito da minha mãe fez para mim. Ele me faz lembrar do dia em que fui com ela e com a mãe de Thomas conversar com o estilista. Fiquei sentada em silêncio enquanto elas decidiam todos os detalhes.

Esta é a história da minha vida.

Aos 26 anos, tenho uma coluna feita de borracha, pronta para me curvar à vontade de qualquer um. O vestido, o local, a lista de convidados — todos aqueles detalhes que a noiva costuma decidir, sabe? —, foi tudo escolhido por outra pessoa.

E, para ser sincera comigo mesma, o noivo também.

Thomas foi nascido e criado com *dinheiro de verdade*. Influente. Poderoso. Ele é o tipo de homem que minha mãe sempre idealizou, e como uma ingênua, desejando a aprovação dela, concordei.

Baixo o olhar para o envelope mais uma vez, depois volto a me encarar no espelho. Penso no ensaio da noite anterior e nos votos que o padre nos pediu para recitar.

— Norah, você aceita este homem como seu esposo para o resto da sua vida?

O resto da sua vida. Essas palavras se destacam como um pênis em um par de calças de moletom cinza, e nem são as palavras certas. As palavras certas seriam mais parecidas com: *você promete ignorar completamente a verdade e dançar conforme a música na vida que a sua mãe e Thomas querem que você viva?*

Fecho os olhos e respiro fundo, mas quando os abro de novo, o espelho pode muito bem pertencer a uma daquelas casas de circo, esmagando, retorcendo e transformando meu rosto de um jeito cômico em todos os tipos de expressões horrorosas.

Eu não pareço uma noiva tímida. Pareço uma mulher cujo mundo inteiro acabou de se estilhaçar com uma única frase: ***espero que a verdade liberte você.***

Pego depressa o envelope, minha bolsinha de noiva e o tecido sobressalente do meu véu, e saio do banheiro sem olhar para trás.

Quando não encontro ninguém esperando por mim no corredor, tomo a minha decisão.

A futura noiva não conseguia se lembrar do rosto do noivo... então ela fugiu.

01

Sábado, 31 de julho

Norah

Algumas pessoas dizem que a melhor maneira de recomeçar é mergulhar de cabeça.

Essas pessoas, porém, provavelmente não estão com o emocional igual a uma parede de tijolos, como eu.

O motor vibra conforme a motorista pisa no freio, fazendo o enorme ônibus da Greyhound parar de um jeito nada suave.

— Ponte Vermelha! — grita ela por cima do ombro, a voz tão rouca que imagino fumaça espiralando por entre seus lábios abertos. Com uma das mãos, ela segura com firmeza a alavanca à direita e escancara a porta do ônibus com um estrondo.

Levanto com um salto do meu lugar e recolho minhas coisas o mais rápido possível.

Depois de ficar imprensada nesta lata de metal velha pelas últimas nove horas, com apenas uns poucos intervalos de quinze minutos em postos de gasolina para que a motorista pudesse revezar entre fumar compulsivamente e encher o tanque — *às vezes fazendo perigosamente os dois ao mesmo tempo* —, estou mais do que pronta para dar o fora daqui.

Ajeito minha mochila sobre o ombro e lanço um olhar pela janela, mas paro assim que percebo a ponte grande e amarela a distância.

— Última chamada para Ponte Vermelha! — grita a motorista, o cabelo loiro cinzento e curto esvoaçando de um lado para o outro conforme ela se mexe.

— Hã... Tem certeza de que aqui é Ponte Vermelha? — grito na direção dela, avançando com cuidado pelo corredor. A motorista me encara pelo retrovisor.

— Ah, não, querida, você está certa. Eu dirijo por esta mesma rota há mais de vinte anos e faço questão de não seguir a linha do ônibus. Acho o máximo deixar as pessoas nos pontos errados.

— Não estou duvidando das suas habilidades de motorista, que são excelentes, por falar nisso. Foi fantástico, nem um pouco assustador e muito seguro... essa é a melhor viagem de ônibus que já fiz. — Enfatizo a mentira erguendo os dois polegares. — Mas a ponte vermelha de Ponte Vermelha é... bom, amarela.

Ela não esboça nenhuma reação. Nem se incomoda em olhar para a ponte *amarela* à qual me refiro. Em vez disso, continua parada, perfurando meu crânio com seus olhos enrugados e cheios de pés de galinha. Acho que essa é a maneira silenciosa e universal de ela dizer "saia já da droga do meu ônibus".

Mas como é de se suspeitar, Ponte Vermelha sempre teve uma ponte *vermelha*. Durante os primeiros seis anos de vida que passei nesta cidadezinha pacata de Vermont e, de novo, quando voltei cinco anos atrás para o funeral da minha avó — sempre vermelha.

Enquanto a motorista me encara, supero a minha crise de realidade e me apresso a percorrer o resto do corredor com cuidado, mas o mais rápido possível. Porém, vou de cautelosa a desastrada e, antes que eu perceba, passo com a mala sobre os sapatos de três pessoas e dou uma cotovelada na nuca de outras duas.

A cada pancada, recebo mais olhares.

— Desculpa! Peço *mil* desculpas — murmuro depressa para o máximo de pessoas possível, mas a única solução real é sair deste maldito ônibus, mesmo que não seja o ponto certo.

Quando finalmente chego à saída, dou um puxão na mala atrás de mim, e ela desce os quatro degraus largos quicando para todos os lados. Cada vez que as rodinhas encontram o metal, um estrondo doloroso ecoa nos meus ouvidos.

Eu me encolho. Esse com certeza *não* é o tipo de cuidado que a minha melhor amiga Lillian imaginou que eu teria quando me emprestou sua mala favorita da Louis Vuitton. E duvido muito que o próprio Louis esperava que seus artigos de luxo sofressem tal trauma. A pobre mala da Lil provavelmente vai precisar de terapia depois desta viagem.

Depois de sair pela porta do ônibus, paro a fim de me localizar, mas a Helga Malvada do Reino de Greyhound cansou de esperar. Com uma nuvem de poeira e terra e o barulho gritante do motor, o ônibus vai embora, me deixando para trás no turbilhão de seu rastro caótico.

Em um piscar de olhos, estou sozinha — algo que não acontecia há *anos*. E estou no meio do nada.

Olho para todas as árvores e para a ponte com a cor totalmente errada.

Aqui tem que ser Ponte Vermelha... certo?

Tiro o meu celular da bolsa, torcendo para conseguir confirmar com o Google Maps, mas estou sem sinal. Minha operadora de celular sem dúvidas não viu razão para funcionar por estas bandas, porque... *ninguém* mora por aqui.

Já faz um tempo que estive na cidade e minhas lembranças são vagas, mas a ponte me parece familiar, mesmo que não esteja pintada com a cor certa. E se eu semicerrar os olhos, juro que consigo ver uma placa pequena ao lado, que *acho* que diz *Ponte Vermelha*.

Sem ter outra opção, arrasto a mala atrás de mim e sigo na direção do farol que é a ponte amarela distante. A terra seca se ergue a cada passo que dou e, quando chego à ponte, minhas botas pretas parecem marrons e minha calça jeans está pensando em se aposentar em uma fazenda no Utah.

Na verdade, a calça e as botas pretas também são da Lillian, mas esse é um problema para outro dia. Neste momento, a placa da cidade faz a minha mente viajar direto para vinte anos atrás.

Seja Bem-Vindo à Ponte Vermelha, anuncia a placa, em letras grandes e vermelhas. **A menor cidade de Vermont: onde todo mundo é alguém e o seu lar é bem aqui.**

Logo depois que meu pai faleceu — após ter lutado durante um ano contra um câncer cerebral agressivo —, minha mãe decidiu que iríamos nos mudar desta cidadezinha e começar uma vida nova em Nova York. Aquela placa foi a última coisa que vi no dia em que fomos embora. Naquela época, eu mal conseguia ler sozinha, mas ainda consigo ouvir minha irmã mais velha, Josie, com 12 anos, lendo a placa em voz alta enquanto chorava.

Minha avó, Rose, não ficou feliz com a nossa partida, mas Eleanor Ellis, minha mãe, sempre foi uma mulher determinada.

Talvez a pessoa tenha que ser assim, depois de já ter enterrado a filha caçula e o marido antes de completar 30 anos.

Mas quando Josie fez 18 anos, ela enfim tinha uma escolha. Saiu de Nova York e se mudou para Ponte Vermelha, apesar das reclamações da nossa mãe. Até hoje, as duas não se falam muito, mas era como se a nossa história naquela cidadezinha corresse no sangue da Josie. Como se ela sentisse que não pertencia a nenhum outro lugar exceto àquele. E, nos últimos catorze anos, é nesta cidade que ela tem morado.

Ou, pelo menos, espero que esse ainda seja o caso, porque ela é a única razão de eu ter entrado naquele ônibus e vindo para cá. Minha vida inteira estava em Nova York, e abandonei tudo — *tive* que abandonar tudo.

Olho meu celular de novo, na esperança de ter um sinal decente para usar o GPS e encontrar a casa de Josie, mas meia barrinha não é o bastante para nada a não ser ver as horas. Assim, continuei caminhando, esperando achar a civilização em algum momento.

Só que quanto mais eu caminhava, mais sentia que estava me afastando dos seres humanos.

Sei que a cidade é pequena, mas onde ela está? Será que a mudaram de lugar?

O sol tardio de julho castiga as minhas costas, me fazendo lembrar que até em Vermont faz calor. Uma pequena parte de mim se pergunta se vou morrer aqui, sozinha, com apenas uma mala da Louis Vuitton cheia de roupas da minha melhor amiga ao meu lado.

Paro no meio da ponte para recuperar o fôlego e observar o rio correndo lá embaixo.

Todos os aspectos da minha vida parecem presos na correnteza, no borbulhar e na agitação da água. Como se eu não soubesse para onde vou, mas ainda assim estivesse seguindo em frente a dezesseis quilômetros por hora.

Ao longe, pneus esmagam terra e pedras, e viro a cabeça para encontrar o culpado. Uma picape Ford antiga e *vintage*, em um tom perfeito de azul-claro e com detalhes cromados que refletem ao sol, vem na minha direção.

Prova de vida!

Sem pensar, começo a agitar as duas mãos no ar, na tentativa de fazer o motorista desconhecido parar. Sim, já escutei *podcasts* de crime demais para ter esse tipo de comportamento irresponsável em um dia normal, mas o suor embaixo dos meus seios e o capacete de *frizz* de sete centímetros que dominou meus cachos não são nada normais.

Enquanto a picape se aproxima cada vez mais e sem diminuir a velocidade, percebo que tenho um dilema de vida ou morte nas mãos. A única coisa que vai fazer o carro parar é um movimento arriscado da minha parte. Imagino que seja assim que o Bruce Willis se sentiu quando estavam tentando desarmar a bomba em *Armageddon*.

O tempo está passando.

A distância entre a picape e eu está diminuindo.

Decido qual fio da bomba cortar e vou para o *meio* da estrada. Exatamente na frente do carro em movimento.

Um milésimo de segundo faz meu coração subir até a garganta antes que pneus derrapem na estrada de terra, fazendo a picape parar de maneira brusca a cerca de trinta centímetros do meu corpo. Uma nuvem de poeira avança e serpenteia na minha direção como se fosse um tornado.

Quando finalmente estamos perto o suficiente para ver um ao outro, os olhos do motorista, repletos de raiva e incredulidade, encontram os meus. Culpa e vergonha se unem dentro do meu peito, apertando as mãos, compartilhando sorrisos e fazendo eu me sentir uma palhaça.

— Me desculpa! — exclamo na direção dele, erguendo os braços para a figura grande e imóvel a fim de enfatizar meu pedido. Os nós bronzeados dos dedos dele apertam por reflexo o volante branco.

Com cautela, caminho na direção da porta do motorista. A janela está abaixada, e o barulho suave de uma música antiga dos anos 1960, que meu pai adorava ouvir quando eu, Josie e Jezzy éramos crianças, vem do alto-falante.

O motorista, porém, está calado.

Sinto cinquenta tons de constrangimento, mas engulo em seco meu desconforto e tento cortar a tensão com a faca da desculpa.

— Sinto muito, *muito*, mesmo. Eu só... Só estava tentando chamar a sua atenção...

Paro no meio da frase quando seus olhos azuis desviam-se do painel e encontram os meus. A hostilidade neles silenciaria qualquer um.

— E você achou que era uma boa ideia se jogar na frente da minha picape? — pergunta ele, com uma voz profunda e rouca que soa como mel e lixa ao mesmo tempo. Meu estômago se revira. Detesto irritar as pessoas, até mesmo estranhos, e sim, imagino que Freud *teria* algo a dizer a respeito disso.

— Mais uma vez, sinto muito. — Estremeço e engulo a náusea que está subindo pela minha garganta. — Acabei de sair de uma viagem de ônibus de nove horas. Fiquei imprensada entre duas pessoas que fizeram amizade ao conversar sobre política, e a motorista parecia ter tirado a carteira na NASCAR. Foi um dia ruim, uma semana ainda pior, está calor, e sei que meus métodos pra chamar a sua atenção não foram legais, mas eu só... Só estou tentando chegar a Ponte Vermelha.

O homem podia muito bem ser feito de pedra.

— Volto a repetir: sinto muito mesmo. — Continuo a tentar persuadi-lo. — Não sou sempre doida assim. Geralmente tenho a cabeça no lugar, juro. É só que a motorista do ônibus me largou aqui, e estou começando a me perguntar se mudaram a cidade de lugar. Não sei quais são as logísticas envolvidas em mover uma cidade inteira, seja ela do tamanho de uma caixa de sapatos ou não, mas imagino que sejam necessários, tipo, engenheiros da NASA. E autorizações. Muitas autorizações. Tudo precisa de autorização hoje em dia, não é? — Jogo a piada e solto uma risada encorajadora, do tipo "vamos lá, ria comigo porque sou muito divertida, sabe?", mas ela sai forçada e estridente porque estou falando que nem uma matraca e meus pulmões não estão conseguindo me acompanhar direito e estou começando a me perguntar se deveria estar amordaçada. Ou sedada. Qualquer um dos dois resolveria o problema.

Ponha a cabeça no lugar, Norah. Não deixe esta situação mais constrangedora do que já está pra esse cara.

O homem atrás do volante parece ter mais de 30 anos, é *bastante* atraente, mas também é grande e meio intimidador. Um verdadeiro brutamontes. Ele podia jogar hóquei ou futebol americano, e com certeza come muita proteína todos os dias. Talvez o passatempo favorito dele seja levantar coisas grandes e pesadas só por diversão.

Se estivéssemos de volta à Idade da Pedra, ele seria o alfa da tribo, a testa, o nariz e o queixo gritando "bárbaro insensível".

Também parece que não faz a barba há pelo menos um mês. O cabelo dele é castanho e espesso, com um estilo do tipo "acabei de passar meus dedos por ele", e manchas de tinta em um tom pastel sujam a pele de suas mãos.

Resumindo: ele é atraente de um jeito meio posso-fazer-as-mulheres-se-tornarem-selvagens. Superintimidante, mesmo assim, mas definitivamente *bonito*.

Aposto que é o tipo de homem que rasga a sua calcinha e joga você contra a parede quando quer te fazer gozar. E quando consegue te fazer gozar...

— Quer uma carona ou não?

A pergunta é tão abrupta que parece um estalar de dedos na minha cara.

— O-o quê? — Paro e rezo em silêncio para que eu tenha escutado direito. — Você vai me dar uma carona?

— Você se jogou na frente da minha picape — afirma ele, sério. — Qualquer pessoa nesse nível de desespero ganha pelo menos uma carona até a praça da cidade.

Espera aí. Não me *joguei* na frente de nada. Eu me *coloquei* na frente da picape. *Caminhei* até o meio da estrada. Fiz ele notar a minha presença *com calma*. Mas com certeza não me *joguei* na frente do carro dele, como se fosse uma mulher desesperada sendo perseguida pelo Michael Myers com uma motosserra.

Não seja arrogante, Norah. Apenas seja educada e aceite a droga da carona.

— Obrigada. Vou pegar minha mala — respondo, mantendo a educação. Dou a volta depressa na frente da picape e vou até o acostamento, onde está a Louis empoeirada.

Estendo a mão para a alça, mas outra mão grande a agarra antes de mim, o peso da presença dele às minhas costas me atingindo como o carro teria feito caso ele não tivesse conseguido parar.

Será que é uma espécie de ninja? Nem ouvi a porta dele abrir.

Tenho que olhar *bem* para cima a fim de encontrar os olhos dele, e só então percebo como o macho alfa é alto. Ele deve ter bem mais que um metro e oitenta, e faz a minha altura mediana de um metro e sessenta e dois parecer menor que o normal.

Se estivéssemos em uma comédia romântica, este seria nosso primeiro encontro fofinho. Eu seria a donzela baixinha em perigo, e ele seria o herói alto, forte e sexy pronto para salvar o dia. Mas eu não sou a Emma Stone, não estamos em um filme e, a julgar pela mandíbula retesada e pela testa franzida, esse cara não está muito animado com seu suposto papel de herói. Ou comigo, para ser sincera.

Sem dizer uma palavra, ele levanta a mala e a carrega até a picape, jogando-a na carroceria como se pesasse menos do que um saco de lixo cheio de penas. Então, ele volta ao assento do motorista antes que eu possa agradecer. Na verdade, antes que consiga dizer ou fazer *qualquer coisa*.

Imagino que esta seja a parte em que entro na picape, certo?

02

BENNETT

Olho pelo para-brisa e observo a mulher parada no meio da estrada, encarando imóvel a minha picape.

O que ela está fazendo?

Primeiro, ela me pede uma carona brincando de pique-pega com o carro, e agora que aceitei levá-la e joguei a mala dela na carroceria, ela... não vai aceitar?

Com certeza seria uma atitude inteligente. Pedir carona para um completo estranho não é uma decisão considerada segura.

Suspiro e estendo a mão para mexer no rádio, aumentando o volume da única estação disponível em Ponte Vermelha a fim de abafar minha irritação crescente.

Não sei o que ela está fazendo por aqui, na periferia da cidade, mas não é da região. A mala cara, as botas de grife e a camiseta moldando seus peitos eriçados, *que deve ter custado mais do que a maioria dos guarda-roupas das pessoas,* é prova disso.

Eu diria que ela é de Boston, Chicago ou... Nova York.

É, debocho para mim mesmo. *Com certeza é de Nova York.*

Já devia saber. Nasci e morei lá boa parte da minha vida.

E, como ela parece ter menos de 30 anos, posso apostar que é o pior tipo de nova-iorquina: uma *herdeira ricaça.* Talvez seja a filha de algum milionário idiota que trabalha com tecnologia ou que ganha a vida roubando o dinheiro das pessoas sob o disfarce de investimentos, ou outra merda do tipo.

Olho pelo para-brisa de novo e percebo que ela ainda está imóvel como uma estátua. Meus olhos examinam as letras pretas na camiseta branca: *J'adore Dior.*

Dá um tempo!

Parece uma roupa que a minha irmã, Breezy, usaria. E essa mulher parece ser do tipo que passa a tarde na Quinta Avenida, pensando se deveria comprar a bolsa da Chanel ou da Dior para combinar com o vestidinho que vai usar em algum evento idiota de caridade, no qual o dinheiro raramente vai para quem precisa e só serve como um baita abatimento de imposto para os convidados ricos.

Conheço muito bem esse cenário. De gente chique, dizendo: "tenho dinheiro e posso comprar tudo e quem eu quiser". Vivi nesse meio durante a maior parte da minha vida.

Mas por que essa mulher escolheu Ponte Vermelha? Não faço ideia. Talvez ela tenha lido *Comer, Rezar e Amar* ou alguma outra idiotice, e esta é a primeira parte de sua grande jornada para "encontrar a si mesma". Posso garantir que o sushi que o Earl vende no único mercadinho da cidade não vai oferecer nenhum tipo de despertar espiritual, mas nada disso me interessa.

Decida-se, querida.

Uma rajada de vento atinge a juba selvagem de cachos escuros, e os grandes olhos castanhos e inocentes dela me encaram de volta. Não consigo me impedir de analisar o resto de seu corpo outra vez, e reparo dolorosamente que ela tem o tipo de curvas que costumavam tentar um homem como eu. *Costumavam* é a palavra-chave. Posso até ter aproveitado a diversão que curvas como essas me proporcionavam quando eu ainda vivia a vida superficial do luxo, mas isso já acabou há muito tempo.

Não sou mais o tipo de homem que se distrai facilmente com coisas bonitas e reluzentes. Agora, a única coisa com a qual estou ocupado são os três barris cheios de cerveja na carroceria da minha picape, que preciso entregar antes de poder voltar para casa e para a prioridade número um da minha vida.

Essa garota está fazendo eu perder a droga do meu tempo.

Estou prestes a decidir por ela e colocar o carro em movimento, deixando-a aqui, quando ela finalmente decide mexer o traseiro e entrar pelo lado do passageiro.

Ela fecha a porta com um clique delicado, e sinto um perfume de jasmim misturado com baunilha. É uma combinação fatal de timidez e sedução. *Inocência e sexo.* Anos atrás, isso teria acabado comigo.

Agora, apenas olho na direção da estrada e espero ela colocar o cinto de segurança.

Mas a única coisa que ela faz é começar a tagarelar.

— Mais uma vez, sinto muito mesmo por toda essa situação. *Ah!* Cadê a minha educação? Nossa. Meu nome é Norah. Norah Ellis.

Continuo olhando para a frente. Não é que eu não seja um cara amigável. Só não preciso de porra de amigo nenhum. Além disso, quanto mais penso na maneira como ela entrou na picape de um desconhecido completo, sem nem se preocupar com o próprio bem-estar, mais irritado fico.

Até onde ela sabe, eu podia ser um psicopata, e mesmo assim está aqui: sentada no assento do passageiro de livre e espontânea vontade.

— Então... preciso ir pra casa da minha irmã. Josie Ellis. Você conhece ela? A Josie mora em Ponte Vermelha há muito tempo. Mora depois do centro da cidade. Tenho quase certeza de que a rua se chama Bordo. Ou será que é Abeto? É o nome de uma árvore. Disso eu sei.

O nome de uma árvore? Estamos em Vermont. Tem pelo menos quinze ruas nesta cidade com o nome de árvores.

— Deixa eu ver se já tenho sinal, que aí posso procurar no Google.

Ela tira o celular da bolsa e começa a tocar a tela com os dedos que nem uma doida. Para ser sincero, é um esforço inútil. O sinal de celular só fica bom daqui a dois quilômetros e meio.

E não preciso do Google porque conheço Josie Ellis. Ela é a dona do CAFEÍNA, o único café da cidade. Inferno, todo mundo nesta cidade sabe quem é a irmã dela, mas essa é a vida em Ponte Vermelha. Todo mundo conhece todo mundo, porque a maioria das pessoas fofoca para caramba e *adora* socializar.

Para completar, ela ainda não colocou o cinto de segurança para que eu possa começar a dirigir.

— Eu sei onde a Josie mora — falo para ela, imaginando que é explicação o suficiente, mas a mulher prova que estou enganado ao abrir a boca tagarela mais uma vez.

— Você conhece a minha irmã? — pergunta ela, virando o corpo no banco e ficando de frente para mim. — Que ótima notícia! Bom, espero que seja ótima mesmo. Tipo, espero que você goste dela. — Sua risada podia muito bem ser uma mulher que se chama Ansiedade, tentando vestir uma fantasia de Calma, Tranquilidade e Equilíbrio. — Porque não seria legal se você, tipo, odiasse a Josie e tivesse que levar a irmã doida dela até a cidade.

A irmã doida que pediu carona para um estranho em uma estradinha rural, como se fosse uma coisa completamente normal e segura de se fazer nos tempos em que vivemos.

Se alguma mulher na minha vida fizesse uma merda dessas, eu ficaria furioso.

Mas isso não explica por que você está furioso com ela. *Uma mulher que você nem conhece...*

Está bem claro que preciso tirá-la da minha picape. Quanto mais cedo, melhor.

03

Norah

— Coloque o cinto pra eu poder dirigir. — A voz dele está assustadoramente calma, e eu juro que a mandíbula dele trinca a cada palavra.

— *Ah*. Claro. — Minhas bochechas enrubescem de vergonha. — Desculpa.

Nossa. Que cara sério!

Coloco depressa o cinto de segurança, e ele muda a marcha e começa a dirigir na direção da cidade. O barulho dos trincos nas portas me faz ficar preocupada e arregalar os olhos um pouquinho, mas não digo nada. Mesmo parecendo impossível, este homem aceitou me dar uma carona e não quero parecer grosseira.

Embora ele não esteja exatamente estendendo um tapete vermelho para mim. Deus sabe que já me desculpei pelo menos umas cinquenta vezes, ainda que ele tenha parecido não aceitar nenhuma delas, e, *além disso,* me apresentei, apesar de ele não ter feito o mesmo.

Nem sei como se chama.

E, mesmo assim, você está sentada no carro dele...

Discretamente, olho de relance para o meu motorista anônimo e observo a maneira como sua figura forte e dominadora chama a atenção atrás do volante. Meus olhos dançam por seus bíceps proeminentes, pelas veias dos antebraços, e não param até chegar em suas mãos grandes apertando o volante. As manchas secas da tinta em tom pastel sujam a sua pele. Meus olhos, porém, reparam em outra coisa que está gravada com tinta preta ao longo do dedo anular da mão esquerda.

Uma tatuagem. Só consigo distinguir três letras: S-u-m.

Sum?

Ou, pelo menos, acho que é isso que está escrito. É difícil ter certeza sem me inclinar para olhar mais de perto.

O que diabos significa Sum? Será que ele é obcecado por sumiços? Ou será que é algum tipo de tatuagem secreta feita para uma mulher?

Deus abençoe a mulher que seria capaz de aguentar esse cara.

A curiosidade me sufoca, mas seguro a língua na mesma hora. Não é preciso ser um gênio para entender que quanto menos eu falar perto dele, melhor. Além disso, não é como se fosse de fato responder. Ele parece ser muito habilidoso em evitar conversar ou parecer um pouquinho amigável e educado que seja.

Entre nós, o silêncio se alonga como um recém-nascido acordando de uma soneca. E se prolonga por uns bons cinco minutos enquanto ele dirige em direção ao centro da cidade.

Mesmo assim, durante aqueles trezentos segundos de silêncio, minha mente, que gosta de agradar aos outros, se recusa a parar de perseguir coisas possíveis de se dizer para derreter a quietude gélida e torná-lo menos mal-humorado.

Acabo não conseguindo pensar em nada.

Quando o centro de Ponte Vermelha começa a surgir no horizonte, percebo, pelo canto do olho, que os ombros dele ficam tensos, mas não me permito pensar nas razões pelas quais ele pode estar tão irritado.

Quer dizer, eu...

— Pelo jeito você não tem nenhum senso de autopreservação, né?

Viro a cabeça para ele na mesma hora.

— Como é que é?

— Entrar em um carro com um estranho e permitir que ele tranque as portas sem esboçar nenhuma reação? Que estupidez.

— Mas você disse...

— Não importa o que eu disse ou o quanto você estava desesperada. Nunca mais faça isso. Você podia ter morrido ou coisa pior, entendeu?

Detesto que me deem sermão. Isso me lembra a minha mãe. Dar sermões sobre as decisões que tomei na minha vida é um dos passatempos favoritos dela. Ou pelo menos era, até eu virar uma noiva fugitiva e deixar no altar o homem com quem ela queria que eu me casasse.

— Você ouviu o que eu disse? — pergunta o macho alfa rabugento e amante de sermões, e as palavras dele são a gota d'água. Qual é o problema desse cara? Se me dar uma carona o deixou tão irritado assim, então não deveria ter aceitado. Ninguém colocou uma arma na cabeça dele. Ele ofereceu de livre e espontânea vontade.

— Esse é o momento em que você confirma que entende que pedir carona é uma coisa estúpida de se fazer — acrescenta ele, a mandíbula trincada enquanto mantém os olhos na estrada.

Certo, legal. Já chega das baboseiras desse cara.

Uma raiva incandescente vibra dentro de mim até encontrar a melhor maneira de sair do meu corpo: pela minha boca enorme.

— Escuta aqui, valentão. Não preciso ouvir sermão de um musculoso qualquer! — Bato as duas mãos nas minhas coxas. — Preciso de uma carona até a casa da minha irmã. Então, ou você me ajuda e cala a boca, ou me larga aqui mesmo.

Por um lado, estou orgulhosa de mim mesma por ter me imposto ao menos uma vez diante de um valentão. Por outro lado, gostaria de não ter falado tanto.

Menos de dez segundos depois, a picape freia com tudo.

Ele escancara a porta do motorista e minha mala atinge a calçada antes que eu possa dizer algo pior ainda.

A única coisa que dá para fazer é descer voluntariamente — com medo do que a minha falta de cooperação possa causar — e observar enquanto ele vai embora em uma nuvem de poeira deixada pela velocidade do carro.

Muito bem, Norah. É oficial: você começou esta nova aventura em Ponte Vermelha com um fã.

04

Norah

Parece que, quando você mistura vergonha, ansiedade, exaustão e medo, o tempo se transforma em um vórtice.

Também não ajuda em nada o fato de um machão imbecil em uma picape ter me jogado no meio da cidade, *a uns bons seis quilômetros do meu destino*, só porque me atrevi a contestar o palestrinha taciturno.

Por sorte, o celular voltou a ter sinal no centro de Ponte Vermelha, e eu consegui usar o GPS para chegar até Josie. Sei que levei mais de uma hora caminhando até a casa dela na rua do Carvalho, mas não tenho ideia de quanto tempo já passei aqui esperando desde que cheguei. Estou suando em bicas graças ao exercício inesperado, e a mala da Lil parece ter participado de uma batalha no topo de uma colina com um cooperador de consciência chamado Desmond Doss.

Abandonar um homem no altar, depois passar alguns dias jogada no sofá, assistindo a filmes violentos com Lil no Holiday Inn no centro de Nova York — o único motivo pelo qual sou capaz de fazer uma referência a *Até o Último Homem*, para ser honesta —, e enfrentar uma jornada infernal me deixaram com a sensação de que nem sou mais um ser humano. Mas aqui estou, e isso é tudo o que importa.

Se pelo menos eu conseguisse me obrigar a erguer a mão e bater à porta.

Observo de novo a casa da minha irmã e o quintal, *com certeza pela centésima vez*, mas agora é... diferente. Uma nostalgia opressiva me atinge bem no peito. Sinto como se estivesse dentro de uma música da Lana Del Rey e, para onde quer que olhe, há coisas que me fazem sentir feliz e triste ao mesmo tempo.

Tudo está igual. As venezianas amarelas. O ladrilho branco. A porta e o balanço na varanda, ambos cor-de-rosa. Até mesmo os enfeites pequenos e as bugigangas que atulham os canteiros que cercam a casa, como estátuas de fadas, gnomos e sapos.

Esta era a casa da nossa avó, Rose, e a casa de infância do nosso pai.

Depois que nossa avó morreu, Josie saiu da quitinete em cima da sua cafeteria e se mudou para cá. E, pelo jeito, a única coisa que fez até agora foi conservar o lugar. Todo o resto está exatamente como estava quando éramos crianças, e perceber isso fez com que uma sensação ínfima de alívio aquietasse a minha ansiedade. Sinto que estou onde deveria estar.

Só espero que a minha irmã também se sinta assim.

Sei que eu deveria ter ligado para ela antes de deixar Nova York — avisado que estava vindo —, mas Josie é teimosa como uma mula, e não nos falamos desde o funeral da vovó Rose.

Para ser sincera, existe cinquenta por cento de chance de ela me dar boas-vindas e cinquenta por cento de chance de puxar uma espingarda e atirar em mim.

Chegou a hora, Norah.

Respiro bem fundo. Porém, enquanto ergo a mala e subo os degraus da varanda da frente, meu celular apita dentro da minha bolsa. Paro no topo e o retiro dali de dentro, esperando encontrar mais mensagens irritadas do Thomas — *os ataques não param hoje* —, mas quando vejo o nome da Lillian na tela, clico para ler a mensagem.

Lil: Conseguiu chegar em Ponte Vermelha?

Eu: Sim.

Lillian está ao meu lado desde que eu era pequena. Na escola particular de Manhattan em que minha mãe me matriculou, ela era a única garota que não ligava se a minha família tinha ou não dinheiro. O que, naquela época, não tínhamos.

Apoiamos uma à outra em todos os momentos. Aparelhos dentários, explosões de espinhas, o ensino médio, términos de relacionamento, a faculdade, o primeiro emprego da Lil em uma empresa de marketing — *ela ainda trabalha lá e está subindo de cargo* —, ganhar uma herança que garotas de 20 anos talvez não devessem receber, casamentos-que-não-aconteceram e a perda dessa mesma herança — *sim, essa parte é sobre* moi.

Ela é a minha melhor amiga, e a única coisa da qual sinto saudade da minha vida em Nova York.

Lil: O que a Josie disse?

Eu: Estou parada na varanda da frente, na porta, tentando reunir coragem pra bater.

Lil: Ela é sua irmã, Norah. Pode até estar meio zangada, mas não vai te largar na rua. Vai ficar tudo bem.

Dei risada, mas não porque achei graça. Lil não conhece a minha irmã como eu conheço. Quando Josie fez 18 anos, não pensou duas vezes e cortou relações com a nossa mãe. E também não tentou fazer as pazes comigo nos últimos cinco anos.

Para falar a verdade, não tenho ideia do que pode acontecer, e começo a me perguntar se tomei a decisão certa. Antes que eu me dê conta, estou paralisada na varanda da minha irmã, no meio de uma crise de consciência, encarando a tela do celular enquanto rolo pelas mensagens de texto na conversa com Thomas. O que costumava ser um casal feliz falando sobre coisas aleatórias e cotidianas rapidamente se tornou um diálogo unilateral, que começou quando ele percebeu que eu não ia dizer “aceito”.

Thomas: Lillian disse que você foi embora. Que porra é essa, Norah? O que está acontecendo? Tem trezentas pessoas aqui, prontas pra ver o nosso casamento, e você foi embora???

Thomas: Não acredito que essa merda tá acontecendo. Atende o celular. Me liga.

Thomas: Você realmente me abandonou no dia do nosso casamento? Você ao menos se dá conta do que fez? Tem jornalistas aqui, Norah. Você faz alguma ideia do que eles vão falar de você?

Thomas: Eu te dei tudo. TUDO. E é assim que você me retribui?

Thomas: Você sabe como vai ficar a minha reputação? A da minha família?

Thomas: NORAH, ME LIGA.

Thomas: Espero que você perceba que está cometendo o maior erro da sua vida.

Thomas: Sua mãe está arrasada. Não acredito que você foi tão egoísta. É como se nem se importasse com o que estamos passando.

Não consigo ir além do dia-do-nosso-casamento-que-não-aconteceu — que é quando as mensagens dele começaram a ficar *muito* ruins. Por outro lado, as mensagens da minha mãe são fáceis de ler. Há apenas duas.

Mãe: NORAH. Esse comportamento é inaceitável. Você passou vergonha. E ainda envergonhou a nossa família. Thomas. Todo mundo. Você deveria estar constrangida. Ao menos sabe o que fez? O tipo de bagunça que deixou nas nossas mãos? Foi uma atitude egoísta e estúpida. Teve sorte de encontrar um homem como Thomas, mas agora estragou tudo.

Mãe: Nunca vou te perdoar.

Apesar das coisas que agora sei sobre a minha mãe, as palavras ainda me machucam muito. Querer agradar às pessoas é um comportamento enraizado em mim. Por sorte, as mensagens também reforçam uma coisa — *vir para Ponte Vermelha foi a escolha certa.*

Para ser honesta, era a única escolha.

Retorno o celular à bolsa e volto a minha atenção à porta da frente de Josie. Depois da respiração mais longa do mundo, ergo o punho e dou três batidas fortes na madeira cor-de-rosa.

Na mesma hora, quero sair correndo e me esconder atrás de um arbusto, mas o som de passos dentro da casa é o bastante para eu saber que não conseguiria nem descer a varanda a tempo.

A porta se abre com um movimento repentino, lançando uma rajada de vento que atinge meu rosto. Ali está Josie, parada à minha frente.

Ela parece exatamente a mesma desde a última vez em que a vi. Os cachos iguais aos meus, porém loiros platinados em vez de castanho-claros, olhos verdes naturais e brilhantes, que se curvam com o delineado de gatinho perfeito da maquiagem dela, e um nariz delicado e fofo. O braço direito fechado de tatuagens coloridas, que vi pela primeira vez no funeral da nossa avó, permanece o mesmo. E o colar com a letra J pendurado em seu pescoço — uma lembrança da nossa irmã Jezzy que a Josie usa desde o dia em que ela morreu — também não mudara. Minha irmã até está usando um estilo similar ao que sempre associei a ela: regata curta e short jeans.

Josie parece ela mesma... parece a minha irmã... e estou tão surpresa quanto aterrorizada, porque sei o que eu deveria esperar da recepção dela

— Norah? — O tom de surpresa em sua voz é evidente.

Abro um sorriso trêmulo.

— Oi, maninha.

Milhões de emoções surgem no rosto de Josie. Primeiro, choque. Depois, confusão. Então...

— *O que diabos você tá fazendo aqui?*

Ah, droga.

— Hã... Eu estava aqui perto e resolvi dar uma passada pra ver como você está.

— Aqui perto? — retruca ela, os olhos semicerrados. — Ponte Vermelha fica a nove horas de Nova York.

— Tá, eu não estava tão perto assim, mas... queria te ver.

— Você veio até Ponte Vermelha porque, de repente, depois de cinco anos sem falar comigo, queria me ver? — Ela franze o cenho, desconfiada. — Acha mesmo que vou acreditar nisso?

— Queria mesmo. *Quero* te ver. Cinco anos é muito tempo pra duas pessoas ficarem sem se falar, e com certeza é tempo demais pra nós — respondo, mas quando ela encara a minha mala com olhos duros e a boca retesada, sei que vou precisar ser mais sincera se quiser ter a chance de convencê-la. — E... eu meio que... tipo... preciso de um lugar pra ficar por um tempinho.

— Você quer ficar aqui? Comigo? — Ela olha para a mala de novo. — E não achou que seria uma boa ideia me avisar primeiro?

— Tentei te ligar — minto, e Josie encontra o meu olhar.

— Tentou nada.

— Tá, não tentei, mas só porque tive a sensação de que você não me encorajaria nem um pouco a vir. — Sem contar que eu estava passando por muitas coisas emocionalmente.

Josie deixa escapar uma risada rouca.

— Você é muito perceptiva.

— Então... posso entrar ou...?

— Primeiro me diz por que está aqui, e depois eu decido.

Solto um suspiro.

— É uma longa história.

— Tenho tempo. — Ela cruza os braços sobre o peito e se apoia no batente da porta. Josie está se acomodando para ficar ali por um tempo, mas não estou pronta para abrir a caixa de Pandora do dia desastroso do casamento. Preciso, porém, chegar a um acordo comigo mesma se quiser entrar por aquela porta.

— Eu só precisava de um tempo.

— Você saiu de Nova York porque precisava de um tempo? E por que, exatamente, você precisa disso? A vida estava muito complicada na cobertura? — Ela ri *de* mim, o que dói. — Ou quem sabe ficou sem empregada e está sobrecarregada por ter de lavar a própria roupa? Ou, *já sei*, talvez esteja irritada porque Hermes não te deixou comprar a última bolsa da moda?

Em um dia normal, eu, Norah Ellis, sou a conciliadora. A pessoa que não deixa a raiva tomar conta e que não grita ou permite que palavras cruéis escapem de sua língua. Mas está claro que, hoje, eu não sou essa pessoa. A ironia na voz dela, misturada com tudo o que aconteceu comigo em Nova York, se encafurna sob a minha pele como se fosse um parasita, e quando ele encontra o caminho para a minha corrente sanguínea, não consigo me segurar.

— Sei que você deve estar se divertindo muito ao me ver aqui na sua varanda como se eu fosse um gatinho perdido, mas acabei de fazer uma viagem de nove horas no ônibus da Greyhound e fui deixada no meio do nada, depois tive que pedir carona pra um completo estranho, que por acaso também era o homem mais mal-humorado do mundo, então acabei caminhando até aqui desde o centro da cidade, e eu gostaria muito de apenas me sentar. E talvez... sei lá... beber uma água pra evitar uma ida ao hospital por desidratação. — Minha voz está trêmula porque estou prestes a chorar, mas engulo essa vontade e a deixo nas profundezas da minha garganta. — Será que o seu coração frio e morto por dentro poderia me deixar entrar primeiro, antes de eu contar todos os detalhes trágicos da minha vida neste momento?

Josie me encara, pensando. É a gota d'água para a minha determinação frágil.

— Por favor? — imploro, uma lágrima escapando. — Dá pra mostrar um pouco de compaixão pela sua irmã?

— Não estou me divertindo ao te ver chorar — diz ela, por fim. — Nem um pouco, mas já se passaram cinco anos, Norah. E você também não foi muito legal comigo na última vez que nos vimos. Na verdade, foi uma verdadeira vaca.

Ela está falando do funeral da nossa avó, e sei que está certa. Naquele dia, eu era uma soldada da minha mãe, disseminando todas as coisas que levaram o nosso relacionamento àquele ponto. Não estou orgulhosa do meu comportamento anterior, mas, em minha defesa, eu tinha apenas 21 anos e ainda era ingênua em relação à nossa mãe.

— Josie, você tem que admitir que também não foi legal naquele dia. Você disse "sai daqui, porra" pra nossa mãe, no meio de um funeral. Na verdade, *gritou*. Na frente de todo mundo. Foi uma cena e tanto, se bem me lembro.

— Não é culpa minha se a Eleanor decidiu aparecer em um lugar onde definitivamente não era bem-vinda.

— *Josie*. — Arregalo os olhos, já que o velho hábito de defender nossa mãe segue vivo. — Era o funeral da vovó Rose. Tenho bastante certeza de que aquela não era a hora e nem o lugar de explodir com a nossa mãe.

— Eu acho que era o momento perfeito — rebate ela, as duas mãos nos quadris. — Depois que o pai morreu, a mãe tratou a vovó Rose que nem lixo. Durante *anos*. A última pessoa que a vovó gostaria que fosse a seu funeral era a Eleanor. Você e eu sabemos bem disso. Sem contar todas as outras merdas cruéis que ela já fez.

Neste exato momento, a última pessoa que quero continuar a defender é a nossa mãe, mas hoje, mentalmente, estou exausta. Não sei como reorganizar a maneira de pensar de uma vida inteira *e* permanecer de pé e sem chorar. Tudo dentro de mim desmorona, e meu corpo inteiro soluça com as lágrimas.

— Josie, sei que temos muita coisa pra conversar. Sei que há muitas coisas não ditas que precisam ser verbalizadas e desculpas que precisam ser dadas. Mas acabei de ter a pior semana da minha vida, e não tenho pra onde ir. Será que você pode encontrar aí dentro aquela compaixão temporária e me deixar entrar?

Quando ela não responde nem se mexe para me deixar entrar na pequena casa, eu arrisco tudo e uso a culpa como tática.

— Você sabe que, se a vovó Rose ainda estivesse viva, ela me deixaria entrar.

— Você joga sujo — murmura Josie, suspirando. Ela me olha de cima a baixo mais uma vez, mas, enfim, se desencosta do batente da porta e gesticula para que eu entre. — Tudo bem.

Aleluia! Eu faria um sapateado na varanda se tivesse energia para isso, mas me contento com:

— Obrigada.

— Tá, tá — murmura ela, revirando os olhos. — Você pode ficar aqui, mas não vai pensando que vou concordar com nada muito permanente, tipo colegas dividindo a casa — acrescenta, por cima do ombro, enquanto caminha pelo corredor principal em direção à cozinha.

Entro na casa, arrastando a mala superempoeirada atrás de mim, e sigo minha irmã.

Não é bem uma recepção de braços abertos, mas também não fui jogada na rua. *Será que posso ter esperanças?*

05

Bennett

Estaciono no beco atrás do Country Clube, e Clay já está parado ali, esperando por mim com uma cara feia estampada no rosto.

Não estou surpreso. Ele ficou aguardando a entrega dos três barris de cerveja que estão na carroceria da picape e, graças a uma mulher tagarela chamada Norah, estou mais de uma hora atrasado.

— Oi, querido — cumprimento com um sorrisinho enquanto fecho a porta do carro. — Cheguei.

— Mas que inferno, cara. — Ele ignora meu cumprimento atrevido e vai direto ao ponto de sua irritação. — Por que demorou tanto?

— Relaxa. — Abro a tampa traseira e Clay me ajuda a tirar o primeiro barril da carroceria. — Tive que fazer algumas paradas.

— Paradas? Você disse que estaria aqui mais de uma hora atrás — reclama ele, e cada um de nós segura um lado do barril e começa a carregá-lo até a porta dos fundos do bar de Clay.

— Você sabe que só estou aqui pra te fazer um *favor*, certo? — retruco, mas não adianta nada.

— Onde você estava?

— Precisei garantir que a irmã da Josie Ellis chegasse bem na casa dela, aí fui abastecer. — Depois de expulsá-la da picape, fui até o posto de gasolina e então voltei na direção da casa da irmã dela. A mulher podia até ser chata para caramba, mas também tinha os instintos de uma criança andando na rua. Tive medo de que, se não ficasse observando, ela acabasse sendo morta por um psicopata de verdade.

— *Como é que é*? — Ele para de andar, o que significa que também tenho que parar, então ficamos os dois parados ali, no meio do beco atrás do bar. — Você foi pra casa da Josie?

— Mais ou menos.

— Então por que acabou de falar "*casa* da Josie"?

— A irmã dela está na cidade e é uma porra de uma criança. Só quis ter certeza de que não ia acabar se matando.

— A irmã dela está na cidade e é uma criança? — Clay larga o barril de vez, e deixo escapar um grunhido ao tentar mover o peso extra. — Como diabos você sabe disso tudo? *Por que* você sabe disso?

— Bom, tecnicamente, ela não é uma criança — falo e solto outro grunhido, porque barris pesam demais. — É uma mulher adulta, mas só toma decisões terríveis na vida.

Clay não move um único músculo para voltar a pegar o barril. Em vez disso, só me encara de cima a baixo.

Conheço Clay Harris a minha vida inteira. Crescemos juntos em Nova York, estudamos juntos no colégio e na faculdade, e nossas famílias, principalmente nossos pais, são unha e carne. E talvez seja esse o motivo de nós dois os odiarmos quando éramos crianças.

Quando Clay tinha uns 25 anos, não queria muita coisa da vida a não ser ir a festas e curtir, gastando o dinheiro da família. Então, o pai dele, um CEO bem-sucedido, falou que ou ele arrumava uma carreira, ou podia dar o fora. Assim, Clay pegou o carro e saiu dirigindo, encontrou esta cidadezinha e decidiu abrir um bar. Porém, ele disse para o seu velho e querido pai que abriria um *clube particular*, o que levou o homem a investir dinheiro no projeto, achando que o filho gerenciaria um campo de golfe de prestígio para os ricos e privilegiados de Vermont. Até hoje, ele ainda não descobriu a verdade.

Alguns anos depois, quando cheguei ao fundo do poço em Nova York e precisei de uma nova vida, Clay e Ponte Vermelha me deram as boas-vindas de braços abertos. Somos tão próximos quanto dois babacas adultos conseguem ser, mas como o conheço desde que éramos crianças, também sei que, quando a veia no meio da testa dele começa a dar as caras, é porque ele está ficando irritado.

— Respira fundo — falo, minha testa franzida, porque, de novo, barris cheios de cerveja não são nada leves. — Eu nem vi a sua ex.

Arrumo o barril nos meus braços para que ele não caia e, quando percebo que Clay vai continuar parado ali sem ajudar, carrego aquele troço sozinho até o interior do Country Clube.

Clay me segue, provavelmente ocupado demais pensando na ex-esposa, Josie Ellis, para perceber que é um merdinha por não dividir a carga de trabalho que, aliás, nem deveria ser minha. É a droga do bar dele. Só estou ajudando.

— Mas a irmã dela... o que aconteceu com ela, Ben?

Entendeu o que quis dizer?

Coloco o barril atrás do bar comprido de mogno.

— Quando eu estava voltando pra cidade, depois de pegar os *seus* barris, ela acenou pra mim pedindo carona. — Não conto a parte em que ela "se jogou sem mais nem menos na frente da minha picape", ou a na qual "abandonei ela no meio da estrada porque a garota era chata pra caramba", pois isso só resultaria em mais perguntas do Clay e, bom, não estou muito a fim de responder a mais perguntas dele.

Só quero entregar os barris e ir para casa. Tenho coisas muito mais importantes para resolver do que a hipotética vida amorosa do Clay.

— E o que a Josie disse quando soube que a irmã está na cidade? Ficou surpresa? Irritada? — pergunta ele. — Ela não se dá muito bem com a família.

— Sei lá.

— Como assim, *"sei lá"*?

— Não fiquei lá pra ver a reunião de família — minto, suspirando. Para dizer a verdade, fiquei esperando tempo o suficiente para ver que Josie deixou a garota entrar em casa. — Agora, será que vai me ajudar a tirar seus outros dois barris da picape, ou vou fazer tudo sozinho de novo?

— Você às vezes é um grande babaca, Ben.

— Eu? — Dou risada. — O cara que dirigiu quarenta minutos pra buscar os *seus* barris e agora está te ajudando a trazer tudo pra dentro do bar?

— O cara que não sabe nada de nada, mesmo estando envolvido em toda a merda hoje.

Coloco minhas mãos nos quadris e o encaro.

— Imagino que a gente ainda esteja falando da Josie, certo?

Clay solta um grunhido e começa a trabalhar, substituindo o barril velho pelo novo.

Era de se imaginar que um relacionamento que terminou em divórcio — antes mesmo de eu chegar em Ponte Vermelha — já não afetasse mais o Clay, mas acho que não é o caso.

Como não sou um idiota enxerido, deixo ele ruminar seja lá o que está dominando seus pensamentos e me dirijo até a picape para pegar outro barril. Não conheço todos os detalhes da história de Clay e Josie, mas sei o suficiente para entender que ele ainda não superou o relacionamento. Não superou *ela*.

Também sei que Josie meio que o odeia.

Mas o amor é assim. É um jogo de trouxas, e é por isso que as mulheres já não despertam nada em mim além de indiferença — até mesmo aquelas com olhos castanhos grandes, cachos rebeldes, seios eriçados e nenhuma noção de autopreservação.

Foi *necessário* cultivar a indiferença quando cheguei a Ponte Vermelha, porque parecia que a minha vida era uma lixeira pegando fogo e eu precisava desesperadamente apagar as chamas.

No entanto, pode-se dizer que acabar algemado no banco de trás de uma viatura por incêndio criminoso é pior do que uma lixeira em chamas. Minha irmã, Breezy, com certeza concordaria, mas não perco o meu tempo pensando demais no passado.

Segui em frente e deixei essa parte da minha vida para trás, e nada nem ninguém vai atrapalhar essa decisão.

Minha maior prioridade, a mais importante delas, garante que isso não aconteça.

06

Terça-feira, 3 de agosto

Norah

Uma sombra escura paira sobre mim, e cada músculo no meu corpo se retesa enquanto grito. O som estridente e apavorado do meu berro conseguiria estilhaçar um vidro à prova de balas, mas minha irmã psicótica apenas solta uma risada.

— Relaxa, sou eu.

Respiro ofegante enquanto Josie dá um passo para o lado e fica na frente do luar que entra pela janela do quarto de hóspedes. Ainda estou sonolenta, com o corpo pesado de sono, mas o poder do sorrisinho dela me força a acordar. Eu me sento depressa, puxando o lençol e cobrindo meu peito gelado.

— O que houve? Por que está me olhando assim?

Em vez de responder, ela sai do espaço à minha frente, em silêncio, mas cheia de determinação. Quando a luz brilhante do teto atinge meus olhos em cheio, entendo a atitude dela na mesma hora. Uma irmã cruel não dá aviso antes de causar uma enxaqueca instantânea — ela só faz e pronto.

Faço uma careta e volto a deitar, puxando a manta sobre o rosto.

— Esse foi o pior jeito com que já me acordaram na vida.

— É, bem, eu tentei ser gentil, mas como o seu sono ainda é tão pesado quanto o de um urso hibernando, tive que tentar outra estratégia — retruca minha irmã, sem culpa alguma, e arranca a manta do meu rosto ao puxá-la. — Acorda pra vida, florzinha! Você tem quinze minutos pra se arrumar.

— Me arrumar pra quê? Uma festa à meia-noite? Até o sol ainda tá dormindo.

— Camille cancelou hoje de manhã. Preciso de uma barista.

Pisco várias vezes para ela.

— E o que isso quer dizer?

— Quer dizer que já passa um pouco das cinco da manhã, e como tenho que abrir a cafeteria às seis, você precisa se apressar.

— Você quer que *eu* vá trabalhar no seu café agora de manhã? — Meu queixo quase cai. — Três dias atrás você tentou me mandar embora de todas as maneiras possíveis, e agora precisa de *mim*?

— Preciso de uma pessoa. E você precisa de uma cama pra continuar choramingando o fato de ter que acordar nela. É a combinação perfeita, não é?

O CAFEÍNA é a maior conquista da vida da Josie. O que me faz questionar: por que ela iria querer a minha presença lá? Em Nova York, eu nunca fazia o meu café, era sempre outra pessoa e, para ser sincera, havia um motivo.

— Josie, não sei o que uma barista faz.

— E eu não sei como lidar com uma invasora na minha casa. Parece que nós duas temos alguns desafios nas mãos.

— Você me convidou pra entrar, então não sou uma invasora.

— Eu te convidei? — Ela cai na gargalhada. — Você apareceu na minha porta sem avisar, com aquela sua mala de grife que vale mais que o meu carro, parecendo uma patricinha nômade e implorando por um lugar pra ficar.

Tecnicamente, a mala *da Lillian* vale mais que o carro dela. Eu não tenho mala alguma. Para falar a verdade, não sou de fato dona de mais nada neste momento. Mas tenho a sensação de que agora não é a hora de discutir esses detalhes.

— Você me deve uma. Pra valer. E vamos começar a acertar as contas hoje, com você sendo minha barista.

Só estou aqui há alguns dias e, exceto quando ela me mostrou o quarto de hóspedes e me entregou uma tigela com um resto de fettuccine para jantar na noite em que cheguei, mal trocamos duas palavras uma com a outra. Josie até saiu de casa várias vezes sem falar comigo. Mas antes da briga enorme entre mim e ela, Josie ficou ao meu lado mais vezes do que qualquer outra pessoa que conheço — isso inclui Jezzy, a minha mãe, o meu pai e a minha avó.

Minha irmã está certa. Estou lhe devendo. Mas me aceitar de *barista* como pagamento não é nada bom para ela.

— Josie. *É sério.* — Eu me sento o suficiente para me recostar na cabeceira. — Sou super a favor de te ajudar, já que você está me ajudando, mas, a não ser que você tenha uma cafeteira totalmente automática lá, eu não sou a barista ideal. Nem bebo tanto café assim. Sempre fui o tipo de garota que prefere chá ou chocolate quente.

— Você sempre foi uma aluna nota 10. Vai dar um jeito. *Principalmente* porque o lugar onde está hospedada depende disso. — Ela me lança um sorriso largo, do tipo falso e doce demais, que podia substituir o açúcar no suposto café que vou preparar, e sai do quarto de hóspedes, indo na direção do corredor.

Passo uma das mãos pelo rosto e solto um gemido, depois pego meu celular na mesinha de cabeceira. Dou um tapinha com o dedo indicador e o telefone se ilumina, a tela preenchida pelas notificações de mensagens que devem ter chegado na noite anterior, enquanto eu dormia.

Thomas: Nós vamos conversar, Norah. Você não vai conseguir evitar.

A primeira que leio já é mais do que o bastante para estragar o meu humor, e há pelo menos outras vinte de onde essa veio. Mas não estou no clima para ser masoquista às 5h nem perder o meu tempo com seres humanos terríveis, então ignoro essas mensagens e foco a única que é de um remetente que gosto.

Lillian: Tenho ÓTIMAS notícias! Já consegui pegar TODOS os seus pertences, e agora estou tentando dar um jeito de enviá-los a Ponte Vermelha. Thomas está em uma espécie de viagem de negócios, e a Donna me deixou entrar.

Donna é a governanta do Thomas, mas costumava ser a minha até tudo vir abaixo e eu sair da cidade.

Depois que abandonei meu casamento, e antes de deixar Nova York, praticamente tive que jogar pique-esconde para manter distância do Thomas, da minha mãe e de quase todo mundo, a não ser da Lil.

É óbvio que isso tornou impossível, para mim, voltar ao meu apartamento... ao apartamento do *Thomas*... e pegar minhas coisas, por isso a Lillian estava tentando recuperá-las desde então.

Lil enviou a mensagem na noite anterior, mas ela se levanta todo dia antes do amanhecer para ir à academia antes do trabalho, então nem hesito em responder.

Eu: Eu poderia te beijar neste momento. OBRIGADA!

Lillian: Ah, você com certeza vai querer me beijar quando vir o que mais consegui pegar pra você.

Eu: Como assim?

Lillian: Você vai ver logo, logo. ;) Eu te aviso quando conseguir arrumar um caminhão de mudança que esteja a fim de viajar até Vermont. Os fretes de Nova York estão mais ocupados que as prostitutas nesta época do ano.

Eu: Um caminhão de mudança???

Lillian: Sim, um caminhão de mudança. Porque, no fim das contas, quando o ex-noivo da sua melhor amiga é um merdinha e você fica encarregada de pegar os pertences dela enquanto tal merdinha está fora da cidade, você acaba conseguindo MUITA coisa. Alguns até poderiam sugerir que você se livre de algumas delas por um preço mais alto, mas quem sabe, né? Sou só a mulher que passou dez horas na casa do seu ex empacotando MUITOS objetos de valor.

Meu estômago se revira. Estou agradecida e, ao mesmo tempo, aterrorizada. Thomas *não* vai levar na esportiva o fato de ter sido praticamente roubado. Mas imagino que, como não aceitei o dinheiro que a própria Lil me ofereceu, esse é o jeito dela de me forçar a aceitar ajuda.

Lillian: OBS.: já pode me mandar o prêmio de Melhor Amiga do Ano pelo correio. O mais correto seria gravar nele: Rainha Lillian, Mestre do Universo.

— Dez minutos, Norah! — grita minha irmã, sua voz preenchendo meus ouvidos.

Merda. Solto um gemido e deixo minha cabeça se recostar na cabeceira.

Existe uma parte de mim, *grande*, cansada e psicologicamente esgotada, que quer dizer a Josie para ir à merda e voltar a dormir, mas mordo a língua quando ela acrescenta:

— Ou você me encontra no carro, ou pode começar a fazer sua mala!

Josie é sempre direta. Se ela diz que minha situação atual de moradia depende de eu aprender a ser barista, é exatamente isso que ela quer dizer. Além disso, sou uma zero à esquerda quando se trata de me defender contra mulas teimosas — e os sapatos da Lillian, desgastados graças à minha caminhada após ter sido chutada da picape do Sr. Machão, são a prova disso.

E só dá pra fazer o papel da irmãzinha desesperada e usar a culpa como meu argumento principal por certo tempo. No sábado, a vovó Rose, que ela descanse em paz, funcionou como tática de manipulação emocional, mas ela provavelmente teria que se levantar do túmulo para esse truque convencer a Josie de novo.

Minha única opção é me vestir e torcer muito para descobrir como preparar cafés chiques com um sorriso radiante no rosto.

Um dia, vou poder usar as minhas próprias roupas, mas hoje terei que me contentar com um par de tênis da Lillian, uma calça jeans e uma camiseta preta simples, com uma etiqueta da Prada impressa no lado de dentro.

Não sei se Prada combina muito com fazer café, mas parece que estou prestes a descobrir.

07

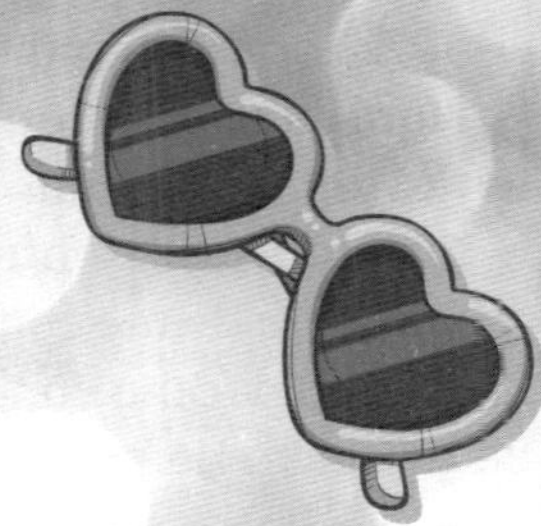

Norah

Pela primeira vez desde que Josie abriu a porta às 6h, as vigas pitorescas de madeira e as paredes de tijolos do CAFEÍNA estão alegremente vazias, e estou exausta.

Não sei quantos habitantes existem em Ponte Vermelha, mas eu apostaria que todos eles estiveram aqui esta manhã. É claro que Josie não teve dificuldade em acompanhar os pedidos e bater papo ao mesmo tempo, mas eu parecia um navio naufragando em uma tempestade violenta enquanto tentava administrar a caixa registradora e escrever os nomes dos clientes nos copos. Parecem duas tarefas simples, mas, mesmo assim, consegui me sair mal.

Meus pés doem nos sapatos pequenos da Lil, que são um tamanho menor, e tudo o que quero é me sentar, mas quando a Josie sai pela porta dos fundos com outra fornada de pãezinhos de canela, eu me obrigo a ir até o balcão de vidro e ajudá-la a organizá-los na vitrine.

Apesar do meu esforço, a postura da minha irmã ainda está visivelmente fria. Para ser sincera, não sei se algum dia ela irá superar a nossa briga o bastante para me ver como um ser humano em vez de uma barata que acabou de achar na cozinha.

Josie fecha a porta do balcão e coloca a assadeira vazia na mesa atrás de nós. Começo a voltar para a caixa registradora, a fim de ficar em silêncio no meu canto.

Estou quase lá quando Josie me dá um susto.

— Muito bem. Não tem clientes, não tem nada urgente pra fazer... Eu diria que chegou a hora, não acha, Norah?

— A hora? — Eu me viro e encontro seu olhar determinado. — Hora de quê? Porque preciso ser honesta, maninha, não sei se tenho forças pra mais nada.

Ela arqueia as sobrancelhas.

— É hora de me contar o que realmente está acontecendo.

Preciso parar e impedir que a minha frustração saia na forma de um grito de estourar os tímpanos. Entre todos os assuntos sobre os quais podíamos conversar neste momento, explicar o monstro que vive dentro de mim é a *última* coisa para a qual tenho disposição.

— Já te falei. — Finjo estar interessada na máquina de café grande e chique atrás dela. — Eu precisava de um tempo.

Josie bufa.

— Nós duas sabemos que Carlton tem casas de sobra pra onde você poderia ir tirar esse tempo. Tenho certeza de que a nossa mãe ficou irritada por você ter largado o homem perfeito no altar e tudo o mais, mas nosso queridíssimo padrasto sempre esteve na palma da sua mão.

Carlton Prescott, nosso padrasto super-rico, com quem nossa mãe se casou quando eu tinha oito anos e a Josie, catorze, é uma pessoa decente, mesmo com todos os seus defeitos — ele começou a sair com nossa mãe enquanto ainda estava casado; foi um caso ardente no ambiente de trabalho que terminou em divórcio e num segundo casamento rápido. Ainda assim, ele é um aliado bondoso em meio a um mar de inimigos.

Porém, continua sendo o marido da Eleanor e, no fim das contas, não estou pronta para encará-lo, ou a cobertura extravagante no Central Park onde morávamos, ou qualquer uma das outras casas que ele tem espalhadas pelo mundo. Se ele soubesse onde estou, seria uma questão de tempo até a nossa mãe descobrir.

Como não dou nenhum tipo de explicação para a minha irmã e começo a organizar todos os copos e as tampas ao lado da caixa registradora — que já estavam perfeitamente organizados —, Josie solta uma risada irônica e segura meus ombros, girando meu corpo para que eu a encare.

— Você sabe que vai ter que me contar em algum momento, né? Não sou idiota. Ninguém pega um ônibus quando tem uma herança grande o suficiente para alimentar todas as crianças pobres do mundo durante uma vida inteira sem uma boa razão. Além disso, tenho certeza de que a conta bancária do seu namorado também não deve ser nada ruim.

Eu deveria corrigi-la e dizer que Thomas era meu noivo, ou que havia sido totalmente deserdada e tinha cerca de oitocentos dólares no meu nome, mas não estou pronta para destrinchar toda essa bagunça. Eu mesma ainda estou tentando entender.

— É uma longa história, Josie.

— É, costuma ser — comenta ela, e apoia o quadril no balcão. — Mas o único jeito de deixá-la mais curta é começar a contar.

Minhas cordas vocais permanecem paralisadas.

Josie suspira.

— Beleza. Deixa pra me contar depois. — Ela tira o avental verde, que tem o nome CAFEÍNA bordado, e o joga no balcão. — Segura as pontas aqui enquanto dou uma passada no mercadinho do Earl. O leite tá acabando.

— Como é que é?

— Segura as pontas aqui enquanto dou uma passada no mercadinho e...

— Escutei da primeira vez. O que precisa de uma explicação é o fato de que você vai me deixar aqui. *Sozinha.*

— Você vai ficar bem.

Arregalo os olhos.

— Não sei preparar absolutamente nada.

Josie olha ao redor da cafeteria com um sorrisinho sugestivo.

— Pra sua sorte, não tem ninguém na loja. E talvez fique assim até a hora do almoço.

— Josie, você não pode me deixar aqui sozinha. Demorei duas horas pra aprender a mexer na caixa registradora!

— O mercado fica logo no começo da rua — continua ela, como se eu não estivesse parada ali, no meio de um colapso nervoso. — Não vou demorar.

— Josie!

— Você vai ficar bem!

Ela acena por cima do ombro e o sino em cima da porta acusa sua saída com outro *plim*.

Josie acabou mesmo de me deixar aqui, administrando a droga da cafeteria dela? *Sozinha*?

Olho em volta da loja com olhos incrédulos e confirmo que sou a única pessoa dentro do CAFEÍNA.

— Tá... Vai ficar tudo bem — digo para mim mesma, tentando me tranquilizar, e faço uma oração silenciosa para que ninguém entre na loja até a minha irmã voltar.

Encaro o relógio, desejando que os minutos passem como se fossem segundos. Até tento me ocupar com tarefas chatas, como limpar o balcão já impecável e organizar os copos e as tampas pela décima vez naquele dia. Mas, quando o sino toca acima da porta, quero me teletransportar de imediato para qualquer lugar no universo que não seja aqui, porque o mais novo cliente do CAFEÍNA é *ele*.

O homem grande, musculoso, mal-humorado e ainda anônimo que me trouxe até a cidade e prontamente me chutou de sua picape, me fazendo caminhar o resto do caminho até a casa da Josie.

Isso só pode ser piada.

Considerando que o centro de Ponte Vermelha é tão pequeno que só precisa de uma placa de "pare" e um único semáforo para garantir a segurança das ruas, já sabia que as chances de esbarrar com esse cara, *nesta cidadezinha*, eram altas. Só acho que não precisava ter acontecido *agora*.

Só fica tranquila, Norah. Só. Fica. Tranquila.

Quando os olhos dele encontram os meus, sei que ele me reconhece. Engulo em seco o nó de nervosismo que se alojou em minha garganta e tento cumprimentá-lo como faria com um cliente comum: de um jeito afável e educado.

— Bem-vindo ao CAFEÍNA.

— O que está fazendo aqui? — É a primeira coisa que ele pergunta assim que alcança o balcão.

— Eu trabalho aqui. — Hoje, pelo menos.

— *Você* trabalha aqui? — pergunta ele, como se fosse a coisa mais absurda que já tinha ouvido; como se eu carregasse uma placa no peito com os dizeres: *Maior Idiota do Mundo.*

Apesar do sorriso amigável que tento manter no rosto, os pelos dos meus braços começam a se arrepiar. É claro que não sei porcaria nenhuma sobre café, fazer café, beber café ou qualquer outra tarefa nesta loja inteira, mas ele ainda não sabe disso, então não era para eu já ter ganhado toda essa incredulidade.

— Aham. Eu trabalho aqui — respondo, por fim, o sorriso amigável impossível de manter intacto, e indico com a cabeça o balcão entre nós. — Por isso o avental verde e o fato de que estou de pé *deste* lado do balcão. Geralmente esses são sinais reveladores do emprego de alguém. — Não sei se é porque Josie me deixou aqui sozinha, ou se é a presença desse homem, mas algo desperta um fogo no meu estômago. Um fogo muito sarcástico, que me faz acrescentar: — E sei que isso pode ser um pouco difícil pra você entender, mas estou aqui de pé, atrás da registradora, para anotar o seu pedido.

Por um breve momento, posso jurar que os lábios dele se retorcem em um sorriso. Mas antes que eu possa confirmar, ele desaparece, substituído por um franzir de cenho do tamanho do Texas.

Nós nos encaramos, meus olhos castanhos e os azuis dele, e sustento seu olhar, tentando não me perder nas espirais tentadoras de dourado, verde e azul em suas íris.

Porém, quanto mais o silêncio se estende entre nós, mais minha boca quer se mexer.

Diz alguma coisa!, grito mentalmente para ele. *Qualquer coisa. Foi você que entrou aqui, então é você que precisa falar. Eu não. Eu me recuso.*

— Quero um *latte* — responde ele por fim, e sinto vontade de erguer meu punho no ar para comemorar minha vitória.

Mas não faço isso. Por motivos óbvios. Seria muito estranho.

Além disso, não sei como preparar *lattes* ou quais ingredientes fazem parte de um *latte*, então estou com problemas sérios e não deveria, de jeito nenhum, comemorar.

Parabéns pela coragem. Parabéns.

— Um *latte*? — pergunto, com um tom acusatório, como se *ele* fosse o problema.

— Isso — confirma o homem, com a mesma voz rouca de estou-prestes-a-perder-a-calma-com-você que usou naquele dia, antes de eu surtar e ser chutada da picape dele. — Um *latte*. Uma bebida que costuma ser oferecida em cafeterias.

Solto um suspiro rebelde, fazendo alguns cachos se afastarem do meu rosto.

— Então... vai parecer engraçado, mas acabei de começar aqui nesta manhã e ainda não aprendi muito bem a arte dos *lattes*. Tem alguma outra coisa que eu possa te oferecer que não seja um *latte*?

— Ah, claro. Você trabalha aqui, sim.

— Desculpe, mas o que quer dizer com isso?

Ele balança a mandíbula quadrada de um jeito que parece muito uma zombaria.

— Então vou querer um americano.

— Um americano?

— Isso, um *americano* — o homem repete, mas ainda parece estar falando grego. — Duas doses de *espresso* na água quente...?

— *Ah*. Sim. Claro. Um *americano*. Uma bebida que precisa da máquina de *espresso*. — Concordo como se entendesse, mas franzo um pouco a testa ao contar a verdade a ele. — Sei que vai parecer engraçado de novo, mas ainda não dominei a arte de usar a máquina de *espresso*.

— Você só pode estar de palhaçada.

Minhas bochechas esquentam com um rubor cor-de-rosa de vergonha.

Ele semicerra os olhos. Para mim.

— O que você *sabe* preparar?

— Hum... chá? Chocolate quente?

— Só me dá um café preto. Ou me mate se for mais fácil, mas pelo amor de Deus, por favor, me liberte desse sofrimento.

— Olha, me desculpa! Eu falei pra Josie não me deixar aqui sozinha, mas ela não me escutou!

Ele suspira, claramente cansado da garota histérica que não sabe nada a respeito de ser barista.

— Olha, você quer um biscoito ou algo assim? É óbvio que a gente começou com o pé esquerdo, e você pode considerar isso como uma oferta de paz, então fica por conta da casa.

— Só o café. Não gosto de biscoitos.

— É claro que você não gosta de biscoitos — murmuro para mim mesma. Também não deve gostar de arco-íris e cachorrinhos.

— O que você disse?

— Nada. — Registro o pedido dele e mantenho o sorriso enorme e amigável em meus lábios. — Deu US$ 1,85.

Aceito a nota de cinco dólares de sua mão esticada e, enquanto pego o troco, fico superempolgada com a etapa seguinte do processo de compra: *pedir o nome dele.*

Naquele outro dia, nossas interações foram muito rápidas e muito unilaterais da minha parte para que eu pudesse descobrir. E, pela maneira como ele está olhando para mim nesta manhã, não tenho certeza se ele me diria caso não fosse preciso. Não deveria ter importância, mas estou me sentindo como um junco solitário, dançando ao vento nesta cidadezinha em Vermont. E, por mais que seja absurdo, tenho uma necessidade ardente e intensa de descobrir.

— Obrigada. Agora preciso do seu nome pra anotar no copo.

Ele observa o entorno da loja sem se mexer.

— Por que você precisa colocar o meu nome no copo? Só tem eu aqui.

— É, bom, alguém pode entrar a qualquer momento e, como você deve ter percebido, ainda estou pegando o jeito da coisa. Eu odiaria confundir o seu café com o de outro cliente.

— Ah, claro. Seria terrível se o meu café preto fosse confundido com o café preto de outra pessoa.

— É só me dizer o seu nome! — grito, perdendo o controle. — Josie me disse pra anotar o nome de todos os clientes, então preciso da droga de um nome, tá?

— Norman Wallace — responde ele, por fim. A informação me choca por completo. Ele não se parece com um Norman, mas acho que a minha mãe também não tem muita cara de Eleanor; ela é chique demais.

— Ah. Certo. Norman.

Ele suspira.

— O que foi? Agora você tem algum problema com o nome Norman?

— Não — respondo, forçando as palavras a saírem em um tom suave enquanto escrevo *Norman* no copo com a caneta permanente. — Eu só... não esperava.

Ele solta uma risada sem graça.

— É, bom, também não esperava te ver aqui hoje de manhã.

Beleza, já escutei o suficiente da baboseira deste cara. Sério.

— Você odeia todo mundo ou só a mim? — pergunto de repente, e não me arrependo de uma só palavra. — Sinto que seria muito bom eu saber, caso a gente se veja de novo.

— Não te conheço o suficiente pra te odiar.

Uau. Eu esperava um pedido de desculpas ou, sei lá, alguma demonstração de incômodo por ter me tratado daquele jeito. Em vez disso, recebi... essa resposta, o que quer que ela seja.

— Que reconfortante — retruco, revirando os olhos e me virando para a cafeteira, que está quase cheia de algo que se parece suspeitosamente com café. *Uau. Boa, Norah.* Coloco um pouco em um dos copos e fecho com a tampa, depois volto para o balcão e entrego para ele.

Nossos dedos se tocam por um breve segundo e uma descarga de adrenalina percorre meu estômago, que antes se revirava. *Engraçado. Não achei que essa seria a sensação de encostar na maldade pura.*

— Passar bem, Norman.

Apesar de tudo, ele balança a cabeça de um jeito quase imperceptível.

— Boa sorte, Norah.

E aí está: as primeiras palavras gentis que ele diz para mim desde o momento em que nos conhecemos, sendo usadas como uma despedida.

08

Norah

— Deu U$ 1,85 — falo para o cavalheiro mais velho, de terno, enquanto pressiono as teclas da caixa registradora. Ele me entrega duas notas de um dólar, e eu devolvo depressa o troco de quinze centavos.

Não sei onde diabos a Josie está neste momento, mas esse é o segundo cliente a entrar pela porta enquanto minha irmã desaparecida me deixa aqui, administrando a cafeteria dela sozinha. Por sorte, a segunda opção deste senhor — a primeira foi um cappuccino — é algo que sei fazer: café com dois cubos de açúcar e um pouco de nata.

— Então, você é nova na cidade, é? — pergunta ele.

Eu assinto.

— Digamos que sim.

— Bom, como o prefeito desta cidade, espero que todos estejam te tratando bem.

Todo mundo, menos a Josie e o idiota que me chutou para fora da picape dele na metade do caminho até a casa da minha irmã. É óbvio que não digo isso para ele.

Forço um sorriso.

— Todos têm sido ótimos. E é um prazer conhecê-lo... hã... Sr. Prefeito.

— Ah, por favor, não precisa ser tão formal, querida. — Ele deixa escapar uma risadinha alegre. — Meu nome é Norman Wallace, mas pode me chamar só de Norman.

Meu cérebro pisa no freio como se estivesse prestes a causar um engavetamento de cinquenta carros em uma rodovia movimentada.

— Desculpe, como é mesmo o seu nome?

— Norman Wallace. — Ele exibe um sorriso orgulhoso. — Mais conhecido como o responsável por iluminar nossa ponte com aquele tom ensolarado de amarelo.

Não consigo me concentrar naquela confissão sobre a ponte ou no fato de que não faz nenhum sentido uma cidade chamada Ponte Vermelha ter uma ponte amarela. Mas deve ser porque estou muito ocupada tentando entender o motivo de este ser o segundo Norman Wallace com quem converso hoje.

— O *seu* nome é Norman Wallace? Tipo, este é o seu nome completo?

— Bom, tecnicamente é Norman Albert Wallace, mas sim. Esse é o meu... nome.

Ele encara meus olhos, como se perguntasse se eu tenho um parafuso a menos.

Não preciso ser muito inteligente para entender que a probabilidade de existirem dois Norman Wallaces em uma cidade tão pequena é quase nula. Naquele momento, meus olhos disparam na direção da porta, procurando furiosamente o primeiro Norman Wallace que conheci dez minutos atrás, mas não consigo encontrá-lo.

— Você está bem, querida? — pergunta o prefeito, depois de eu ter ficado parada ali uns bons dez segundos apenas encarando a porta. Pigarreio depressa e forço um meio sorriso.

— Tudo ótimo. — Pego um copo vazio e escrevo Norman pela segunda vez naquele dia. — Só um minutinho e já trago seu café.

O sorriso dele demonstra uma incerteza, como quem se pergunta: *o que está acontecendo?*, o que faz eu me apressar. Com o copo na mão, encho-o com três quartos de café, mas quanto mais penso naquele babaca musculoso, mais sinto a irritação vibrar sob a minha pele.

Não *consigo acreditar* que aquele idiota desprezível me deu um *nome falso*. E não foi um nome qualquer, e sim justo o do prefeito de Ponte Vermelha, que pensa que estou chapada porque, quando me disse seu nome, olhei para ele como se o homem tivesse acabado de me contar que seu pênis gravou um dueto com a Mariah Carey que será lançado ano que vem.

Suspiro profundamente e acrescento o açúcar e a nata ao café do prefeito, misturando tudo com um gesto impaciente. A bebida se transforma em um tornado líquido, e xingo em silêncio o falso Norman Wallace por ter me aprontado uma que me fez parecer uma idiota.

— Então, você é a irmã da Josie?

— Sou, sim. — Forço outro sorriso falso e olho de relance por sobre o ombro para o *verdadeiro* Norman Wallace. Depois, encaixo uma tampa sobre o copo fumegante de café, preparado de acordo com a preferência dele. — E, mais uma vez, me desculpe por não conseguir fazer seu cappuccino.

— Ah, tudo bem — comenta ele, com um sorriso amigável. — Quem sabe da próxima vez que eu vier?

— Vamos torcer pra isso. — Sorrio de um jeito esperançoso, mesmo sabendo que a minha verdadeira esperança é a de que isso não se torne um hábito. Quando resolvi retomar as rédeas da minha vida, não imaginei que meu grande plano seria trabalhar em uma cafeteria com a minha irmã e desapontar os clientes diariamente.

— Então haverá uma próxima vez? — pergunta Norman, enquanto coloco aquela capinha no copo para que ele não queime as mãos. — Você vai ficar em Ponte Vermelha por um tempo?

Quando me viro para encará-lo, o barulho do sininho chama a minha atenção antes que eu possa responder à pergunta dele *ou* entregar seu pedido. A pessoa que entra a passos largos me desequilibra a ponto de eu estender a mão livre para o balcão a fim de me estabilizar.

A última pessoa que quero ver aqui, lá, *ou em qualquer outro lugar* está na minha frente.

Thomas.

Mas o que diabos está acontecendo aqui? Como ele me encontrou tão rápido?

A náusea embrulha meu estômago, como se fosse leite azedo, conforme meu ex-noivo avança até o balcão e para ao lado do prefeito Wallace.

— Olá, Norah — cumprimenta ele, a voz soando pouco amigável. Está firme e rígida, o que faz uma onda de arrepios percorrer a minha coluna. Tenho certeza de que, se não houvesse uma plateia, sua voz não teria um único traço de boas maneiras. Mas, como sempre, Thomas é bem preparado demais para deixar de interpretar seu lado político, mesmo quando está conversando com a mulher que o abandonou no altar.

— O... o que está fazendo aqui? — pergunto, gaguejando ao pronunciar as palavras, meus dedos cravando-se no balcão enquanto me esforço para ficar de pé. Algo a respeito da calma dele me deixa aterrorizada.

— Você não me deixou escolha — diz ele, a mandíbula retesada. — Como não atende minhas ligações nem responde às minhas mensagens, precisei usar outros métodos.

Não fiz nenhuma dessas coisas porque esperava nunca ter que encará-lo de novo. *Ou a minha mãe, por falar nisso.*

— Co-como descobriu que eu estava aqui?

— Não foi difícil te encontrar, já que Eleanor e Carlton ainda estão pagando a conta do seu celular — responde ele, o sorriso silencioso dizendo: *xeque-mate.*

O prefeito olha de mim para Thomas, constrangido, e sinto como se meu corpo tivesse sido cortado ao meio e exposto para o mundo inteiro ver. A invasão de privacidade. A total falta de consideração comigo. Tudo isso faz eu me sentir como o lixo velho que os guaxinins vasculham.

Como você pôde esquecer um detalhe tão simples?

Lillian era a única pessoa que sabia onde eu estava e para onde estava indo. Ela era a única que eu queria que soubesse. Mas, é claro, eu estava tão envolvida na tentativa de me recompor e ficar longe — e de, em algum momento, sair de Nova York sem precisar encarar Thomas ou a minha mãe — que esqueci de encobrir *todos* os meus rastros.

Erro de principiante.

— O que diabos está acontecendo, Norah? — pergunta ele, o tom afiado. — É muito difícil pra mim acreditar que você me abandonou, *que abandonou nossa vida perfeita juntos,* pra vir dar uma de pobre nesta cidade de merda.

Nossa vida *perfeita*? A única coisa perfeita na nossa vida era aquilo que mostrávamos ao resto do mundo. No particular, somente mentiras sujas, nojentas e terríveis foram deixadas para se deteriorar e apodrecer.

O prefeito pigarreia, e me dou conta de que estou no meio da cafeteria da minha irmã e que o que está acontecendo agora não é nem um pouco apropriado para um negócio.

— Thomas, não posso conversar agora. Não é a hora e nem o lugar — falo para ele, com a maior calma possível.

Ele ri, mas é uma risada sem humor.

— Se você acha que larguei tudo, que pedi pra minha assistente reagendar reuniões importantes e reorganizar meus compromissos, para viajar até o meio da porra do nada e *não* conversar com você, está muito enganada. — Ele semicerra os olhos de raiva, e sua mandíbula está tensa de um jeito que nunca vi antes. A fachada cuidadosamente elaborada de Thomas está se desfazendo. — Não vou embora, Norah. Não até que me explique o que diabos está acontecendo com você.

O sininho acima da porta balança de leve com a saída inesperada do prefeito. O pânico de estar totalmente sozinha me enche de um terror apavorante. Meus dedos apertam o copo de café que o prefeito esqueceu, e que ainda está na minha mão. O copo explode diante da pressão, e Thomas recua para escapar do jato de líquido quente com uma expressão de escárnio.

Estou assustada demais para sentir o café queimar minha pele ao escorrer do copo amassado. De algum jeito, consigo jogá-lo fora em uma lixeira pequena perto dos meus pés e limpar a mão no avental, mas durante esse tempo todo o olhar implacável de Thomas continua a abrir buracos na minha cabeça.

Graças a Deus ainda há um balcão entre nós, mas estou assustadora e irremediavelmente sozinha com o meu agressor.

— Tenho revivido aquele dia sem parar na minha cabeça, pensado nas semanas anteriores ao nosso casamento, e juro que não consigo entender o que foi que aconteceu — afirma Thomas, e passa uma das mãos pelo cabelo já desgrenhado. — Você me deve, pelo menos, uma explicação.

Não posso dizer o que deveria neste momento. Os advogados dele garantiram que a verdade fosse encoberta por um acordo particular e um termo rígido de sigilo, e não vou dar a ele a possibilidade de usar suas próprias ações desprezíveis em sua vantagem.

— Thomas, eu... não tenho nada pra te dizer. Não posso conversar agora.

— Tá de sacanagem? — Ele bate os dois punhos no balcão, com tanta força que me faz dar um pulo para trás. — Você fugiu no dia do nosso casamento, e depois desapareceu! E não tem nada pra me dizer? Tem alguma ideia do que fez? Você envergonhou a si mesma, a mim, a sua mãe e a minha família! Você estragou tudo! Ao menos sabe como me senti quando foi embora daquele jeito? Todo mundo estava lá! Todo mundo me viu fazer papel de idiota!

Por que será que sempre voltávamos a ele, aos sentimentos dele e ao que ele está enfrentando?

Eu deveria dizer a Thomas que essa confusão não se trata de mim ou do que eu fiz. Se trata do que *ele* fez. Do que escondeu de mim. Das mentiras que me contou. Do fato de ele não ser o homem que pensei que fosse. Mas me recuso a levar esse problema para outra pessoa. Alguém que superou o próprio medo e me contou a verdade. Alguém que o resto do mundo não conseguiu proteger.

— Certo, você não quer conversar aqui? Então vamos até o carro que aluguei. — Thomas dá a volta no balcão até estar bem ao meu lado. — Vamos — diz ele, a voz séria. — Agora.

— Eu não vou a lugar algum. Você...

— Vai, sim, porra! — grita ele, e agarra meu antebraço com tanta força que quase escorrego no café derramado graças às sapatilhas pretas da Chanel da Lillian.

— Thomas, o que está fazendo? — imploro, com a maior calma possível, esperando que ele se recomponha e pare de me assustar tanto. — Perdeu a cabeça?

— Não, eu não perdi a cabeça — retruca ele, seus dedos afundando em minha pele. — *Você* perdeu. Está estragando a sua vida. Será que não percebe isso? Ao menos compreende como será a sua vida sem mim? Estou aqui porque me preocupo com você, Norah. Só quero o que é melhor pra você. E isto aqui, *trabalhar na porra de uma cafeteria,* não é o melhor. Você precisa de mim.

As lembranças atingem minha mente como uma batida de carro. Minha mãe. O pedido de Thomas. O casamento. O envelope. O fato de não ser a primeira vez que ele diz que preciso dele.

Espero que a verdade liberte você.

Eu deveria dizer para Thomas que não preciso dele. Deveria dizer que *nunca* precisei, mas algo me impede.

Sinto uma dor no peito, como se alguém tivesse aberto meu coração com um pé de cabra.

— Norah, amor, você sabe que precisa de mim — sussurra ele, e aproxima o rosto do meu. — Está tudo bem. Posso te perdoar por todo o constrangimento que me causou. Posso deixar essa história pra trás, mas você precisa conversar comigo. Me diga qual é o problema.

Suas palavras fazem o meu estômago se revirar. Não consigo nem me obrigar a olhar nos olhos dele.

Eu só quero fugir.

— Para, Thomas. — Dou um puxão e solto meu braço de seu aperto. — Já chega. Você precisa ir embora. Quero que vá embora.

— Não vou. — Ele cerra o maxilar conforme se aproxima e agarra meu antebraço de novo, mas desta vez com mais força. Seus olhos, que costumam ter um tom claro de castanho, parecem tão escuros quanto uma nuvem preta de tempestade em um dia quente de verão. — Não vou *sair* daqui *sem* você, Norah.

Nunca o vi desse jeito. Minhas cordas vocais estão congeladas. Meu corpo está congelado e só consigo ficar ali, parada. Eu sou o gelo e ele é o fogo, e a qualquer momento vou derreter sob seu olhar abrasador.

Thomas Conrad Michael King III costuma ter uma aparência impecável em todos os sentidos. A pele de seu rosto é macia como a de um bebê e ele *sempre* mantém seu sorriso charmoso intacto.

Mas esta versão de Thomas é algo que nunca vi antes.

Sua camisa de colarinho branco está amarrotada. Seu cabelo está despenteado. E ele está com raiva, com *muita* raiva, de uma maneira que eu não sabia ser possível para um homem como ele. Thomas nunca aparenta desleixo, e não demonstra nenhum tipo de sentimento negativo. Mas a fúria está bem ali, estampada em cada linha dura de seu rosto.

— Me solta, Thomas. — Tento libertar meu braço, mas ele não me larga. Seu aperto é firme como uma rocha, e com um puxão brusco, ele me força a segui-lo na direção da porta.

A última coisa que quero fazer é ir a algum lugar com ele, mas sinto como se estivesse submersa e o choque da situação abafasse tudo ao meu redor.

— Thomas, me solta. *É sério*. Isso não é legal.

Ele não me escuta e seus passos são rápidos e longos. Thomas está segurando meu antebraço de um jeito estranho, o que torna difícil fazer qualquer coisa que não seja me concentrar para não tropeçar nos meus próprios pés.

— Você escutou a moça. Solta ela — diz uma voz que não é minha, nem de Thomas, preenchendo o espaço vazio da cafeteria.

Ergo o olhar e encontro o falso Norman Wallace parado ali, bloqueando a porta. Eu nem ouvi o sininho tocar.

— Isso não é da sua conta — grita Thomas. — Sai da frente!

— Solta o braço dela. — A ordem não abre espaço para negociação.

Thomas não obedece, e parece que o falso Norman Wallace não exige respeito mais do que duas vezes antes de reivindicá-lo.

Ele levanta o punho uma única vez e dá um soco e tanto no rosto de Thomas, fazendo um estrondo repulsivo ecoar pelas paredes. Sinto meu braço ficar livre do aperto, e meu ex desaba no chão como uma pilha de tijolos quebrados.

Sangue escorre do nariz de um Thomas prostrado, manchando o tecido limpo de sua camisa branca e o piso da cafeteria da Josie. Tudo o que consigo fazer é ficar ali, parada. Congelada no tempo. Incapaz de me mexer.

O xerife Peeler, um homem que conheci mais cedo nesta manhã, na hora do movimento, e o prefeito entram depressa pela porta, quase atropelando a mim, ao falso Norman, a Thomas e a toda aquela cena de crime sórdida.

— Chame a droga da polícia, Norah — grita Thomas do chão, sua visão embaçada pelo sangue do nariz.

— Não precisa, camarada. A polícia já está aqui — anuncia o xerife Peeler. — O que está acontecendo, Ben?

Ben só tem uma coisa a dizer.

— Merda.

Merda, de fato. *Merda*, com certeza. Na verdade, eu mesma deveria ter dito isso.

09

Bennett

Este tipo de merda é justamente o que eu *não deveria* estar fazendo em Ponte Vermelha. Eu me afasto do imbecil no chão e cruzo as mãos atrás da cabeça, enquanto reflito sobre as possíveis consequências das minhas ações.

Elas não são boas, mas, caramba, as consequências de não fazer nada também não eram das melhores. Pelo jeito como ele segurava a moça quando os vi pela janela, duvido que aquilo teria parado por ali.

— Norah? Você está bem? — pergunta Josie, agitada, pois tinha acabado de chegar àquele caos um minuto atrás, segurando dois galões de leite.

— Si-sim — responde Norah, mas sua voz está fraca e mal passa de um sussurro. — Estou bem.

— Eu não estou nada bem! — grita o imbecil no chão. — Ele me agrediu!

— Bennett? — Josie olha para mim e sinto um aperto no peito.

Droga, eu não deveria ter me envolvido nesta merda.

— Ele me deu um soco! — O imbecil aperta o nariz enquanto o sangue escorre por suas narinas. O líquido já abriu caminho pela frente de sua camisa branca, e as mãos dele estão sujas de tentar limpar o excesso em seu rosto. — Quero prestar queixa. E preciso que alguém entre em contato com o meu advogado.

— Espere aí. Vamos todos nos acalmar por um minuto. Qual é o seu nome, camarada? — pergunta o xerife Pete Peeler, tirando um caderninho do bolso da blusa de seu uniforme.

— Thomas Conrad Michael King III.

É claro que ele tem esse tipo de nome.

— Certo, Sr. King. — O xerife rabisca alguma coisa na primeira página em branco do caderno. — Vamos todos conversar e resolver este problema, está bem? Ben? Vamos conversar.

— A enfermeira vai embora daqui a uma hora — falo para Pete, relembrando-o, e minhas palavras fazem a culpa pesar em meu estômago. Mesmo sentindo que não tive escolha, eu não deveria estar envolvido nesta bagunça. Deveria estar indo para casa.

— Eu sei, Ben. — A resposta dele é gentil, e seu rosto está muito reflexivo antes de ele se virar outra vez para o babaca com o nariz ensanguentado e um nome que faz parecer que o homem está nadando em ouro desde que nasceu. — O senhor tem alguma testemunha dessa suposta agressão?

— Testemunha? Tá de brincadeira comigo? — zomba o homem. — O fato de ele ter quebrado o meu nariz já é prova o suficiente.

— Certo, mas como vou saber se o senhor não caiu ou algo assim? — pergunta o xerife Peeler, e se eu não estivesse tão ocupado com a raiva e a culpa competindo dentro da minha cabeça, tiraria um tempo para ficar impressionado com a maneira como Pete consegue manter o rosto inexpressivo. — As pessoas caem e quebram os narizes o tempo todo.

— Você está falando sério? — pergunta o idiota, a raiva evidente em seus olhos arregalados, mas Pete o ignora e olha para Norah.

— Norah, a senhorita viu o que aconteceu?

— Eu... eu... não sei — responde Norah em voz baixa, e o indício de um choque completo é visível por todo o seu corpo pequeno. A raiva é como fogo crescendo dentro de mim, quase como se Norah Ellis fosse uma incendiária. Engulo em seco para tentar conter as chamas.

— Eu não estava aqui — declara Josie, e dá um passo para ficar ao lado da irmã, abraçando os ombros dela a fim de confortá-la. — Não tenho ideia do que aconteceu. Fui comprar leite no mercado do Earl.

— Eu fui lá buscar você, Pete — afirma o prefeito Wallace, erguendo as duas mãos de um jeito inocente.

Em vez de me interrogar, o que tenho quase certeza de que ele deveria ter feito, o xerife dá de ombros para o homem caído no chão.

— Desculpe, camarada. Não posso prestar queixa sem testemunhas.

— *O quê?* — grita o babaca, se levantando do chão sobre dois pés trêmulos. — Que tipo de policial você é?

— Sou o xerife desta cidade.

— Conte pra ele o que aconteceu, Norah.

Aquele homem desprezível a encara, mas Norah não diz nada. Para falar a verdade, não acho que consiga, pois recua alguns passos para se distanciar dele. É como se ela fosse a casca vazia daquela chatinha tagarela que me sufocou desde que chegou aqui. Detesto perceber que a ver assim causa uma pontada desconfortável dentro do meu peito.

— Você é uma vaca desgraçada! — grita o imbecil, tão alto e com tanta violência que Norah se retrai nos braços de Josie. Na mesma hora, sinto as chamas voltarem, se expandindo depressa, e em um milésimo de segundo elas tomam conta de mim completamente.

Eu dou um soco nele. De novo.

O baque dos nós dos meus dedos contra a sua mandíbula reverbera pelas paredes da cafeteria. Logo depois, a voz de Josie preenche os meus ouvidos.

— Puta merda! Bennett! — grita ela, enquanto o homem chamado Thomas volta a desabar no chão.

— Mas que droga, Benny — lamenta o xerife Peeler, olhando direto para mim, mas ele não precisa dizer mais nada, porque seus olhos já estão falando por ele.

Eu acabo de transformar *ele* em uma testemunha. Todos eles, na verdade.

A ideia de não prestar queixa já era.

É oficial e irrevogável: estou envolvido.

10

Norah

O nome dele é Bennett Bishop, e ele deu um soco no rosto do meu ex-noivo.

Duas vezes.

Observo enquanto o xerife Peeler o coloca algemado no banco de trás da viatura, e o oficial Felix Rice, o subxerife, põe Thomas na própria viatura. Thomas foi examinado e liberado pelos paramédicos, e Bennett conversou várias vezes com o xerife Peeler, até Pete, por fim, tirar seu celular pessoal do bolso, discar um número e segurar o aparelho na orelha de Bennett enquanto ele falava.

Ele estava muito longe para eu conseguir escutar o que dizia. Mas, mesmo se Bennett estivesse mais próximo, eu provavelmente continuaria sem ouvir, porque Thomas, um homem que, durante cinco anos, sempre considerei respeitável e controlado, passou os últimos trinta minutos gritando.

Comigo. Com o xerife. Com Bennett. Se o oficial Rice não tivesse ficado de saco cheio e o colocado na viatura, tenho certeza de que Thomas gritaria com a cidade inteira.

Ele *sempre* é o homem mais importante em cena. E, é claro, como isso não aconteceu, ser respeitável e controlado não ia servir para nada.

— Vamos — chamou Josie, me abraçando enquanto as duas viaturas se afastavam. — Bennett me deu as chaves da picape pra eu poder levar ela até a delegacia. Você leva o meu carro.

Meu Deus, que confusão.

— Josie — falo, minha voz baixa e trêmula.

— Vai ficar tudo bem, Norah.

Eu gostaria que ela tivesse razão. Mas, enquanto observo a nuca de Bennett se afastar cada vez mais na viatura do xerife Peeler, tenho a sensação de que nada a respeito desta história vai ficar bem.

— Bennett Bishop não me conhece... ele nem gosta de mim. — Minha voz não passa de um sussurro. — Mas que inferno, até quarenta minutos atrás eu achava que o nome dele era Norman.

— O quê? — Josie se vira para mim, seus olhos buscando os meus.

Balanço a cabeça. Não importa.

— Ele não pode ir pra cadeia por minha causa.

A expressão geralmente mordaz de Josie se suaviza, uma reação que me faz lembrar da maneira como ela costumava agir comigo quando éramos crianças. Isso quase me leva a desabar em lágrimas.

— Não se preocupe com isso, tá? O xerife Pete pode até ser um velho ranzinza, mas não é idiota, Nore. Ele percebeu o que estava acontecendo aqui, assim como o resto de nós. Vai dar um jeito na situação, e o Bennett vai ficar bem.

Se ao menos Bennett tivesse dado aquele único soco em Thomas, quando só havia eu por perto, até concordaria com ela. Mas ele bateu duas vezes, e a segunda foi na frente de uma plateia enorme, que incluía o xerife e a porcaria do prefeito.

— Como assim, Josie? O que ele percebeu que estava acontecendo? Tipo, o Thomas perdeu mesmo a cabeça, mas não me bateu nem me machucou muito.

— Ah, *querida*. A violência doméstica não funciona desse jeito. — A voz dela é gentil. Josie estende a mão e passa com delicadeza um dos dedos sobre o machucado pálido em meu braço, o qual nem percebi que estava ali. — Não é medido ou julgado por machucados. Ele a fez se sentir insegura. Tentou te forçar a ir até o carro dele, mesmo depois de você ter dito "não". Gritou coisas horríveis pra você. O xerife Peeler, eu, Bennett, o oficial Rice... todos *percebemos* o que está acontecendo.

As lágrimas ameaçam cair, e meu nariz arde pela intensidade do meu esforço para segurá-las. Josie estende as mãos e limpa meu rosto, e presumo que o gesto seja a confirmação de que uma delas escapou.

— Vamos, querida. Vamos até a delegacia. Você vai precisar dar um depoimento, e Ben vai precisar da picape dele.

Cerro os lábios e Josie aperta minha mão antes de me entregar as chaves.

— Leva o meu carro, Nore. É só me seguir.

Consigo assentir, depois me viro para destrancar o SUV e entro no carro. Parece que não há nada além de névoa dentro da minha cabeça conforme dou a partida e saio da vaga, seguindo a picape de Bennett pela praça, até o outro lado da cidade, e por mais duas quadras até a delegacia. Estou meio que no piloto automático quando nós duas entramos e somos acompanhadas por um policial, e mal consigo ver meus próprios pés enquanto Josie me guia para dentro do gabinete do xerife.

O xerife Peeler está sentado em uma cadeira, do outro lado da escrivaninha, e tudo o que sou capaz de fazer é me controlar para não começar a tremer inteira. A delegacia é pequena, e o gabinete dele é ainda menor: um quadrado minúsculo, com uma escrivaninha de metal, algumas cadeiras, uma quantidade doentia de lâmpadas brilhantes e fluorescentes e milhares de papéis e pastas espalhados sobre prateleiras e armários. Ainda assim, tudo parece oficial, deixando a seriedade da situação dolorosamente óbvia.

Tento me concentrar no xerife Pete enquanto ele fala, mas é difícil. Nunca estive tão assustada quanto estou hoje.

— Lee está confiante de que as acusações de agressão que Thomas King quer prestar contra Bennett Bishop serão retiradas levando em conta a legítima defesa, e vai conseguir usar o Ben como testemunha no seu caso. Ele quer indiciar Thomas King por violência doméstica, então você...

— Espera... — Eu o interrompo antes que ele possa explicar mais. — Quem é Lee?

— Lee é o promotor do condado — explica o xerife Peeler. — Um grande amigo meu e um bom homem. A senhorita vai gostar dele.

— Ele quer indiciar o Thomas?

— Sim, Srta. Norah. — O xerife assente. — Lee tem evidências o suficiente para avançar com o caso e abrir um processo. Mas ele precisaria da senhorita como testemunha, e que a senhorita estivesse disposta a prestar queixa.

Abrir um processo? Meu cérebro parece prestes a explodir. Como é possível que eu tenha acordado esta manhã pensando que a pior parte do meu dia envolveria trabalhar como barista, e acabei terminando com uma conversa sobre *prestar queixas*?

Encaro as minhas mãos, evitando de propósito o hematoma recente no meu braço, e tento compreender a situação. Vim até Ponte Vermelha a fim de seguir em frente, deixar o passado para trás e nunca ver Thomas de novo — não para acabar enfrentando-o justo em um *tribunal*, pelo que provavelmente seriam dias ou semanas sem fim.

O desconforto queima em meu peito, e é em momentos como este que me pego desejando que a minha mãe não fosse uma barata cruel, para que eu pudesse buscar consolo nela.

Josie está sentada ao meu lado e estende uma das mãos, colocando-a sobre o meu joelho para me tranquilizar.

— Você quer prestar queixa?

— Eu... — Paro de falar porque minha voz está trêmula e estranha, e não parece nada comigo. Eu pigarreio. — Eu não... Eu não sei.

Um silêncio recai sobre o gabinete do xerife Peeler enquanto eles esperam minha decisão. Mas não sei o que devo fazer. Não quero que Bennett seja acusado por intervir e me proteger quando ele poderia muito bem ter me deixado resolver o problema sozinha — e nesse caso, só Deus sabe o que teria acontecido —, mas também não quero acabar em um tribunal.

— Pete, poderia nos dar um minutinho? — pergunta Josie, e o xerife se levanta de sua cadeira na mesma hora.

— Vocês têm todo o tempo do mundo.

A porta do gabinete se fecha com um clique suave, confirmando que o xerife saiu, mas mesmo assim não consigo me obrigar a parar de encarar meus próprios pés.

— Norah, você está bem? — É a primeira coisa que Josie me pergunta e a última que eu esperava responder. Seus olhos são tranquilizadores e muito pacientes. Ela é o completo oposto da irmã que quase me mandou dar o fora de sua varanda três dias antes.

— Posso ser sincera? Não sei como estou me sentindo.

— Acha que consegue me contar qual é o problema de verdade? — Ela aperta o meu joelho outra vez. — Porque eu quero te ajudar, mas não sei de nada. Em primeiro lugar, por que o Thomas apareceu aqui?

Deixo escapar um suspiro profundo.

— É uma grande confusão.

— Bom, isso ficou óbvio — diz ela com uma risada suave, o que me faz bufar.

É. É uma grande e enorme confusão. Pelo jeito, eu não percebi o quanto Thomas era uma pessoa ruim.

Ergo o olhar e encontro os olhos dela outra vez, e a suavidade presente naquela profundidade verde só faz com que a sensação ardente no meu peito fique mais intensa. Faz com que eu me lembre que Josie era mais como uma mãe para mim e Jezzy do que Eleanor foi algum dia. Eu só não entendia isso naquela época.

— Então... Thomas é seu ex-noivo? — pergunta ela, a voz leve como uma pena. — Tipo, você ia se casar com ele?

— Nós íamos nos casar, mas eu... não consegui ir adiante.

— E foi por isso que você veio pra Ponte Vermelha?

Eu confirmo.

— Eu não tinha mais pra onde ir.

— Mas e a nossa mãe?

Tudo o que consigo fazer é balançar a cabeça. Nossa mãe é a última pessoa de quem quero falar.

— Norah, o que aconteceu? — pergunta ela, e há um tom de desespero em sua voz. — Você pode me contar qualquer coisa, juro — acrescenta ela em voz baixa. — Você é minha irmã, Norah. A única família com quem me importo.

E eu quero contar para ela. Quero mesmo, mas não consigo encontrar as palavras.

— Josie?

— Sim?

— Preciso de uma pausa — sussurro.

Os olhos dela brilham de emoção ao me ouvir usar a expressão que nosso pai costumava dizer. Era a tática dele toda vez que percebia que uma de nós parecia triste, estressada ou estava fazendo birra. *"Você precisa de uma pausa?"*, ele perguntava, com calma, e, por algum motivo, sempre funcionava. Era uma silenciosa tábua de salvação feita de amor.

Quando Josie ainda morava em Nova York e não tinha me abandonado para vir a Ponte Vermelha, ela e eu costumávamos usar a frase uma com a outra o tempo todo.

— Tudo bem — sussurra ela. — Mas pelo menos me deixa te ajudar a decidir o que você quer fazer com essa situação. Quer prestar queixa?

— Eu só quero que ele vá embora, Josie — falo, engolindo em seco o nó de emoção que está preso na minha garganta. — Não quero ele aqui. Não quero Thomas em Ponte Vermelha, e se o promotor acusá-lo, vão segurar ele aqui até o caso ir para o tribunal. E se ele estiver aqui, isso significa que o advogado também vai estar, e a família dele, e...

Nossa mãe vai estar aqui.

Não sei se conseguiria lidar mentalmente com essa situação. Vim para cá querendo fugir de tudo isso. Deles.

— Mas também não quero que uma pessoa se meta em problemas só porque estava tentando me ajudar — acrescento, e minha irmã encontra o meu olhar. — Não acho que Bennett deveria ter que enfrentar essas consequências. Ele não procurou nada disso. Thomas deixou claro que quer acusar Bennett de agressão. E a família dele, Josie, não é o tipo de gente que joga limpo. Eles podem ser bem cruéis.

— Também acho que ele não deveria enfrentar tudo isso — concorda Josie. — Embora eu custe a acreditar que um juiz vai ficar do lado do Thomas em um caso como este. Até mesmo Pete disse que as acusações de agressão acabariam sendo retiradas em legítima defesa, e o promotor planeja usar Bennett como testemunha no tribunal.

No tribunal. Se as pessoas soubessem que Thomas King estava preso e aguardando julgamento por violência doméstica, Ponte Vermelha ficaria lotada de jornalistas. A família King é dona de uma das maiores empresas de investimentos do país.

O pai de Thomas é uma das maiores referências quando o assunto é mercado de ações. Ele tem contatos na Comissão de Valores Mobiliários dos Estados Unidos e nas comissões federais, e Thomas vem seguindo os passos do pai desde que era um bebezinho. Não há a menor possibilidade de o caso ir parar no tribunal sem chamar a atenção de uma quantidade assombrosa de veículos midiáticos. *Todo mundo* os conhece.

Meu estômago embrulha de novo, mas, desta vez, ele se revira a ponto de eu pegar a pequena lixeira ao lado da escrivaninha do xerife Peeler e vomitar.

— Ah, Nore — diz Josie, avançando para segurar o meu cabelo para trás. — Vai ficar tudo bem. Eu prometo.

Para mim, com certeza, não parece nada bem. Parece que peguei o meu problema e o dupliquei — e depois o trouxe direto para as portas de uma cidade que não o merecia.

Quando o bilheteiro na rodoviária me perguntou meu destino, eu deveria ter dito qualquer outro lugar... qualquer lugar menos aqui.

11

Bennett

Saio do estacionamento da delegacia com a intenção de ir para casa, mas, por algum motivo, me vejo parar na frente do bar de Clay.

Desligo o motor e fico sentado ali, no banco do motorista, debatendo comigo mesmo o que estou fazendo aqui. Passar o dia na cadeia e ter alguém em casa que precisa de mim deveriam ser motivação o suficiente para ir direto para lá, e ainda assim... aqui estou.

Tiro o celular do bolso e mando uma mensagem rápida.

Eu: A noite tá correndo bem? Talvez eu ainda demore um pouco.

Menos de um minuto depois, o telefone apita com a resposta.

Charlie: Foi um dia bom. Não se preocupe.

Não se preocupe. Essa não é a resposta de que eu precisava para colocar algum juízo na minha cabeça.

Antes que perceba, minhas botas tocam o concreto e a porta do carro faz um clique ao ser fechada atrás de mim.

O Country Clube está lotado. Música ao vivo ao som de banjos e bluegrass vem do palco ao fundo, e um homem que parece o vocalista da banda ZZ Top canta tirolês no microfone enquanto algumas pessoas bêbadas tentam dançar em fila. Clay está atrás do bar, servindo aos clientes de Ponte Vermelha toda a bebida que seus corações desejam.

Talvez essa tenha sido uma ideia ruim.

Encontro um banquinho no meio de outros dois vazios e me sento. Marty Higgins, um dos bartenders de Clay, desliza um guardanapo limpo à minha frente.

— O que vai querer, Ben?

— O uísque mais forte que você tiver. Dose dupla.

Marty ergue uma das sobrancelhas.

— Dia ruim?

— Você nem faz ideia.

Por sorte, ele não me pede mais explicações e começa a trabalhar, servindo uma boa dose de Woodford Reserve em um copo com gelo e colocando-o à minha frente. Levo o copo até os lábios e tomo um longo gole.

Encaro o copo, agora pela metade, e bloqueio a agitação atrás de mim. O falatório. A música. Tudo se torna um ruído indefinido, e minha mente se transforma em uma tela em branco a ser pintada com ponderações das consequências.

Porra, essa história podia ter terminado tão mal. Para mim, para a minha carreira, mas principalmente para...

— Ouvi dizer que você entrou em uma briga de faca com três caras que estavam tentando sequestrar a irmã da Josie.

Ergo o olhar da minha bebida e vejo Clay parado à minha frente, um dos cotovelos apoiado no balcão.

— As notícias correm rápido em cidade pequena — comento. — Embora não sejam muito precisas.

— O que aconteceu?

E não é esta a grande questão? Uma que ainda estou tentando descobrir como responder. Uma mulher por quem não tenho nenhum interesse teve um problema com um babaca da cidade grande que dirige um Audi preto, e eu, por alguma razão, achei uma boa ideia me envolver.

Você perdeu o controle.

— O ex da Norah Ellis é um filho da puta. Colocou as mãos nela quando ela deixou bem claro que não queria. Interferi com o meu punho.

Clay ergue uma das sobrancelhas antes de passar uma das mãos pelo cabelo.

— Mas que droga, cara. Você vai ter problemas na justiça por causa disso?

A última coisa em que eu precisava me envolver era algum tipo de confusão legal. Só a minha irmã já me daria uma bronca boa o suficiente para durar uma vida inteira, mas fracassar em outras coisas que dependiam de mim me mataria. Clay sabe disso.

— Teria, mas o xerife acabou de ligar pra me contar que Norah convenceu o promotor a retirar as acusações contra o imbecil, se ele se mandar de Ponte Vermelha e não prestar queixa contra mim. E o cara concordou por causa de uma ordem de restrição contra ele pra proteger a Norah. Mas não estou muito convencido de que essa história acabou, porque ele não parece ser o tipo de gente que larga o osso.

Na verdade, o homem parece ser o tipo de idiota que pensa que o mundo gira ao seu redor. Que está acima de qualquer um ou qualquer coisa. Até mesmo da lei.

— Como você podia ser acusado de agressão se só estava tentando impedir uma situação ruim de ficar pior?

— Eu concordaria com você quanto ao primeiro soco. — Cerro os lábios e balanço a cabeça. — Mas eu soquei o cara duas vezes.

— Pra mim, parece que ele mereceu — comentou Clay, e pegou a garrafa de uísque para se servir de uma bebida. — Saúde, irmão.

Esta não parece uma boa hora para comemorar, mas mesmo assim encosto meu copo no dele e tomo outro gole.

— Além disso, deveria ser grato por ter chegado aqui depois que Eileen Martin saiu — conta Clay, com um sorriso conspiratório. — Mas algo me diz que você vai sair nos jornais amanhã. Aquela senhorinha estava bem animada.

— Merda — murmuro, e Clay estende o braço para dar um tapinha no meu ombro com sua mão pesada.

— Não fique tão deprimido, Ben. Pelo que percebi, você vai ser retratado como o herói de Ponte Vermelha. O homem que impediu uma briga de gangue e um sequestro apenas com o próprio punho.

Demonstro minha irritação com uma risada forçada.

— Que ótimo.

Publicidade e ser retratado como o herói daquela patricinha — tudo o que eu precisava.

12

NORAH

Olho pela janela, meu cotovelo apoiado na porta, e observo os prédios de tijolos e os postes de luz passarem conforme Josie nos leva do CAFEÍNA até a casa dela em seu SUV. O sangue seco de Thomas foi esfregado do chão, assim como o café derramado, e os galões de leite, agora estragado, que esquecemos de jogar fora antes de irmos para a delegacia, encontraram o seu lugar na caçamba de lixo atrás do edifício.

Tudo está de novo do jeito que encontramos de manhã — menos a minha sanidade.

O centro de Ponte Vermelha está quieto, e o brilho dos postes é a única coisa que indica a existência de vida enquanto atravessamos a cidade. A esta hora da noite, todo o comércio está fechado, exceto por um bar chamado Country Clube.

Uma placa neon exibe o nome do lugar acima da porta, e uma vibração suave de música flutua de dentro do bar. As luzes estão acesas e o movimento parece promissor para uma noite de terça-feira.

Quando noto uma picape familiar estacionada na frente do bar, eu endireito o corpo no banco.

— Para aqui — falo para Josie. — Quero entrar.

Mas Josie não me escuta. Suas mãos permanecem firmes no volante e seus olhos voltam a focar a rua.

— Josie. Por favor, para aqui. — Eu me viro no banco para encará-la. — Preciso conversar com Bennett. Pedir desculpa. Agradecer a ele. Dizer alguma coisa.

— Acho que não é uma boa ideia.

Inclino a cabeça ao observá-la.

— O quê? Por que não? — Ela não para e, em vez disso, seus dedos apertam ainda mais o volante, de um jeito quase imperceptível. *Quase.* — Josie, aquele homem foi preso hoje por minha causa. Realmente preciso ir até lá e conversar com ele. É a coisa certa a fazer.

Ela suspira, mas faz a volta no meio da rua vazia e segue na direção do Country Clube.

Josie estaciona e desliga o motor, saltando do carro antes mesmo de eu conseguir soltar o cinto de segurança.

— Vamos — reclama ela pela janela aberta da porta do motorista. — É melhor você ser rápida.

Não sei por que ela está agindo de maneira tão estranha, mas saio do carro e a sigo até o interior do bar o mais rápido que consigo. Minhas pernas e meus pés estão cansados, meu braço está dolorido e meu corpo parece pesar uma tonelada. Não tenho certeza se não estaria melhor se tivesse sido enterrada viva de verdade em uma poça de lama.

Em um palco pequeno, a música ao vivo irrompe de uma banda tocando o estilo bluegrass, e pelo menos cinquenta pessoas ocupam o espaço, bebendo cerveja, conversando e dançando.

No geral, o bar tem uma energia muito boa. Paredes de tijolo colonial, piso de madeira e um bar de mogno imenso com um mostruário cintilante de garrafas de bebida atrás dele. Tem um estilo eclético, porém rústico, e de alguma forma passa a sensação de estar em uma linha tênue, sendo o tipo de bar charmoso que se encontraria em uma cidadezinha, mas com um quê da sofisticação da cidade grande.

A pessoa que planejou este lugar sabia o que estava fazendo. *E se eu não tivesse deixado Thomas e a minha mãe me convencerem a desistir da faculdade faltando menos de um ano para receber meu diploma de designer de interiores, eu também poderia estar fazendo isso.*

Josie está parada ao meu lado, os braços cruzados com firmeza sobre o peito, e faço o possível para encontrar o homem que vim procurar em uma velocidade que ela considere aceitável.

Por sorte, não é difícil achá-lo, graças à sua presença impressionante, que não tem como passar despercebida. Ele está sentado no bar, meio encurvado, os cotovelos apoiados no balcão, os antebraços aninhando um copo quase vazio com um líquido âmbar à sua frente. Consigo ver a boca do bartender se mexer, a conversa direcionada ao seu companheiro de academia, Bennett. A igreja ali não tem vez, porque aqueles dois devem adorar o santo dos halteres de vinte quilos.

Se eu não tivesse a sensação de que a paciência da minha irmã tem um prazo para acabar, poderia até tirar um instante para admirar a vista.

— Encontrei ele — falo para Josie, segurando seu cotovelo para trazê-la comigo. — Está no bar.

Ela resiste.

— Eu te espero aqui.

— Você não quer...

— Vai logo, Norah. Eu espero aqui.

Cansada demais para brigar com ela, deixo minha irmã sozinha e vou em direção à construção grande de mogno. Vim até aqui na intenção de conversar com Bennett Bishop, então conversar com Bennett Bishop é o que vou fazer.

Quanto ao que vou dizer, terei que descobrir quando chegar lá.

Depois de abrir caminho pela multidão bêbada, chego ao meu destino. Desta distância, fica evidente que, apesar de o bartender ter o mesmo porte físico de Bennett, ele é mais baixo. Mesmo sentado, a cabeça de Ben fica acima da dele. O cabelo do outro homem também é mais escuro e, em vez de azuis, os olhos dele têm um tom interessante de castanho dourado, que me faz lembrar de favos de mel. Ele é bonito — de um jeito meio devastador.

Quando paro bem ao lado de onde Bennett está sentado, o bartender bonitão é o primeiro a reparar em mim. Os olhos dele me observam uma vez, depois de novo, então percorrem meu rosto como se me reconhecessem, mesmo que eu nunca o tenha visto na vida.

Algo surge em seu rosto — como se tivesse acabado de receber um choque de compreensão —, e ele sacode a toalha em sua mão, batendo no braço de Bennett.

— Acho que alguém está te procurando.

Bennett encontra os meus olhos e, na mesma hora, meu coração acelera e as palmas das minhas mãos ficam suadas. Pela intensidade dos meus sentimentos, alguém imaginaria que eu estava ali para contar que o cachorro dele morreu, ou que bati na picape dele, ou algo assim, mas tudo que estou tentando fazer é me desculpar.

— Ah... oi — falo, mas ele não faz nada a não ser pegar o copo à sua frente e beber um longo gole.

— Clay, esta é a irmã da Josie, Norah Ellis — murmura Bennett baixinho, reconhecendo minha presença, quase como se falar em frases compreensíveis fosse um esforço muito grande para ele. Como se eu fosse algum tipo de pária.

— Eu meio que descobri isso sozinho, Ben — responde Clay, alto e claro, com um sorrisinho maroto. Ele estende a mão por cima do bar depois de limpá-la na toalha, e ofereço a minha em resposta. — É um prazer te conhecer, Norah. Ouvi dizer que você teve um dia e tanto. Fico feliz de saber que está bem.

Abro um sorriso de leve, esperando que saia um pouco menos forçado do que parece. Clay para antes de soltar minha mão, observando o hematoma em meu braço, e contrai a mandíbula.

— Deviam ter sido três, Ben.

Ergo as sobrancelhas, perdendo o rumo da conversa.

— Como assim?

— Nada, querida. — O sorriso de Clay é... suave. Gentil, até. — Só estou feliz que esteja bem.

— Obrigada. De verdade. — Eu olho de Bennett para Clay e, de repente, sinto como se estivesse me esfolando viva ao ter uma plateia para esta conversa. — Será que... você poderia me dar um minutinho com o Bennett? Só nós dois?

Ele assente.

— É claro.

— Obrigada. É só um minuto mesmo, eu juro. Minha irmã está me esperando.

O rosto de Clay, que tem um tom oliva, fica completamente pálido de repente.

— A Josie está aqui?

— Sim. Perto da porta. Ela...

Nem consigo terminar de falar antes que ele comece a se mexer, jogando a toalha sobre o balcão do bar e indo na direção da minha irmã, quase empurrando os clientes para saírem da frente enquanto caminha.

— Isso foi estranho — falo em voz alta.

— A história sempre se repete — responde Ben, tomando outro gole do líquido âmbar em seu copo.

— O quê? — pergunto, sem saber se o ouvi direito. Ele se vira para me encarar, e pela primeira vez percebo o quanto os nós dos dedos de sua mão direita estão ensanguentados e cortados.

— Ah, meu Deus — falo, arquejando, segurando o membro machucado sem permissão. — Me desculpe.

As lágrimas ameaçam cair enquanto examino as feridas, e preciso lutar com todas as minhas forças para não desmoronar na frente dele. Em vez disso, faço a minha boca correr uma maratona o mais rápido possível para longe das lágrimas.

— Por isso vim até aqui hoje à noite! Pra me desculpar. Pela confusão, pela sua mão e por... *Thomas*. Peço desculpas por você acabar se envolvendo no assunto e ainda ter se machucado no fim das contas.

— Não preciso que você me peça desculpas, Norah — diz ele, puxando a mão da minha. — Não preciso de nada, só que me deixem em paz.

Certo, essa *doeu*.

Sei que meu rosto fica abatido, posso sentir, e ele me impressiona demais ao... bem, ao se importar.

— Merda. Não leva para o lado pessoal, tá? Eu só preciso de uma pausa. Socar o rosto de imbecis é a última coisa que eu deveria estar fazendo, mas fiz mesmo assim.

Eu só preciso de uma pausa. Ah, inferno. Essa me atingiu bem no peito.

Balanço meu pé, inquieta, parada ali de um jeito desconfortável enquanto tento silenciosamente acalmar meu coração acelerado por ter ouvido as palavras do meu pai saírem dos lábios dele.

Bennett volta a se virar para o bar e balança a cabeça para si mesmo.

— Merda.

O silêncio se estende entre nós dois por vários instantes dolorosos e longos, e como ele não diz nada, nem volta a olhar para mim, chego ao meu limite. Preciso fazer alguma coisa, falar alguma coisa... *qualquer* coisa, ou vou cair dura bem aqui.

— *Alabama Monroe* — falo, de repente, e o olhar azul poderoso dele me encara mais uma vez. Ben não faz a mais remota ideia do que estou falando. — A música que estão tocando. — Indico com a cabeça a banda de bluegrass no palco. — É de um filme chamado *Alabama Monroe.*

— Nunca vi.

— Deveria — comento. — É a coisa mais bonita e de partir o coração que vai assistir na vida. Vai te fazer sentir todas as emoções que existem em um intervalo de duas horas.

Ele olha para mim com atenção, em silêncio, e começo a me sentir como a maior idiota do mundo. *Mas o que é que eu estou falando? Ele não quer nada comigo, e estou tentando indicar filmes para ele?*

Enterro os dentes no meu lábio inferior e desejo em silêncio que eu possa apenas ter uma conversa normal com esse homem. Parece que estou ou me desculpando, ou tentando lidar com seu comportamento rude, ou discutindo por causa de algo que ele disse, ou chapinhando na poça profunda do nosso silêncio desconfortável.

Meus olhos percorrem os arredores do bar, mentalmente procurando alguma coisa para dizer que de fato encoraje a normalidade, mas tudo em que consigo pensar são garrafas de bebida, cerveja e pessoas bêbadas. Não são bons temas para puxar conversa. Em algum momento, meu olhar volta a pousar sobre ele, sentado no bar, os olhos encarando a frente e os lábios cerrados.

Quando Bennett ergue o copo com o líquido âmbar e o leva até a boca para mais um gole, vislumbro a tatuagem *Sum* em sua mão esquerda. Desta vez, porém, percebo três letras extras que circulam seu dedo.

S-u-m-m-e-r.

Summer.

Summer?

Sem dúvida é um nome de mulher. Porque, assim, um homem como Bennett — emburrado, taciturno, mal-humorado — com certeza não gosta do verão. Sem contar que a tatuagem não foi feita em qualquer dedo. Está no *anelar* da mão esquerda. O dedo da aliança.

É só então que a ficha cai. O mau humor dele. O "eu preciso de uma pausa".

Como eu sou boba.

— A sua... é... — Paro de falar e me remexo um pouco, desconfortável. — A sua esposa está brava com o que aconteceu hoje?

— Minha esposa? — Ele vira a cabeça bem rápido, e seus olhos voltam a encontrar os meus. — Não sou casado.

— Ah. Então é sua noiva? — comento, mas é mais uma pergunta, e quando ele franze a testa, eu acrescento: — Ou... é sua... ah... namorada?

Ele balança a cabeça e franze ainda mais a testa, completamente confuso.

— Do que você está falando?

— Eu...

Baixo meu olhar até encarar meus sapatos. Se ele não tem esposa, nem noiva, nem namorada, então qual é o significado daquela tatuagem? Acho difícil acreditar que é porque ele é obcecado por chinelos de dedo e férias na praia.

— Esse é o seu jeito de tentar descobrir se estou solteiro? — pergunta ele, e eu juro que um dos cantos de sua boca se contorceu em um sorrisinho, mas não dura mais que um milésimo de segundo. — Porque eu não estou interessado, querida.

— O quê? — Fico boquiaberta, como um peixe que acabou de ser arrancado da água.

— Eu não namoro. Nunca.

— Espere aí. Você acha que *eu* estou interessada em *você*? — Deixo escapar uma risada de espanto. — Hum, *não*. Muito obrigada. Eu notei a tatuagem no seu dedo e imaginei que Summer fosse...

— Minha tatuagem não é da sua conta — interrompe ele, me cortando de um jeito ríspido e cobrindo de propósito a tatuagem com a outra mão.

Quanto mistério.

Olha quem fala, Sra. Eu Vim para Ponte Vermelha para Fugir dos Meus Próprios Segredos.

Bennett começa a desviar sua atenção de mim, e fico ali parada, me perguntando como é possível que todas as interações entre nós dois acabem assim. Se estivéssemos na picape agora, este seria o momento da noite em que ele pisaria no freio e me chutaria para fora.

Algo dentro de mim quer encontrar uma maneira de desviar do caminho. De chegar a um destino que não termine em uma batida na Estrada do Mau Humor.

E se você tentar não ser tão xereta? Ainda mais no dia em que ele foi algemado por sua causa...

— Olha, eu... realmente não queria me intrometer. Desculpa. Às vezes a curiosidade é mais forte que eu.

Seus olhos sondam os meus, mas não tenho certeza do que estão procurando, até que ele ergue o copo.

— Águas passadas — diz, e termina o resto da bebida.

Sua resposta é o melhor que se pode esperar de um homem como ele. Para ser sincera, imaginei que teria menos de um por cento de chance de obter uma resposta com palavras de verdade.

— Bennett, eu...

— Norah, precisamos ir. — Josie me dá um susto ao segurar meu ombro com firmeza, a voz uma mistura de impaciência com irritação. — Agora.

Olho atrás dela e vejo Clay vindo direto em nossa direção — ou, melhor dizendo, na direção da *Josie* —, mais uma vez com passos rápidos.

— A propósito, Bennett, eu te agradeço muito pelo que fez pela minha irmã hoje. Obrigada — acrescenta Josie depressa, sem ao menos dar tempo de Bennett responder, e se vira rapidamente para mim. — Vamos sair daqui.

— Qual é, Josie — diz Clay assim que nos alcança, os olhos castanhos dourados fixos nos da minha irmã. — Vamos conversar só um minutinho.

— Não — diz ela, simplesmente.

— Você está no meu bar, amor — comenta ele, com um sorrisinho. — E você nunca vem aqui.

— Só estou aqui por causa da minha irmã. Não por sua causa.

— Tem certeza? — pergunta Clay, e coloca as mãos nos quadris. — Se me lembro bem, você disse que nunca mais colocaria os pés aqui. Por nada neste mundo.

— Às vezes precisamos abrir uma exceção e fazer coisas que não queremos, porque é para as pessoas que amamos — retruca Josie, e segura minha mão. — Vamos, Norah.

Antes que eu perceba, nós duas estamos saindo pela porta, e Bennett Bishop e o bartender Clay não passam de uma lembrança.

Ora, ora. *Parece que não sou a única guardando segredos nesta família.* Ou *em Ponte Vermelha, diga-se de passagem.*

13

Sábado, 7 de agosto

Bennett

Nine Inch Nails vibra nos alto-falantes pendurados discretamente ao redor do meu estúdio, e Trent Reznor canta a respeito de como nada mais importa de fato.

Gostaria de poder concordar com ele.

Aproximo e afasto o pincel ao longo da tela gigante, depois recuo para ter uma visão do quadro como um todo. Uma perspectiva abstrata de amarelos, azuis, vermelhos e verdes me encara de volta. A pintura é indefinida, mas, ao mesmo tempo, reconhecível.

É exatamente o que deveria ser.

Nunca fui o tipo de artista que fica preso em um certo estilo. Eu brinquei com o Impressionismo e com retratos surrealistas de pinceladas mais borradas. Até passei um ano fazendo somente arte conceitual, que tinha o objetivo de chocar o meu público.

Durante os últimos dois anos, porém, estive imerso no abstrato, minha intenção focada em criar uma imagem, uma pintura, que eu não tivesse planejado. Isso pode parecer arbitrário e até um pouco destrutivo; na verdade, é mesmo, mas não é predeterminado — porque a vida também não é.

E estou descobrindo que a beleza disso tudo é que, embora nada do que eu crie seja predefinido ou até mesmo visualmente tangível, o cérebro humano ainda vai querer associar a obra a algo com que já estamos familiarizados, porque ele anseia pela lógica e pelo conforto.

Examino as bordas e o centro, e passo os dedos pela parte onde sei que a tinta ainda não secou. Entalhes que espelham o tamanho e o formato do meu polegar e indicador deixam marcas na tinta úmida, servindo como uma assinatura de que estive aqui.

Três semanas de trabalho e enfim acabou.

Minha irmã, Breezy, vai querer vender pelo lance mais alto. Eu meio que quero queimar o quadro.

Meu irmão mais velho, Logan, costumava chamar de "loucura" esse meu impulso destrutivo com as minhas obras. Mas ele também acenderia o fósforo e a assistiria queimar junto comigo. Pensando bem, essa provavelmente é uma boa metáfora de por que nossa relação acabou do jeito que acabou.

Dou as costas para a pintura e vou até a pia para lavar as mãos. Quando me viro, ela ainda está ali, me encarando de volta, um talismã dos meus demônios.

Talvez uma fogueira hoje à noite seja uma boa ideia.

Irritado com a minha própria previsibilidade, desligo a música, saio do meu estúdio e volto à casa principal, para me distrair preparando um café.

Infelizmente, meu celular toca antes mesmo de eu entrar. Existem pouquíssimas pessoas que ligam para esse número — ou que *têm* esse número —, e já até sei quem está ligando antes mesmo de atender. Eu terminei uma pintura e, de algum jeito, ela sabe. A essa altura, juro que deve ter uma câmera escondida no meu estúdio.

— O que você quer, Breezy? — pergunto, assim que encosto o telefone na orelha.

— Um simples "oi" ou "como você está, irmãzinha?" seria legal, sabe? — Ela dá uma risada sarcástica. — Mas acho que eu deveria agradecer só por você ter atendido à droga do celular.

— A que devo o prazer desta ligação, irmãzinha? — pergunto, indo direto ao ponto.

Eu posso até ser um babaca que não atende, mas Breezy não liga sem motivo.

— Sabe, li um artigo muito interessante hoje no jornal de uma cidadezinha. Falava de uma espécie de herói. Um herói que deu um soco no rosto de um cara e acabou preso alguns dias atrás.

Maldita Eileen Martin. Clay fez questão de vir aqui em casa no dia em que a matéria saiu no jornal de Ponte Vermelha. Embora tenham sido publicados apenas os primeiros nomes das pessoas envolvidas, Eileen garantiu uma boa fotografia minha no banco de trás da viatura do xerife Peeler.

— Parece uma leitura interessante — comento, ao entrar na cozinha. O café que preparei naquela manhã ainda está na cafeteira, agora frio. Pego uma caneca no armário ao lado da pia, encho e coloco no micro-ondas enquanto minha irmã continua falando.

— Ah, foi *muito* interessante — concorda ela, e o tom arrogante em sua voz não esconde sua raiva. — Bennett, o que diabos aconteceu?

Beatrice Bishop — *mais conhecida como minha irmã, Breezy* — é três anos mais velha do que eu, e implacável quando se trata de negócios. Ela não deixa passar nada. E quando eu digo nada, é nada *mesmo.*

— Acho que a dúvida principal aqui é: como você arranjou um jornal de Ponte Vermelha?

Eu sei que Eileen Martin ainda não conseguiu publicá-lo *on-line.* Parece que é um problema que ela vem tentando resolver há alguns anos, sem sucesso, porque a mulher é teimosa como uma mula e se recusa a receber ajuda, mesmo que isso signifique que seu precioso jornal vai ficar preso à Idade da Pedra dos entregadores.

— Não — diz ela. — Essa com certeza não é a dúvida principal. É sério. O que aconteceu, Ben?

— Não se preocupe — falo, e o micro-ondas apita. — Não estou enrolado com a justiça. Não prestaram queixa. Minha ficha criminal continua impecável em Ponte Vermelha.

— Eu gostaria de te lembrar que você se mudou pra Ponte Vermelha pra ficar longe de encrenca.

— E eu estou. — *Mais ou menos.* Jurei que, de agora em diante, vou ficar longe do CAFEÍNA e de qualquer coisa que possa ter a ver com Norah Ellis, então não vejo como poderia arrumar encrenca de novo.

— Me promete que não preciso me preocupar com essa história?

— Breeze, eu fui ajudar uma mulher que estava numa situação ruim. Só isso.

Se fosse outra pessoa, eu mandaria não se intrometer, mas Breezy foi a única com quem pude contar no momento mais difícil da minha vida. Sei que ela não quer me ver no fundo do poço de novo — e sabe que não posso me dar a esse luxo. Por isso, sempre serei grato, mesmo que, na maioria das vezes, ela seja uma chata.

— Tudo bem. Mas saiba que recebo o jornal pelo correio, então vou ficar sabendo se houver outro heroísmo criminoso.

Eu bufo.

— Agora, vamos ao verdadeiro motivo de eu ter ligado.

— Ah, não. Lá vem...

— Você precisa contratar um assistente.

Reviro os olhos.

— Não preciso de assistente, Breeze.

— Sim. Você. Precisa — diz ela com firmeza. — Confie em mim, Bennett, eu adoro ser sua agente, e sempre serei, mas meu trabalho de verdade é administrar as galerias da nossa família. E, caso não lembre, essa é uma tarefa e tanto. Então preciso que você contrate um assistente, porque não consigo mais fazer todo o seu trabalho sujo sozinha.

As Galerias Bishop têm sido o negócio da família há sessenta anos, desde que o nosso avô as fundou na zona norte de Manhattan. Depois de terem começado como uma loja única, as Galerias Bishop se expandiram para dois outros lugares em Nova York, um em Chelsea e o outro no Brooklyn, e figuraram nos mercados de Chicago, Miami e Paris.

Se a galeria da minha família escolhe representar um artista, sem dúvida alguma garantirá o sucesso dele.

Como um artista, eu deveria agradecer muito por isso.

Oito anos atrás, quando o nosso avô faleceu, nossos pais enfrentaram um divórcio difícil, e as prioridades dos dois se desviaram dos negócios e se voltaram para superar um ao outro com cônjuges cada vez mais jovens.

Nossa mãe já está no terceiro casamento e agora mora nas Bahamas com um surfista qualquer de 28 anos. Nosso pai ainda mora em Nova York, mas passa bastante tempo viajando pelo mundo com sua esposa troféu, uma modelo de 25 anos.

Dizer que a nossa família se tornou uma bagunça disfuncional seria o eufemismo do século.

Então, sabendo que havia a necessidade desesperadora de uma liderança concreta, Breezy assumiu tudo.

— *Se me lembro bem*, foi você que quis ser minha agente — comento. — E também me lembro de você ganhar rios de dinheiro com a comissão ao fazer isso.

— Isso foi quando nossos pais ainda eram capazes de administrar as galerias e você estava disposto a vender suas obras — retruca ela. — Você não vendeu um único quadro nos últimos dois anos, Ben. A essa altura, estou trabalhando de graça.

Começo a abrir a boca para lembrá-la de que as minhas prioridades são muito mais importantes que vender pinturas para ricaços babacas, mas a voz dela preenche meu ouvido mais uma vez.

— E você também está.

— Breezy...

— Eu sei que você vai dizer que não precisa do dinheiro, mas precisa, sim — diz ela com gentileza, me interrompendo. — As contas do médico acumulam todo mês. Sua reserva e seus investimentos diminuem a cada dia. E o seguro parou de cobrir a enfermeira particular seis meses atrás.

— Breezy, minha situação financeira vai bem. — Mais ou menos.

— Ben, você sabe tão bem quanto eu que este é o momento de alcançar a maior estabilidade financeira possível. Se não...

— Se não o quê? Eu nunca vou deixar que internem ela em alguma droga de...

— Eu também não, seu idiota — repreende Breezy. — Eu nem cogitaria deixar isso acontecer, você sabe disso. Mas *estou* sugerindo que venda uma ou duas obras. Não é como se você não passasse cada minuto no seu estúdio, tirando os que passa com Summer e aqueles em que misteriosamente resgata mulheres em perigo. Seja *pago* pra isso. E contrate a droga de um assistente!

— Eu tenho procurado um — falo, simplesmente.

Essa conversa de assistente começou um ano antes, e eu meio que *tentei* levá-la adiante. Embora não possa dizer que me esforcei muito desde então. Não é culpa minha se todo mundo que entrevistei era insuportável.

— Colocar um panfleto idiota e fazer as pessoas enfrentarem o processo seletivo mais esquisito que já vi não conta como tentar — rebate ela, com um suspiro. — Nós dois sabemos que você ainda não contratou ninguém porque não quer. E é por isso que não precisa mais fazer nada, porque estou mandando alguém pra te ajudar. Já foi avaliado e está pronto pra começar.

— O quê?

— O nome dele é Paul. Ele se formou em Harvard e tem mestrado em História da Arte. É o candidato perfeito.

Franzo a testa.

— Ele parece ser um tédio.

— Bom, ele não vai ser pago pra te entreter. Paul vai ficar responsável por toda a parte *chata* do seu trabalho, que eu não tenho mais tempo pra fazer. Parece a combinação perfeita pra mim — continua ela, defendendo Paul como se fosse um assistente de ouro. — Além disso, ele está disposto a se mudar pra Ponte Vermelha...

— Não. Isso não vai dar certo. Não quero um estranho incompetente espreitando a minha casa... ou a Summer. Nem pensar.

— Não sei se você sabe, mas para um assistente te ajudar, precisa ficar com você.

— Pouco me importa. Não vai acontecer, Breeze. Encontre outra solução.

— Não temos outra opção. Você precisa de um assistente. De alguém que possa resolver todas as ligações diárias que chegam relacionadas ao seu trabalho. Alguém que administre seu *e-mail*. Alguém que mantenha ativa a sua presença nas redes.

— Que redes?

— Seu *site*, Instagram e...

— Que merda é essa? Eu tenho *Instagram*?

— Meu Deus, você é tão desinformado. — Ela suspira. — Por sorte, Paul não é. Ele vai chegar...

— Não — interrompo ela, antes que Breeze tente colocar um ponto-final nessa loucura. — Não vai acontecer. Se está tão determinada assim a me arrumar um assistente, então eu mesmo vou contratar um.

— Já tentamos essa estratégia.

— É, bom, vamos tentar de novo. — Ela fica em silêncio. — Não mande ninguém pra cá, Breezy. Tô falando sério. Não vou ser legal.

— Você é tão irritante! — grita, se lamuriando.

— Me diga algo que eu não sei.

Ela expressa sua irritação bem alto pelo telefone.

— Beleza. Mas você tem um prazo curto, e, se nada acontecer, vou mandar o Paul.

— Breezy, já chega.

Há uma breve pausa, longa o suficiente apenas para ela considerar meu tom de voz e a minha seriedade antes de continuar.

— Ontem, recebi uma ligação do curador do Museu de Arte Moderna. Eles querem expor algumas das suas pinturas, mas precisam da sua permissão.

— Bom, não vão conseguir.

— *Bennett.* — Ela suspira de novo. — Você não pode passar o resto da vida criando uma arte que não mostra pra ninguém.

— Quem disse?

— *Todo mundo* — responde ela, o tom de voz tenso. — Todo dia, eu atendo ligações de pessoas desesperadas para comprar um quadro de Bennett Bishop e pendurar na parede. Ainda assim, não posso vender nada pra elas, mesmo com a nossa galeria te representando, porque você está numa espécie de período sabático em uma cidadezinha e se tornou completamente impossível de lidar.

— Um período sabático sugere que estou planejando voltar. E estou. Só preciso de tempo.

Ela deixa escapar um suspiro irritado.

— Vai mesmo ficar parado aí e me dizer pra falar ao curador do Museu de Arte Moderna que você se recusa a permitir uma exposição das suas obras em um dos museus mais cobiçados do mundo?

— Sim. E gostaria de te lembrar de que eles já têm algumas das minhas pinturas em exposição. Agora, se não se importa, tenho coisas pra resolver, coisas pra fazer.

— É justamente por isso que você precisa de um assistente.

— Breeze, se eu vou contratar um assistente, preciso encontrar alguém que me desafie. Alguém que possa ser vantajoso. Alguém que seja um benefício verdadeiro para a minha criatividade. Alguém em quem possa confiar. O que eu não preciso é de um engomadinho qualquer que faça as minhas compras e prepare o meu café. Essa merda consigo resolver sozinho.

— Eu não vou recusar o pedido do curador do museu.

— Quer que eu recuse pra você?

— Não, quero que você coloque a cabeça no lugar e se dê conta de que está sendo um idiota.

— Tchau, Breezy.

— Bennett! Não se atreva...

Desligo o celular antes que ela consiga dizer mais alguma coisa.

Também não fico surpreso quando duas mensagens aparecem segundos depois.

Breezy: VOCÊ É IMPOSSÍVEL.

Breezy: E como você é GROSSEIRO PRA CACETE e desligou antes que eu conseguisse te contar tudo, Logan ligou pra mim hoje de manhã. Perguntou por você. Queria saber como você está e o que anda aprontando. Ele está em Nova York por causa da estreia de algum filme.

Minha resposta é rápida.

Eu: Pode dizer ao Logan pra ir se foder.

Breezy: É, esse é o tipo de resposta que eu esperava de você.

Meu irmão mais velho é uma cobra egocêntrica e narcisista. Também é um ator bem popular de Hollywood, e a única coisa que nós dois temos em comum é o sobrenome e o fato de termos dormido com a mesma mulher — que por acaso era minha namorada na época.

De repente, escuto as palavras que Josie disse para Clay no bar, na noite de terça-feira. *Às vezes precisamos abrir uma exceção e fazer coisas que não queremos, porque é para as pessoas que amamos*. Sei que eu mesmo preciso ouvir essas palavras. Pela Summer *e* pela Breezy.

Antes que eu pense duas vezes, digito uma mensagem na tela do celular e aperto enviar.

Eu: Eu terminei uma pintura que você pode vender. Grande. Abstrata. Vou te mandar uma foto até o fim do dia. E você pode confirmar com o Museu de Arte Moderna.

Estou pronto para pensar em outra coisa, *qualquer* coisa, então tiro essa conversa da cabeça e, ao mesmo tempo, guardo o celular no bolso da calça jeans. Depois, dou uma espiada dentro da geladeira para ver o que mais vou precisar do mercado do Earl.

Por acaso, a frente da mercearia é onde a cidade deixa um quadro para vagas de emprego. Posso fazer as compras e dar o primeiro passo na busca por alguém que não seja o maldito Paul.

Às vezes, a vida na cidade pequena não é tão ruim.

14

Norah

Com a culpa pesando sobre mim como um poncho desde "o incidente", tenho tentado dar o melhor de mim para compensar a chegada desastrosa em Ponte Vermelha.

Todos os dias, acordo sozinha, antes mesmo de o despertador da Josie tocar, me arrumo para o trabalho e preparo um lanchinho para a minha irmã junto ao meu. Quando chegamos ao CAFEÍNA, me esforço ao máximo para observar, ouvir e aprender tudo o que posso, mas, sinto dizer, as coisas não vão nada bem.

Na quarta-feira, esqueci os cookies dentro do forno e quase coloquei fogo na cafeteria. A fumaça era tanta que o xerife Pete chamou o corpo de bombeiros voluntários e nos obrigou a evacuar o local até eles chegarem.

Na quinta-feira, tentei usar a máquina de *espresso* pela primeira vez, e agora ela faz um barulho estranho que nem mesmo o fabricante sabe consertar. Tecnicamente, ela ainda funciona, mas está muito mais lenta, fazendo Josie, Todd e Camilla — todos baristas experientes — se recusarem a preparar algumas bebidas que os clientes pedem.

Na sexta-feira, eu não quebrei nada, mas esqueci de colocar as tampas nas lixeiras atrás da cafeteria, e, quando chegamos esta manhã, encontramos o beco cheio de guaxinins comendo restos de bolinhos e frutas podres.

E é por isso que agora estou limpando lixo empapado.

Sopro meu cabelo do rosto e pego as últimas sobras de fruta meio comidas. Jogo tudo na terceira sacola de lixo que enchi desde que Josie me colocou no serviço de limpeza, ponho a sacola dentro da lixeira e fecho-a com a tampa. Como eu deveria ter feito na noite anterior, sabe?

Enquanto entro pela porta dos fundos, tiro as luvas amarelas de limpeza que vêm até meus cotovelos e jogo-as na pia para limpar mais tarde. Depois de lavar bem as mãos, vou até a frente da cafeteria e encontro Josie reabastecendo a vitrine com bolinhos e cookies frescos.

— Precisa que eu faça alguma coisa?

A resposta dela vem mais rápido que um velocista desviando dos obstáculos.

— Não.

Não é preciso ser um gênio para deduzir por que estão exigindo cada vez menos de mim conforme os minutos passam. Tentei ser útil ao colocar pequenas gérberas como enfeites nos centros das mesas e trocar as lâmpadas para criar um brilho mais aconchegante, mas tenho a sensação esmagadora de que, embora essas mudanças não tenham irritado a minha irmã, ainda parecem uma invasão ao seu espaço pessoal. O que eu entendo. Trabalhar lado a lado o dia inteiro e morar juntas à noite não é para os fracos.

Nem preciso dizer que logo vou precisar arrumar outro emprego. Um que de fato tenha um salário, para que eu possa ajudar nas contas e, com o tempo, encontrar minha própria casa.

Thomas não me incomodou mais desde que saiu da cidade — graças a Deus —, e espero que, com a ajuda da ordem de restrição, as coisas continuem assim. Também troquei o número do meu celular e fiz um plano novo na única operadora da cidade, mas fiquei com o mesmo aparelho porque *socorro, estou pobre*. E em algum momento, em um futuro distante, tenho a esperança de ficar tempo suficiente sem causar nenhum desastre a ponto de fazer amigos.

Deus sabe que, neste momento, os sentimentos da minha irmã e os meus estão mais bloqueados que o cofre de um bilionário. Preciso de alguém para conversar e compartilhar o que sinto.

Josie vem até mim, coloca dinheiro na gaveta de gorjetas da caixa registradora e a fecha, claramente determinada a voltar ao trabalho de verdade. Mas algo naquele momento me faz soltar as palavras que venho segurando desde a noite de terça-feira.

— Muito bem, eu preciso saber. De onde você conhece aquele bartender Clay?

O suspiro que ela solta poderia ser uma turbina eólica e fornecer energia à metade da cidade.

— Na verdade, ele é o dono do Country Clube. Antes da semana passada, eu não ia até lá fazia o maior tempão.

— Tá... mas como conheceu ele? — insisto, provocando-a. — São ex-namorados?

Josie suspira. Ela olha para mim antes de voltar os olhos para o chão, então deixa escapar outro suspiro.

— Ele é meu ex-marido.

Foi como se uma bomba tivesse explodido em cima de nós duas.

— *O quê?* Ele é seu *ex-marido*? — O choque que sinto me consome tanto que bato as mãos na caixa registradora e ela começa a pirar. Ela apita, retine e até os números giram no mostrador antigo.

Com os olhos arregalados, eu recuo com as mãos para cima, e Josie avança, dando um tapa naquela coisa barulhenta como se ela fosse um crocodilo irritado.

— Desculpa! — grito, acima daquele caos, me sentindo tão pequena que caberia em um bolso. *Quando vou parar de estragar as coisas?*

Ainda assim... que fofoca!

— Quer dizer que você era casada? — grito de novo, bem quando a caixa para de histeria e fica em absoluto silêncio.

Camilla e Todd mordem o lábio e seguem de fininho para a cozinha, nos deixando sozinhas.

— Sim — responde Josie, a paciência dela comigo já esgotada. — Eu era casada. Agora sou divorciada. Podemos mudar de assunto?

Meu cérebro quer explodir.

— Você. Se. Casou? — Meu tom de voz sobe a cada palavra. — *Você se casou?* — Gesticulo com as mãos à minha frente, e Josie se coloca entre mim e o balcão de vidro, defendendo-o.

— Minha irmã se casou, depois enfrentou um divórcio, e eu nunca soube de nada? Por quê, Josie? Por que você não me contou?

— Eu não sei, Norah. — Ela coloca as mãos nos quadris. — Talvez pelos mesmos motivos de eu não saber nada sobre o *seu ex*, além do fato de ele ter uma tendência a sangrar muito. Por falar nisso, por que você veio pra Ponte Vermelha? Por que ele veio atrás de você? O que está acontecendo?

Bom, *que merda*. Esta conversa tomou um rumo inesperado, para o qual não vim preparada.

— Sabe de uma coisa? Vou dar um pulo lá no Earl. Volto rapidinho — digo, mudando de assunto. Tiro meu avental e tento não ficar presa no sorriso mais do que satisfeito de Josie.

— Ahá! Foi o que pensei — diz ela. Embora eu não esteja olhando para a minha irmã enquanto pego minha bolsa e as chaves, consigo ouvir o sorriso de "xeque-mate" em sua voz. — Precisamos de leite de novo, então trata de ser útil e compra dois galões. Ah, já que vai até lá, traz também um galão de leite de aveia, um de amêndoa e um de semidesnatado.

— Sim senhora, capitã. — Presto continência a ela como uma soldada dedicada e saio pela porta da frente mais rápido do que um felino sentindo o cheiro de erva de gato. Obviamente, Josie não está pronta para lavar *toda* a sua roupa suja e, para ser sincera, eu também não. Nossos segredos vão ficar guardados até outro dia.

Mantenho a cabeça baixa durante a caminhada curta pela praça e arrumo o cabelo sobre os fones de ouvido, formando uma cortina ao redor do meu rosto, para evitar chamar a atenção indesejada dos moradores da cidade depois da matéria sobre a visita ilustre do meu ex-noivo a Ponte Vermelha, que saiu no jornal na semana anterior.

As portas automáticas do Mercado do Earl se abrem e entro ao som de Carly Simon reverberando em meus ouvidos. A música é sobre um homem e sua vaidade, e eu meio que odeio o quanto consigo me identificar com a música e o fato de que ela me faz pensar no Thomas.

Uma parte de mim, enorme e muito curiosa, se pergunta como ficaram as coisas depois que ele saiu de Ponte Vermelha com uma ordem de restrição para me deixar em paz. Um homem como Thomas King está acostumado a conseguir o que quer e ter as coisas feitas do jeito dele... o tempo todo. A experiência dele nesta cidade pequena foi o completo oposto. É óbvio que isso o irritou. Mas quais serão as consequências? Eu não sei.

Será que ele contou para o pai?

Será que a minha mãe sabe o que aconteceu?

Será que ele realmente vai me deixar em paz?

Tantas dúvidas que eu gostaria de não ter.

Tiro o celular do bolso e mudo de propósito a música da Carly Simon para uma da Lesley Gore, cujas letras têm a característica empoderada de que preciso.

Ninguém é meu dono. Nem Thomas. Nem a minha mãe. Ninguém.

E ninguém vai me dizer o que fazer, ou dizer, ou pensar, ou sentir. Sou a dona do meu próprio nariz, porra, e vou construir a minha vida em um lugar onde possa tomar todas as decisões e viver do jeito que quero.

Lesley é a parceira perfeita, e caminho pelo mercadinho cantando com ela mentalmente. A seção dos frios e laticínios é nos fundos, e vou até lá sem pressa, vagando pelos corredores e parando no das revistas para dar uma olhada.

Tudo vai muito bem... por pouco tempo.

Bem ali, em uma revista de fofoca ao lado da *People*, está o único rosto que já consegui esquecer. Agora, porém, está visivelmente machucado.

Arranco o papel brilhante da prateleira, abro na página que a manchete indica e começo a ler.

OS OLHOS ROXOS MISTERIOSOS DE THOMAS KING

O jovem herdeiro do Império King foi visto no Tavern on the Green na noite anterior, curtindo comes e bebes com amigos. Porém, era impossível não notar os olhos roxos proeminentes e o nariz inchado em seu rosto.

O que deixa a gente imaginando: *o que aconteceu com Thomas King?*

"Desde que Norah Ellis o abandonou no altar, Thomas tem enfrentado tempos difíceis", revela uma fonte próxima a ele. "O que prova que nada está certo neste mundo. Para falar a verdade, me

sinto mal por ele. Primeiro, o amor da sua vida troca você por outro homem, depois você arruma uma briga? É terrível."

Trocá-lo por outro homem?

Que imbecil lambe-botas, puxa-saco e mentiroso.

Frustrada, lanço a revista de fofoca de volta na prateleira e vou em direção à frente da loja. Estou quase na porta quando vejo o quadro de avisos com anúncios de empregos para todas as vagas na cidade.

Com um fogo ainda mais ardente queimando dentro de mim, me instigando a me tornar bem-sucedida sem ajuda e a deixar Thomas, minha mãe e a cidade estúpida de Nova York para trás, passo os olhos depressa pelos papéis fixados ali.

Tosquia de ovelhas na fazenda de Tad Hanson, caixa no banco de Ponte Vermelha, e assistente do gerente no mercado do Earl — nenhuma delas me agrada.

Franzo a testa e analiso os outros papéis no quadro, até que finalmente encontro um que desperta o meu interesse.

É uma folha branca e simples com letras pretas impressas: **Precisa-se de Assistente de Artista. Aberto para entrevistas toda terça-feira ao meio-dia.**

Não tem telefone. Nem nome. Só um endereço.

Sem hesitar, puxo meu celular do bolso de trás da calça e tiro uma foto rápida do anúncio.

Vou ter que esperar até terça-feira para dar uma olhada, mas não vou passar nem mais um minuto pensando em Thomas King.

Eu me viro para sair, mas quando vejo uma mulher vindo em direção à porta com um carrinho cheio de sacolas de compras, percebo que esqueci o pedido da Josie com todos os tipos de leite. E não posso voltar à cafeteria de mãos vazias — ela vai me matar. Ou pelo menos vai tentar me interrogar de novo, sabe?

Pego depressa um carrinho da fileira ao lado da porta e vou direto aos fundos da loja. Ainda estou ouvindo música — *Another Day in Paradise*, do Phil Collins.

É antiga, mas é das boas, e escolho abraçar a melodia enquanto abro a porta da geladeira para pegar o leite que Josie pediu. Até remexo um pouco o quadril quando o refrão começa. Dou uma rápida olhada nas datas de validade do leite integral e escolho dois galões que vão demorar mais a vencer, depois os retiro da prateleira, segurando um de cada lado.

Levanto um dos pés para fechar a porta com um pequeno toque, mas quando ergo o olhar e vejo alguém parado ao meu lado, *alguém que eu conheço*, o ato de me equilibrar em uma perna só segurando dois galões de leite se torna impossível.

Começo a tombar para a frente, e a única maneira de impedir que me estatele no chão é segurar o carrinho com uma das mãos para recuperar o equilíbrio. Infelizmente, um dos galões de leite fica sobrando nesta história e cai com um estrondo forte.

O líquido branco se espalha a partir do plástico quebrado como uma onda rápida em um rio inundado e abre caminho pelo piso, indo parar bem nos sapatos de Bennett Bishop.

Ai, droga.

15

Bennett

O líquido branco leitoso jorra pelo piso do mercado do Earl e cerca minhas botas marrons de couro, cobrindo as solas.

Olho para os meus sapatos, depois ergo o olhar e vejo a expressão horrorizada no rosto de Norah Ellis.

— Ai, meu Deus! — grita ela, tão alto que faz meus ouvidos doerem. — Me desculpe! — grita de novo, colocando dentro do carrinho o único galão de leite que conseguiu segurar.

Por que diabos ela está gritando? Quando percebo que está com fones de ouvido, aponto para suas orelhas.

— Que tal tirar os fones?

As bochechas de Norah ganham um tom impressionante de cor-de-rosa, e ela se atrapalha com o fio dos fones até conseguir tirá-los da orelha e guardá-los no bolso.

— É sério, me desculpa. Acho que estraguei suas botas.

Quase tenho vontade de rir com a quantidade de vezes que esta mulher se desculpou comigo na última semana e meia. *Alguém precisa atualizar o Guinness, porque ela já deve ter alcançado um novo recorde.*

Como não peguei um carrinho para mim, coloco minha cartela de ovos e o Danoninho de Summer no carrinho da Norah e vou até a frente da loja procurar o Earl. Ele está trabalhando em um dos caixas, como todo sábado, já que tem poucos funcionários.

— Ei, Earl! — grito e consigo chamar sua atenção. — Onde ficam os esfregões?

— Esfregões? — pergunta ele, passando o leitor de código de barra em um pacote de pão para um senhor mais velho chamado Harold Metcalf, dono do restaurante na rua principal. Depois de morar há tanto tempo em Ponte Vermelha, fiquei muito bom em reconhecer os moradores, mas é difícil não notar Harold e seu bigode diferenciado de pontas longas e enroladas.

— Preciso limpar uma coisa que derramou.

— Onde?

— Na seção de frios. É só um pouco de leite.

Em vez de me dizer onde estão os esfregões, Earl pega o microfone ao lado da caixa registradora.

— Limpeza no corredor dois! — A voz dele guincha e estala nos alto-falantes espalhados pelo mercado. — Repito: limpeza no corredor dois!

Pelo amor de Deus.

— Eu mesmo posso limpar — insisto, e ele balança a cabeça.

— Não pago o Lance pra ficar sentado jogando na porcaria do celular. Ele limpa.

Lance acabou de fazer 18 anos e trabalha no mercado do Earl desde sempre. Ele também é preguiçoso demais e se faz de Houdini toda vez que aparece trabalho para fazer. Certa vez, enquanto eu estava parado na fila atrás de outros cinco clientes, observei Earl gritar por uns bons dez minutos para Lance vir ajudar no caixa, só para, no fim das contas, descobrir que o rapaz tinha ido para o lago Urso com alguns amigos vinte minutos antes.

Enquanto volto até a seção de frios e alcanço Norah parada em frente ao leite derramado, escuto mais cinco vezes:

— Limpeza no corredor dois, Lance!

As bochechas dela agora estão da cor de uma cereja, e parte de mim acharia adorável esse nível de constrangimento por causa de leite derramado, se eu parasse para pensar muito no assunto.

— Earl vai resolver o problema do esfregão.

— É, acho que todo mundo na loja já sabe disso. — A irritação permeia seu tom de voz. — Precisava mesmo fazer esse estardalhaço?

— Não é um estardalhaço. Tentei arranjar um esfregão, mas Earl insistiu em pedir pra um de seus funcionários limpar.

— Mas que droga, Lance! — Era a voz de Earl outra vez no alto-falante. — Levante essa bunda e vá pro corredor dois! É urgente!

Norah suspira e passa uma das mãos sobre o rosto.

— Cacete, nem é tão urgente assim.

— Não tem problema — digo para ela, que me olha com os olhos semicerrados.

— Todo mundo está olhando.

Olho por cima do ombro e percebo que está certa. Pelo menos seis pessoas vieram até a seção de frios para ver qual era a confusão no corredor dois.

— Lance! Corredor dois! *Agora*! Urgente!

Com as emoções agora totalmente transparentes, Norah me encara, irritada.

— Por sua causa, vão acabar chamando de novo o corpo de bombeiros de Ponte Vermelha.

— Por minha causa? — pergunto, com uma risada irônica.

— É. Por sua causa. O cara que disparou o alarme de emergência do esfregão.

— Querida, não fui eu quem deixou cair um galão cheio de leite no chão só ao tentar se virar. Se vai culpar alguém, é melhor começar com você mesma.

Olhos semicerrados fuzilam o meu rosto, e a boca linda dela se abre de desgosto.

— Talvez você não devesse ser um babaca tão mal-humorado, sabe? — Ela olha para as minhas compras dentro de seu carrinho e bufa. — E que tipo de homem adulto compra Danoninho?

Lance escolhe este exato momento para aparecer, os olhos sonolentos e um esfregão tão magro quanto ele na mão esguia, me salvando de ter que inventar alguma besteira qualquer.

— O que aconteceu? — resmunga, a voz rouca, como se tivesse acabado de acordar de uma soneca.

— Eu derramei leite sem querer — confessa Norah. — Desculpe.

— Que bagunça — reclama Lance, e as bochechas dela voltam àquele tom cor-de-rosa avermelhado.

Se fosse eu, diria para Lance se mancar, mas não é isso que Norah faz.

— Eu sei. — Ela faz uma careta e junta as mãos, como se estivesse rezando. — Me desculpe. De verdade.

Ela volta com as desculpas. Com a educação. Não consigo me impedir de cutucar a ferida.

— Você gostaria que eu pedisse a todo mundo no mercado pra formar uma fila, assim você pode começar o *tour* das desculpas? — pergunto, e Norah volta a olhar para mim. — Desse jeito vai ser mais fácil falar com todos, sabe?

— Como é que é?

— Pedir desculpas. É um hábito seu — respondo, e dou de ombros. — Imaginei que eu poderia poupar seu tempo e reunir todo mundo aqui enquanto Lance termina de limpar.

Ela fica boquiaberta e consigo ver todos os seus dentes brancos perolados.

— O quê? — pergunto. — Você não pode negar que é um hábito. *Srta. Desculpas*. Você se desculpa mesmo quando a culpa não é sua. E sempre que acho que você vai se cansar de fazer isso, outra justificativa escapa da sua boca.

Ela está horrorizada.

— Não acredito que você me disse isso.

— Bom, eu disse. — Dou de ombros, indiferente à sua reação. — Sabe por quê? Porque é verdade.

Ela estreita os olhos, como se eles tivessem o poder de me esmagar.

— Sabe qual é o seu hábito?

— Qual?

— Ser um grande babaca do cacete — acusa ela, finalmente mostrando um pouco de coragem de novo.

— O que é grande? Eu ou o cacete? — pergunto com um sorrisinho. — Só pra esclarecer, porque já elogiaram bastante a segunda opção.

— Sabe, às vezes eu acho que você pode até ser um cara legal por trás dessa sua fachada fria, dura e mal-humorada, mas aí você mostra que estou errada ao agir como um escroto.

— Um escroto e um babaca? Pode continuar, querida. Por favor. Me diga o que mais eu sou, já que parece saber tanto sobre mim.

Norah abre a boca para dizer alguma coisa, mas a fecha depressa. Até chega a repetir a ação duas vezes, então deixa escapar um suspiro profundo e se vira para Lance.

— Sinto muito pela bagunça. Obrigada por limpar tudo.

— Que seja — murmura o jovem funcionário do mercado enquanto termina de esfregar sem entusiasmo algum. Aposto dez pratas que a próxima pessoa a passar por esse corredor vai escorregar.

Sem direcionar outra palavra ou outro olhar para mim, Norah pega mais galões de leites variados, coloca todos no carrinho com cuidado e vai em direção à frente da loja como se eu não existisse, levando consigo minha cartela de ovos e o iogurte.

Acho que podemos dizer que eu a irritei.

Tanto faz. Não tenho tempo nem disposição para me importar. Tenho coisas muito mais importantes com que me preocupar.

Como terei que começar de novo, rapidamente volto à minha lista e pego tudo o que preciso, depois paro na seção de farmácia para pegar os remédios de Summer e vou em direção ao caixa.

Earl tagarela sobre o time de futebol americano deste ano da escola e finjo escutar enquanto ele passa as minhas compras e as coloca em sacolas.

— Até mais, Earl — grito e atravesso as portas automáticas, indo até a minha picape.

Hoje o sol está forte e brilhante, e mal consigo enxergar graças ao reflexo da luz na calçada. Talvez seja por isso que vou até a minha picape e destranco a porta do motorista sem me dar conta de que estão me chamando de novo.

— Qual é o seu problema? — grita Norah, do outro lado da picape, e eu suspiro.

— Meu Deus, você parece mofo, sabia? Não consigo me livrar de você.

— Caramba, você é tão irritante! — Ela bate as mãos nas laterais das coxas. — Quando percebi que comprei suas coisas, fiquei esperando pra tentarmos nos resolver. Achei que pudesse precisar delas, mas talvez eu só jogue os ovos na sua picape!

— Faça isso e vai arrumar um problema daqueles, querida — resmungo, dando a volta na picape para tirar a sacola da mão dela antes que Norah faça alguma besteira.

Pego o plástico e ela puxa de volta, nos colocando em um cabo de guerra ridículo com a sacola. Quando ganho, o que era previsível, ela cerra os punhos de raiva e, de repente, sem nenhum aviso, a palma de sua mão atinge meu rosto em cheio.

Quando Norah ergue a mão outra vez, pronta para me dar o segundo tapa, eu avanço e a seguro pelos braços a fim de acalmá-la e, ao mesmo tempo, desacelerar meu coração. Porém, por algum motivo estúpido e inconcebível, meus lábios acabam sobre os dela.

Eu a beijo. E ela me beija de volta.

Eu a tomo para mim, saboreio e aprofundo minha língua ao longo da dela, e Norah deixa escapar um suspiro curto e carente em minha boca aberta. Deslizo as mãos pelas ondas suaves de seu cabelo, e o movimento faz com que nossos corpos se pressionem com firmeza. Minha respiração está pesada, assim como a dela, e estou a ponto de arrancar nossas roupas e colar nossos corpos de um jeito que *sei* que se encaixariam.

Pode chamar de intuição, graças aos anos de estupidez, mas esse é o tipo de paixão que sei que terminaria em um quarto.

Vai ser necessário reunir todo o autocontrole que me restou, mas fiz a mesma coisa ao recomeçar minha vida... Eu consigo.

Afasto Norah como se fosse uma punição, como se ela fosse a culpada, mesmo quando nós dois sabemos que não é o caso.

Meus olhos vão direto para sua boca. Está rosada e inchada do beijo, e vejo seus dentes se cravarem na carne macia do lábio inferior.

Os olhos castanhos estão arregalados ao encararem os meus. Grandes, lindos e provocantes, tentando me fazer fechá-los de novo.

Quero voltar a ouvir a respiração dela quando Norah deixa escapar um suspiro carente. Quero sentir o jeito como seus lábios se moldam perfeitamente aos meus. Quero mergulhar minha língua em sua boca outra vez e sentir seu sabor.

Quero sentir todas as suas curvas perfeitas com minhas mãos grandes.

Quero saber como é Norah Ellis quando ela perde completamente o controle. Quero saber como seria tocar seu corpo, quais barulhos ela faz quando está ocupada demais buscando o próprio prazer em vez de abrir aquela boquinha tagarela.

Merda.

Preciso me segurar muito para não beijá-la de novo.

— Sai daqui, Norah. — Minhas palavras são uma ordem ríspida, mas, lá no fundo, estou implorando para que ela caia fora e eu não perca o controle.

— Bennett...

— Sai! — grito, conseguindo mandá-la embora. Ela pega as sacolas de leite e caminha depressa pela calçada.

Um beijo estúpido e uma reação mais estúpida ainda.

Acho que, não importa o quanto eu tente, nunca deixarei de ser um idiota.

16

Terça-feira, 10 de agosto

NORAH

Durante três dias, não pensei em nada além daquele beijo.

A maneira como ele me fez sentir, a maneira como cedi ao beijo com tanta rapidez, apesar de ter uma vida muito complicada, a maneira como terminou — e como um pouquinho de todos esses três ingredientes é uma receita para a ruína.

Eu não preciso que um machão mal-humorado que me odeia fique me irritando e roubando beijos em estacionamentos. Não preciso me jogar de cabeça em outro homem e outro desastre, quando ainda nem escapei por completo do último. *Não preciso* sentir as coisas que estou sentindo ou me perguntar como decifrar o mistério de Bennett Bishop.

Preciso me concentrar em mim mesma. Preciso de um emprego. De um propósito. E preciso de tudo isso bem rápido.

Por isso, implorar a Josie para ter a manhã de folga hoje para poder ir atrás de outro trabalho me pareceu ser a escolha mais lógica a se fazer. Agora, enquanto dirijo até um endereço aleatório fora da cidade no velho Civic da Josie, que consegui ligar por um milagre, estou começando a sentir que consigo respirar.

A assistente de um artista.

É a forma perfeita de expressar minha criatividade e meu conhecimento de design, e muito melhor que ensacar compras no mercado do Earl, tosquiar ovelhas para Tad, o suposto fazendeiro bonitão, como Josie se refere a ele, ou até mesmo quebrar todo o equipamento da minha irmã no CAFEÍNA, conquistado a duras penas.

E acho que Josie também percebeu isso. O entusiasmo com que ela concordou em me dar a manhã de folga para procurar emprego — mesmo com uma reunião agendada com Eileen Martin sobre disponibilizar cupons no jornal, o que significava que ela também não iria trabalhar — é a prova disso.

Usando o único conjunto de roupas corporativas casuais que tenho — *tudo da Lillian, é claro* —, eu dirijo por uma estrada sinuosa que o Google Maps tem certeza de que leva à Avenida Bordo, 33.

Não demora muito até eu avistar uma caixa de correio, que se destaca na frente da entrada de cascalho da garagem e confirma o endereço certo. Viro à direita e avanço pelo caminho tortuoso até ver pelo para-brisa um celeiro enorme e surpreendente. Ao longe, há uma casa branca grande no topo de uma colina.

O freio guincha como metal enferrujado e os pneus esmagam o cascalho quando paro o carro no fim da entrada.

Desligo o motor e começo a olhar ao redor.

Gramados abertos se destacam em meio a uma floresta exuberante, e há um celeiro branco com duas portas largas vermelhas.

É uma terra de ninguém — o oposto da cidade de Nova York. Como uma garota que se declara chique e está acostumada ao burburinho urbano, não consigo acreditar em como a sensação de estar aqui é boa.

Pelo retrovisor, dou uma olhada no cabelo e na maquiagem pela última vez, depois saio pela porta do motorista às 11:58, dois minutos antes de a entrevista começar. Estou muito orgulhosa por ter administrado meu tempo bem o bastante para não chegar atrasada — inclusive os quinze minutos extras que demorei para fazer o Civic pegar.

Agora, tudo que preciso fazer é arrasar na entrevista, e então estarei no caminho certo.

Vida nova, aí vou eu.

A caminhada até o celeiro é um verdadeiro teste de resistência para os meus sapatos, mas consigo andar pela grama sem quebrar o salto ou cair de cara no chão. Talvez corporativo casual não tenha sido a melhor escolha, mas se por acaso a pessoa que me entrevistar tiver, sei lá, me visto no jornal, ou fizer parte do corpo de bombeiros voluntário, eu queria aumentar as chances de convencê-la de que sou profissional. Perto das portas vermelhas, procuro um sino ou alguma coisa que sirva para anunciar minha chegada, mas, como não encontro nada, decido bater na entrada castigada pelo tempo.

Quando ninguém responde, bato de novo com mais força, o punho cerrado, e grito, com calma:

— Olá? Vim fazer a entrevista...

Nada.

Com cuidado, puxo uma das grandes maçanetas de latão. A porta direita do celeiro range e guincha ao se abrir um pouquinho, e preciso usar bastante força para fazer com que ela abra um espaço largo o suficiente para eu passar.

— Olá? — grito de novo, a porta grande do celeiro batendo atrás de mim ao fechar.

O lugar está completamente vazio. Quatro paredes brancas gigantescas e um chão de terra com pedaços de feno contradizem a existência de um artista. *Quanto tempo faz desde que alguém pintou algo aqui?*

Hesitante, me esgueiro um pouco mais pelo espaço, procurando por portas ocultas, passagens secretas ou algum sinal da presença de um psicopata — como serrotes, correntes, facões, celas escondidas, esse tipo de coisa, sabe?

— Olá? — chamo mais uma vez, quando chego no meio do celeiro, e giro em um círculo, confusa. É então que vejo alguma coisa nas sombras, em um dos cantos, onde uma parede branca encontra a outra. Latas de tinta e uma caixa de plástico transparente com pincéis dentro despertam toda a minha curiosidade.

Vou até aquele canto depressa e examino os objetos, encontrando um bilhete escrito à mão em cima de uma das latas de tinta.

Pinte a parede.

Tirando um espacinho para eu escrever meu nome e o número do meu celular, só está escrito isto no bilhete: *pinte a parede.*

Torço o nariz.

Esta é a entrevista? Ninguém para impressionar, nenhuma pergunta para responder, sem julgamentos à minha etiqueta. Só umas latas de tinta e uma parede em branco.

Ou esta é a entrevista mais brilhante e inovadora que já vi, ou é o começo de um episódio de *Dateline*.

Prefiro acreditar na primeira possibilidade, porque, para ser sincera, estou ficando sem opções.

Tiro a jaqueta da Chanel e a coloco de lado com cuidado, depois enrolo a bainha da calça o máximo que consigo e também me livro dos sapatos Versace. Não é o tipo de roupa que você usa para pintar, ainda mais se são apenas emprestadas.

Agora que estou fisicamente preparada, paro em frente à parede em branco e tento compreender como posso preparar minha mente.

Tá... pintar a parede?

Certo.

Vamos lá, Norah. É só pintar esta merda.

A tampa de cada lata de tinta tem uma pequena amostra da cor ali dentro, e eu tenho uma variedade boa de cores para escolher. Branco, preto, azul, tons de amarelo e dourado, tom pastel de cor-de-rosa, verde militar, laranja de uniforme de prisão, e variações de roxo e marrom. Deve ter pelo menos trinta cores aqui, e mais ainda se eu as misturar.

Escolho uma delas, um tom suave de pêssego, meio cor-de-rosa, meio alaranjado, que me lembra o pôr do sol de Ponte Vermelha que eu costumava assistir quando era criança.

Eu pinto a parede, misturando amarelo e até vermelho mais perto do topo e na base.

A princípio, começo com um pincel pequeno, mas quando percebo que desse jeito vou levar horas para pintar a parede inteira, procuro um rolo de pintura que só precisa de alguns ajustes e me permite alcançar o topo sem que eu precise subir em uma escada.

Depois disso, meu ritmo fica dez vezes mais acelerado.

Após algumas horas de trabalho meditativo, passo a última camada de tinta no canto inferior da parede e dou um passo para trás a fim de admirar minha pintura. Ficou bonita — e me sinto orgulhosa —, mas não faço a mínima ideia se é isso que o artista está procurando.

Se não for, a única coisa que posso fazer é me permitir ficar tranquila. A pintura não está marcada pelo meu fracasso em reconhecer a maldade nas pessoas ou pela necessidade inabalável de agradar a alguém que não se importa nem um pouco comigo.

Esta é a minha oportunidade de recomeçar aos 26 anos e, para a minha surpresa, acho que estou satisfeita com isso.

Quando olho para a bagunça que fiz com os pincéis e as latas de tinta, penso que a limpar pode ser parte da entrevista — afinal, seria *essa* atitude que eu procuraria se fosse um artista precisando de um assistente.

Na mesma hora, fecho as latas de tinta que usei e pego os pincéis e o rolo a fim de levá-los para o lado de fora. Não sei bem onde, mas imagino que tenha uma torneira em algum lugar que eu possa usar para lavá-los e enxaguá-los.

Descalça e com cuidado, dou a volta no celeiro e vou até os fundos, onde encontro o que estou procurando — uma torneira de chão com um volante azul, e que fica na metade do caminho até a casa da propriedade, no centro do pasto. O sol aquece meus ombros graças à regata que escolhi usar por baixo da jaqueta da Lil, e borboletas voam pelas flores na grama. É como a cena de um filme ou de um livrinho infantil, e me vejo inclinar o rosto na direção do calor do sol enquanto caminho.

Enquanto eu crescia em Nova York, sentia que a minha vida era como correr a toda velocidade em uma esteira. Depois da escola, minha mãe me arrastava de uma atividade extracurricular para a outra, e então para qualquer compromisso social que ela tivesse agendado para aquele dia. Nós jantávamos, tentávamos nos misturar e nos esforçávamos para encontrar "as pessoas certas". Quando eu estava na faculdade, conhecemos o Thomas e, infelizmente, fui ingênua o bastante para pensar que isso significava o sucesso. Mas a verdade é: não existe linha de chegada quando se é obcecada em ser a melhor.

Aqui, neste campo, do jeito que estou, sinto que consigo me ouvir pensar. Como se não existisse outro mundo a não ser aquele que eu escolha criar para mim mesma, nenhum objetivo a ser alcançado. Na verdade, são por este mundo e estes pequenos momentos perfeitos que vale a pena lutar, e, melhor ainda, não há fim, apenas oportunidades infinitas.

Vamos torcer para que a primeira delas seja eu conseguir esse emprego.

17

Quarta-feira, 11 de agosto

Bennett

— Nossa, papai. Anda logo! — Um suspiro se segue a toda essa audácia que acaba de deixar os lábios da garota mais bonita que já vi.

Mesmo que raramente consiga ficar de pé, ela é uma coisinha pequena, com pouco mais de um metro de altura. Adora coisas de patricinha, brilhos e *reality shows*. Na certidão de nascimento dela está escrito Summer Beatrice Bishop, mas, para mim, sempre será a minha Abelhinha.

Esta garotinha foi meu amor à primeira vista. E os últimos sete anos só me fizeram amá-la ainda mais. *Eu a amo mais que a mim mesmo.*

— Estou indo o mais rápido que posso, Vossa Alteza. — Reviro os olhos diante da irritação em seus lábios cerrados, mas, ao mesmo tempo, também dou risada. Destravo o assento móvel e feito sob medida da cadeira de rodas e levanto-a com o mesmo cuidado que usaria para carregar um ovo feito de vidro.

Deus, odeio o fato de ela parecer mais leve em meus braços do que algumas semanas antes.

Enquanto a carrego da sala de estar até a porta da frente, mantenho os olhos em seu rosto, procurando como um falcão por qualquer sinal de desconforto. Quando chegamos à varanda, o vento quente roça em seus cachos loiros, e os olhos azuis brilhantes me encaram. Logo em seguida, ela abre um sorrisinho de pirata, torcendo o nariz, e meu coração cresce dentro do peito.

— Hoje você tá igual a uma lesma, papai — provoca ela, a voz doce e melodiosa preenchendo meus ouvidos quando chegamos ao carrinho de golfe que fica estacionado próximo à varanda.

— Eu sou uma lesma? — pergunto, rindo alto.

— É. — Ela dá uma risadinha. — Você tá demorando um século!

Com movimentos cautelosos, coloco-a no banco do passageiro do carrinho de golfe, prendendo-a no aparato especial que instalei alguns anos antes. Quando verifico as fivelas pela segunda e terceira vez, ela revira seus olhinhos bonitos para mim, mas isso só me faz sorrir.

— Está pronta? — pergunto, dando um beijo suave em sua testa.

— Na verdade, não — responde Summer, piscando de um jeito dramático para mim. — Não sabe o que está faltando? — Quando a encaro, confuso, ela acrescenta: — Talvez o par de óculos mais bonito que você já viu na vida?

Merda. Como os óculos são um dos pertences favoritos de Summer — e algo que ela raramente tem a chance de usar —, esse é um erro terrível para um pai.

— Aguenta aí, querida — digo e dou uma corridinha até o interior da casa.

Demoro apenas um minuto para encontrá-los em cima da penteadeira no quarto dela, e mais outro para voltar até o carrinho de golfe e colocá-los com delicadeza em seu rosto.

— Está bonita, Abelhinha.

No mesmo instante, a garotinha, usando seus óculos escuros favoritos, cor-de-rosa e em formato de coração, olha para mim com um sorriso e uma risadinha.

— Obrigada, papai!

Os óculos escuros ainda são grandes demais para o seu rosto, mas Summer não se importa. Ela se apaixonou por eles quando os viu em uma revista, e me implorou para comprá-los. E como me tem na palma da mão desde o momento em que a segurei em meus braços, eu procurei na internet durante horas até encontrar um igualzinho.

— *Agora* estamos prontos? Ou você quer que eu corra até a casa de novo...

— Não! Vamos logo!

Na mesma hora, e antes que eu receba mais um revirar de olhos da atrevida aqui, dou a volta no carrinho e subo no lado do motorista. Assim que ligo o motor, meus ouvidos são abençoados com o som de sua risada animada conforme avançamos devagar.

Não tem nada que eu ame mais do que o som de sua risada.

Longe da casa principal, dirijo em direção ao celeiro, do outro lado do pasto. O rosto de Summer é o retrato da paz e da alegria, tudo o que eu gostaria que fosse, mas estou apavorado como nunca estive antes.

No dia anterior, fomos até Burlington tirar suas radiografias mensais. É uma parte importante do tratamento dela, mas, para mim, é sem dúvida o dia mais devastador do mês. Por isso sempre marquei as entrevistas com os assistentes às terças-feiras. Eu sabia que não estaríamos em casa, e que precisaríamos de alguma coisa pela qual ansiar no dia seguinte.

Já faz mais de um ano desde que alguém tentou se candidatar ao emprego, mas o sentimento é o mesmo. Summer e eu precisamos nos animar.

Duas costelas quebradas, a clavícula fraturada e uma patela seriamente deteriorada são apenas a ponta do iceberg das últimas complicações na batalha da minha garotinha milagrosa contra a osteogênese imperfeita tipo III. Durante semanas, ela nem conseguiu sair da maldita casa. Summer também tem se sentido cansada e com dor, e posso jurar que ela tem cada vez mais dificuldade para respirar. Assim como o verão, a minha doce Summer está começando a enfraquecer.

Os médicos vêm me preparando há bastante tempo — me lembrando que essa hora chegaria —, mas só de pensar em ver isso acontecer de fato faz o meu coração se partir ao meio.

— Você está bem, Abelhinha? — pergunto, mesmo já sabendo a resposta. Para mim, saber o quanto essas viagens podem ser duras com seu corpo cada vez que nos aventuramos no carrinho de golfe é uma tortura. Para Summer, é pura alegria.

— Esta é... a melhor sensação... do mundo! — grita ela para o vento, a única maneira com que consegue se expressar, já que seus membros estão presos.

Apesar da minha angústia, eu sorrio.

— Adivinha, filha? Tenho uma surpresa pra você.

— Uma surpresa? — Os olhos dela se arregalam ainda mais de alegria. — O que é? Me conta. Me conta. Me conta!

— O Sr. Doug disse que alguém veio pintar o celeiro ontem, então achei que a gente podia ir ver.

Toda semana, meu caseiro Doug dá uma olhada no celeiro e me conta se alguém apareceu. Já faz bastante tempo desde que alguém de fato foi até lá, tanto que, na verdade, Doug quase ficou sem fôlego de alegria quando me contou isso esta manhã.

— Oba! — comemora ela. — Faz um tempão que ninguém pinta ele!

Não me dou ao trabalho de contar por que, ou que a culpa é minha, já que acabei de voltar a anunciar a vaga no quadro do Earl, e sei que o outro cartaz já se perdeu há um ano. Em vez disso, me concentro em Summer e na maneira como ela se anima quando vê as obras de outras pessoas, não importa se têm ou não muita habilidade.

— Achei que você fosse gostar.

— Tá brincando? Os dias de pintura são os meus favoritos! Quais cores será que usaram? Espero que cor-de-rosa!

O cor-de-rosa é de longe a cor favorita de Summer. Na verdade, aos olhos dela, é a *única* cor que existe. As outras não têm chance e nem seriam escolhidas, se dependesse de Summer.

Balanço a cabeça e dou uma risada curta.

— Por que não estou surpreso?

— Porque quem é que esperaria outra cor? Cor-de-rosa é a melhor!

— É, Abelhinha. Você está certa. Também espero que tenha cor-de-rosa.

Ela dá outra risadinha, os olhos se voltando para o céu. Dá para ver que é um movimento difícil. Como ela nasceu com o tipo mais grave e mais avançado de ossos de vidro a que um bebê tem chance de sobreviver, sempre foi preciso ter cuidado com Summer, mas não consigo imaginar como ela se sente agora, praticamente — e de propósito — paralisada para o seu próprio bem. Quando se trata da doença de Summer, até os movimentos mais simples podem quebrar um osso. Às vezes, e ultimamente em *muitas* vezes, seus ossos se fraturam sem motivo algum.

Summer comemora quando estaciono em frente às portas vermelhas do celeiro. Empurro o pedal do freio até o travar, para impedir que o veículo saia andando. Pego o carrinho postural dela no banco de trás e, enquanto ela ainda está presa ao assento, levanto-a com cuidado para tirá-la do carrinho de golfe e ajustá-la no lugar.

— Anda logo, pai — reclama, quando começo a fazer minha checagem tripla de sempre. — Quero ver a parede.

— Calma aí — retruco, com uma risadinha. — Não estamos correndo contra o tempo.

— Deveríamos — rebate ela. Summer está sempre com pressa. É ansiosa, voraz e exigente de entusiasmo e carinho, por isso, é impossível acalmá-la. Ela é cheia de caprichos e, para ser honesto, nunca tentei impedi-la de conseguir o que quer.

Sete anos atrás, a mãe dela fugiu assim que deu à luz, por ser egoísta demais para se sobrecarregar com uma filha, ainda mais uma que precisava de cuidados especiais. Não tive escolha a não ser virar minha vida do avesso o mais rápido possível. Cortei relações com todas as pessoas que considerava má influência e me mudei com minha filha para Ponte Vermelha, jurando para mim mesmo que nada e nem ninguém ficaria entre mim e as necessidades de Summer.

Nem mesmo donzelas em suposto perigo, como Norah Ellis.

Deslizo as grandes portas vermelhas para abri-las e entro no celeiro vazio, empurrando Summer à minha frente. O sol entra por uma das janelas lá em cima e reflete bem na parede que já não é mais branca. Em vez disso, um lindo tom pastel de cor-de-rosa, com nuances de laranja, amarelo e vermelho, está em destaque.

Tiro os óculos escuros de Summer e sua reação é imediata. A minha se demora em meu estômago, como se eu tivesse levado um soco.

— Ah, meu Deus, papai! Eu amei! Essa é a pessoa certa! Parece exatamente com o pôr do sol que vimos na varanda de trás na semana passada! Não acha?

Parece mesmo. Eu não tinha certeza se Summer notaria, mas agora que notou, meu estômago se revira com mais força. Cada pôr do sol que assistimos juntos parece um a menos que assistiremos no futuro.

Deixo uma Summer entusiasmada admirando a parede e caminho até as latas de tinta meticulosamente organizadas e os pincéis limpos, para ver se o papel está ali. Mal olho de relance para ele e já fico chocado com o nome: ***Norah Ellis***.

O telefone dela está logo embaixo, escrito com a mesma caligrafia delicada e feminina.

Puta merda.

Sou obrigado a piscar várias vezes até que meu cérebro consiga compreender de verdade como me sinto com essa descoberta.

Norah é uma chata de galocha, sobrecarregada por um passado complicado, e me leva a fazer coisas estúpidas. Em apenas uma semana, a presença dela já me fez socar estranhos e me envolveu no melhor beijo da minha vida.

Norah Ellis é última pessoa de que preciso trabalhando para mim.

— Pai, você tem que deixar a pintura aí — comenta Summer, sua alegria me tirando por um momento do estupor confuso. — Assim a gente pode vir até aqui e admirar o pôr do sol o tempo todo!

Mesmo desejando poder apagar Norah Ellis e tudo relacionado a ela da minha vida, nunca que eu conseguiria negar esse pedido.

— Está bem, querida. Vamos deixar ela aí.

— Para sempre?

Merda.

— Para sempre.

Eu me sinto meio enjoado enquanto saímos do celeiro para terminar nosso passeio pela propriedade. E quando voltamos para casa a fim de que Summer tome seu banho diário e os remédios noturnos, já estou pronto para aceitar minha surpresa.

Não sei o que fazer. Não sei como lidar com a contratação de uma assistente enquanto tenho problemas muito maiores com que me preocupar, e como conciliar o fato de que Norah Ellis é a assistente em questão.

Quero fazer o que é certo em relação à minha irmã e à minha filha, e quero ser capaz de bancar os cuidados dos quais Summer precisa desesperadamente. E, pelo amor de Deus, quero parar de pensar na porra daquele beijo.

Precisando me distrair, pego minhas chaves e me despeço de Summer e de sua enfermeira. Em seguida, vou à cidade na minha picape.

Menos de dez minutos depois, meus pneus esmagam o cascalho quando estaciono em frente ao Country Clube. Pelo menos não está cheio, então sei que vou arranjar logo um banquinho e uma dose de uísque.

Infelizmente, como este é o único bar da cidade, também encontrarei o xereta do Clay se metendo onde não deve. Mas como não guardo mais bebida em casa, quando quero beber, é isso que tenho que fazer.

Com os olhos de águia focados, o intrometido me vê assim que entro pela porta e faz uma performance dramática ao se afastar de um cliente com as duas mãos na cintura.

— Minha nossa! Mas o que diabos está acontecendo? Bennett Bishop no meu bar numa noite de quarta-feira? Só pode ser o apocalipse.

Reviro os olhos e escolho um banquinho para me sentar na ponta mais distante do bar, onde não há mais ninguém. Clay não perde tempo e vem correndo atrás de mim.

Meu Deus, às vezes ele é chato para cacete.

— Bom, oi pra você também, meu camarada. O que te traz aqui a essa hora? Se meteu em outro duelo com um cara de fora da cidade e passou o dia na cadeia?

— Me sirva uma dose de uísque, Clay — respondo, em vez de exaltar a baboseira dele.

— Uau. Tá legal. Sem clima pra gracinha, pelo jeito.

Respiro profundamente e ele fica parado ali, esperando.

— Clay. Uísque, por favor. Aí eu vejo se quero falar.

Agora com a motivação certa, ele obedece, colocando um copo à minha frente e enchendo-o quase até a borda com gelo e líquido âmbar. Dou um gole, depois outro, e isso me dá um motivo para culpar outra coisa que não seja Norah Ellis pela queimação em minha garganta.

Enquanto bebo mais um pouco, Clay está quieto, o que não é do feitio dele, e por alguma razão essa estratégia dá certo. Eu começo a falar.

— Breezy está enchendo o meu saco de novo pra que eu encontre um assistente. Disse que as contas estão acumulando e que eu preciso começar a vender obras pra manter Summer em casa e bancar os cuidados que ela precisa.

Clay assente uma única vez.

— Então, coloquei de novo aquele anúncio velho no quadro do Earl, e alguém encontrou aquela droga e foi pintar o celeiro ontem. Summer e eu fomos até lá hoje pra ver e, pela primeira vez, a pessoa de fato fez alguma coisa que valesse a pena.

— Ótimo.

— É — falo, em um tom de escárnio. — Só que a pessoa é Norah Ellis.

— E?

— *E*? Clay, no curto espaço de tempo desde que ela chegou aqui, já rolou muita merda entre a gente, e nenhuma foi boa. Acha que é uma boa ideia contratar Norah, fazer dela uma figura permanente na minha vida? Na vida da Summer? — Balanço a cabeça. É a pior ideia que já ouvi, ainda mais porque houve algo bom, algo explosivo, naquela droga de beijo, que não tenho intenção de compartilhar com Clay, já que a cidade ainda não está fofocando sobre isso.

Ele me encara por um longo instante, que se transforma em minutos, e eu encaro apenas o meu copo, a condensação que se formou depressa do lado de fora e o sabor do álcool ali dentro.

Imagens daquela parede idiota no celeiro e da maneira como o rosto de Summer brilhou quando ela a viu pela primeira vez dançam em minha mente. Ela me implorou para deixá-la assim para sempre, e eu senti que meu coração se partiu ao meio pelo que isso significou para mim.

Não há nada que eu queira mais do que dar tudo o que ela quer, e não há nada que eu queira menos do que me sentir nessa obrigação porque o tempo está acabando.

A verdade é que, em alguns dias, mal consigo respirar.

— Você está com medo de que Summer goste dela, né? — pergunta Clay, por fim, colocando o dedo bem na ferida.

Reviro os olhos antes de admitir.

— Tá brincando? Todo aquele luxo? Ela vai se apaixonar.

— Talvez... sei lá, Ben — diz Clay, com toda a suavidade e gentileza que consegue em um bar barulhento. — Talvez não seja uma coisa ruim, sabe? Talvez um pouco de Norah Ellis nas vidas de vocês seja exatamente o que precisam.

Meu estômago queima e sinto minha garganta se fechar.

Talvez um pouco de Norah Ellis nas vidas de vocês seja exatamente o que precisam.

É disso que tenho medo.

18

Terça-feira, 17 de agosto

Norah

Mais uma semana trabalhando no CAFEÍNA e estragando tudo o que toco. Mais uma semana dependendo da Josie para necessidades básicas e um lugar para ficar. Mais uma semana me sentindo como se estivesse no limbo, esperando o mundo desabar ao meu redor.

E uma semana inteira esperando notícias da entrevista, sem resultado algum — e, infelizmente, eu tinha expectativas altas.

Começo a ficar agitada enquanto Josie limpa os restos de grãos da máquina de *espresso*, que ela enfim conseguiu consertar, e prepara as bebidas de dois clientes ao mesmo tempo.

A cena deixa os sinais ainda mais óbvios: sou inútil aqui. E essa realidade dura só me fez pensar mais na primeira e única entrevista que tentei fazer. Foi tudo muito estranho, é verdade, e eu nem falei com ninguém, mas, sei lá, nunca me senti tão eu mesma como quando pintei aquela parede.

A compostura me diz que eu deveria esquecer essa história. Tentar outra coisa. Fazer entrevista para tosquiar as ovelhas do Tad, ou me contentar com empacotar as compras no mercado do Earl. Mas passei a vida inteira sendo a garotinha perfeita, que faz apenas o que as pessoas esperam dela, e agora as sensações ardentes em meu corpo estão se rebelando contra essa garota.

Observo Josie se virar com mais dois pedidos e decido que não consigo mais assistir àquilo. Não vou ficar sentada e deixar que a vida aconteça *comigo*. Chegou a hora de fazer a vida acontecer *para* mim.

Que se dane. Vou conseguir aquele emprego.

Em um acesso de raiva, me afasto bruscamente do balcão, desamarro o nó do meu avental verde e o bato sobre o balcão com um baque alto. A demonstração de agressividade faz com que vários clientes olhem para mim, todos os pares de olhos arregalados e confusos. E não me surpreende que meu ataque descontrolado e inexplicável tenha feito Josie me lançar um olhar carrancudo.

Merda.

— Foi mal. — Pego o avental e devolvo um olhar de desculpas para ela, e Josie volta a preparar qualquer que seja a bebida chique que a faz derramar um montinho de chantilly em cima do café frio.

Hesito por um momento longo, porque uma pequena parte minha está tentada a perguntar a Josie se ela sabe alguma coisa sobre o artista misterioso de quem ainda não sei nada, mas decido que estou vulnerável demais para isso. Não consigo lidar com a opinião de outras pessoas ou com a possibilidade de que meu único balãozinho de esperança possa estourar.

Preciso cultivar essa esperança. E preciso seguir essa história até o fim. Sozinha.

— Josie, preciso sair. Eu... não consigo ficar aqui e não fazer nada, e...

— Tá — concorda Josie, sem pensar duas vezes, sem ao menos erguer o olhar para encontrar o meu. Para ser sincera, estou chocada. Imaginei que ela me faria perguntas. Ou me interrogaria sobre o lugar aonde vou. *Qualquer coisa.*

— Tá?

— Tá. — Ela assente. — Só me faz um favor, Hulk, e pega leve com o equipamento quando for sair.

De um jeito dramático, penduro meu avental no gancho da cozinha, ao lado da porta dos fundos, e dou a volta com cuidado no balcão. Josie tem a decência de sorrir, e quase caio na risada quando saio para a garoa lá fora.

Está um dia horrível, daqueles que me fazem desejar o fedor quente do verão. Puxo o capuz do casaco Prada de Lil sobre a minha cabeça e corro até o Civic velho da Josie, como se eu fosse derreter com a chuva.

Quando consigo me sentar desajeitada no banco do motorista, minha respiração está pesada e xingo em silêncio o artista misterioso por me fazer passar por tudo isso.

Ótimo. Deus sabe que vou precisar de um pouquinho de raiva para reforçar minha confiança. Preciso de coragem, determinação e uma atitude meio "não aceito 'não' como resposta", embora nada disso seja a minha especialidade.

Ligo o motor, que por sorte pega na primeira volta da chave, coloco o cinto de segurança e desço a rua para sair da cidade. Não preciso de um GPS desta vez. O trajeto está gravado no meu cérebro.

Quando viro na Avenida Bordo, que não tem nada além de terra e cascalho, agora escorregadios da chuva, o carro derrapa com tanta força que acabo girando e virando na direção contrária. Meu coração acelera dentro do peito, e uma mistura de medo e determinação aumenta a minha adrenalina em cem por cento.

A chuva agora está mais forte, caindo em torrentes que se movem da direita para a esquerda em vez de só para baixo, mas minha determinação é tanta que nem isso é capaz de me impedir.

Ergo de novo o capuz do casaco sobre a cabeça e salto do carro, abandonando-o por completo. Ao longe, a grande casa branca está no topo da colina, e corro pelo resto do caminho até ela, passando pelo celeiro e subindo a estradinha até chegar à porta.

Não espero para recuperar o fôlego, nem paro para pensar no fato de que não tenho ideia de quem estará do outro lado da porta. Preciso de respostas, e preciso delas agora.

Eu quero esse emprego. Quero muito.

Esquece. *Preciso* dele. Não vou embora daqui com um "não". Não posso.

Completamente ensopada e tremendo de frio, ergo a mão e bato na porta da frente até uma luz acender no corredor. Não consigo ver nada muito bem por causa das cortinas brancas e finas nas janelas laterais, mas sei que tem alguém na casa.

Reunindo cada fibra de coragem que tenho, bato com mais força, me obrigando a respirar quando ouço passos pesados do outro lado da porta azul-escura.

Os passos ficam mais próximos e mais duros, e *puta merda, e se for um homem irritado e assustador que me atender?*

Na mesma hora, afasto a mão da porta e sinto um nó de pânico na minha garganta.

Boa, Norah. Que plano excelente!

Minhas pernas se retorcem quando me viro para ir embora, mas é tarde demais, porque ouço o ranger da porta se abrindo atrás de mim.

— Mas que diabos está acontecendo... *Norah*?

Por mais que eu tenha imaginado o cenário assustador de um estranho com uma arma, ou uma faca, ou um desejo de matar, a voz que escuto atrás de mim é muito mais apavorante.

Ah, meu Deus. Não me diga que essa voz é da pessoa que estou imaginando.

Devagar, eu me viro, tentando recuperar o fôlego, mas isso não me ajuda em nada quando vejo seu rosto bonito e mal-humorado. Ali está Bennett, me encarando com espanto em seus olhos e irritação em seus lábios.

— Oi, Bennett — digo, com uma dignidade forçada, como se não estivesse nem um pouco surpresa por encontrá-lo aqui. Como se não estivesse completamente perplexa por ele ser o artista misterioso. — Desculpa te incomodar na sua casa. — Fico parada, me recusando a balançar a cabeça diante da justificativa idiota. — Só queria saber se você teria um tempinho pra me dizer se eu consegui o emprego ou não.

Minha pele parece pegajosa e meu coração pode estar de fato prestes a explodir, mas endireito a coluna e jogo os ombros para trás, como se não estivesse à beira de um colapso por descobrir que Bennett Bishop é o artista para quem fiz a entrevista.

— Sei que você é um cara ocupado e tudo o mais, mas eu meio que estou tentando recomeçar minha vida aqui. E para *começar* esse recomeço, preciso *saber* se consegui o emprego. E aí? Passei ou não?

Bennett me encara pelo que parece ser uma eternidade. É sério. Tenho medo de chegar à beira da morte antes de responder, mas, então, ele passa uma das mãos ásperas pelo cabelo, deixa escapar um suspiro profundo e me choca completamente.

— Está contratada.

É óbvio que estou ficando doida, porque juro que acabei de ouvir Bennett dizer que estou contratada, mesmo estando na porta da casa dele sem ter sido convidada, exigindo respostas e parecendo uma ratazana de esgoto molhada. Tenho quase certeza de que um psicólogo chamaria isso de alucinações auditivas, o que me garantiria uma internação.

— Como é que é?

— Eu respondi sua pergunta, e este é o momento em que você me diz qual é a sua decisão — afirma ele, o olhar fixo no meu.

— O quê? — É só o que consigo perguntar.

— Acabei de te oferecer o emprego. Agora, você precisa...

— Você quer me contratar? — pergunto, ignorando por completo o fato de que ele tinha mais a dizer. — Está me oferecendo a vaga?

Ele suspira de novo, mas também assente. Um "*sim*" silencioso, mas ainda assim uma confirmação.

— Por quê? — Eu acho que ele nem gosta de mim, e sei que esse comportamento de hoje é o completo oposto do que Bennett está procurando agora. E ele está me oferecendo a vaga? Um emprego em que será obrigado a me ver todo dia? Não entendo.

— Você tem uma boa intuição pra cores, Norah — responde ele, e seu tom de voz é prático. — Uma habilidade tangível de conectar a realidade com o abstrato. Sabe a parede que você pintou? Era a lembrança de um pôr do sol da semana passada, certo?

As palavras dele são um choque para mim. É como um quebra-cabeça de mil peças, mas sinto que perdi metade delas.

— Eu... Como sabe disso?

A resposta dele é um sorrisinho provocativo, não feliz. Gostaria de ter entendido. Gostaria de entender quem é Bennett Bishop.

Deus, talvez essa não seja uma boa ideia. Quer dizer, eu realmente quero o emprego — *preciso* dele —, mas trabalhar para esse cara parece um dos piores impulsos que já tive.

— Olha, não sei se isso vai dar certo — digo, minha voz desprovida de toda aquela confiança que reuni no caminho até aqui. — Você e eu juntos, todos os di...

— Pai! — grita uma voz jovem, mas forte, interrompendo não só o meu discurso, como também minha habilidade de respirar.

— Papai!

Papai?

Bennett se vira depressa, bem quando a garotinha aparece no início do corredor. Ela caminha devagar, usando uma camisola comprida e cor-de-rosa, e parece segurar na parede para se estabilizar. A menina é muito bonita, mas também é pequena e frágil, e tenho a impressão de que cada movimento dela exige um esforço hercúleo. Como se a simples tarefa de caminhar não fosse nem um pouco simples.

— Summer! — grita Bennett, o pânico delineando cada letra de suas palavras. — O que está fazendo fora da sua cadeira? Onde está Charlie?

— Quem é essa? — pergunta a garotinha, me encarando com olhos azuis familiares, selvagens, o cabelo loiro encaracolado e um sorriso resplandecente. Ela ignora Bennett. — Quem é você?

— Summer...

— Me conta quem ela é, e eu deixo você me levar pra cadeira.

— *Summer.*

O nome dela em seus lábios faz os meus olhos dispararem para a mão esquerda de Bennett, reparando no *S-u-m* visível no topo de seu dedo anelar. *Puta merda.* Diante dessa revelação, tenho vontade de ficar boquiaberta, e algo que não sei explicar o que é toma conta de mim. Quando dou por mim, avanço e entro na casa sem ser convidada.

— Oi, eu sou a Norah — grito. — Norah Ellis.

Sei que não é da minha conta e que estou ultrapassando vários limites, mas a fragilidade do corpo dessa garotinha e o pânico de Bennett por causa da cadeira — seja lá o que isso signifique — são suficientes para me fazer atropelar as coisas.

— E imagino que você seja a Summer, certo? Que nome bonito!

Ela sorri de novo, o sorriso ainda mais largo, e suas feições pequenas, que sei que seriam as mesmas de Bennett caso ele se desse ao trabalho de sorrir, me atingem em cheio.

Bennett Bishop é o pai de alguém.

A voz de Bennett é cuidadosa, porém forte, ao gritar para os fundos da casa:

— Charlie!

Dez segundos depois, aparece uma mulher baixinha, com cabelos loiros na altura dos ombros e feições rígidas, usando um uniforme hospitalar roxo escuro. Quando ela vê Summer, seus olhos se arregalam e rapidamente ficam aterrorizados, assim como os de Bennett.

— Pegue a cadeira dela — ordena Bennett, e Charlie sai sem nem ao menos assentir.

Meio hesitante, avanço pelo corredor na direção deles, me colocando completamente em uma situação que sei que não é da minha conta. Mas não digo nada porque, por mais gentil que sejam as atitudes de Bennett, dá para perceber que, por dentro, ele é um barril de pólvora aceso.

Charlie logo volta com uma pequena cadeira de rodas, e Bennett fica parado ao lado de Summer enquanto a menina se abaixa até se sentar e coloca os pés nos apoios. Noto, com certa curiosidade, que em nenhum momento ele encosta nela.

Em vez disso, ele se agacha na frente da filha, baixando o tom de voz:

— Você não pode me assustar desse jeito, Abelhinha.

Abelhinha. Seu tom gentil e a ternura no olhar fazem com que um nó de emoção preencha a minha garganta. Meus olhos se enchem de lágrimas, mas eu as seguro com toda a força.

— Sei que é difícil, muito difícil, ficar presa na cadeira, mas os médicos disseram que os ossos agora estão muito fracos pra suportar o seu próprio peso — diz ele para a filha, com o tipo de sensibilidade que eu nem sabia que Bennett Bishop era capaz de ter. — Não quero que você se machuque... Não quero que sinta mais *dor* do que já sente.

— Eu sei, papai. Mas Charlie estava no banheiro, e ouvi a voz de alguém aqui fora e queria ver quem era. — Os olhos dela se movem na minha direção. — Norah, você é amiga do meu pai?

A cabeça de Bennett se vira para mim, e tento não me encolher diante daquele olhar. É só preocupação com a filha, e não raiva de mim... Pelo menos, é o que acho.

E será que sou amiga do pai dela? Eu poderia até rir da pergunta, se toda esta situação não parecesse tão grave.

— Na verdade, acho que vou ser a nova assistente do seu pai. — As palavras simplesmente saem da minha boca antes que eu possa pensar melhor nelas.

— Foi *você* que pintou o pôr do sol? — pergunta ela, animada, os cantos de sua boca se erguendo mais uma vez.

— Sim, fui eu — respondo, assentindo.

— Ah, meu Deus! Eu *amei*! Papai não gostou muito de todo aquele cor-de-rosa de primeira, mas ele é um garoto, sabe?

Abro um sorriso conspiratório. Dá para imaginar que o cor-de-rosa não seria a cor favorita de um machão como Bennett. Mas suponho que, como ele é um artista, ela pelo menos deve estar em algum lugar de sua paleta de cores.

— Garotos — digo, revirando os olhos e abrindo um sorrisinho, o que faz Summer dar uma risadinha.

— Vamos, Summer, querida — interrompe Charlie, com gentileza. — Vamos tomar banho, está bem?

Summer concorda, mas faz uma careta para mim que me obriga a engolir a risada e evitar ser pega no flagra. Tenho bastante certeza de que Bennett não está no clima para me ver brincando com a filha dele.

Quando Summer e Charlie saem de perto, faço a única pergunta que imagino que seja óbvia.

— Então... a oferta de emprego ainda está de pé?

Eu, melhor do que ninguém, sei que a privacidade é algo precioso e, sem saber, acabei de arrebentar a dele com um aríete. A casa, a carreira, a filha — é óbvio que ele guardou tudo isso em segredo por um motivo. E ao aparecer aqui sem ser convidada, roubei completamente o direito dele de manter as coisas desse jeito. Não preciso fazer perguntas sobre a vida de Bennett, embora esteja curiosa em todos os sentidos. O que preciso perguntar é se consegue me perdoar o suficiente para ainda considerar a oferta válida.

— O salário é de setenta e cinco mil dólares por ano — responde ele, o tom de voz neutro, para a minha surpresa.

Na mesma hora, meu estômago se revira de choque, tanto pela oferta ainda estar de pé quanto pelo valor do salário. Nunca ganhei dinheiro sozinha, e ele está me oferecendo essa quantia logo de cara?

— Setenta e cinco mil por ano?

— Tudo bem. — Ele dá de ombros. — Oitenta mil então.

Oitenta mil por ano? E eu só esperava um trabalho que pagasse um salário mínimo. Acho que vou desmaiar.

— Você pode começar amanhã. Esteja aqui às 9h em ponto.

Meu coração está acelerado. Meu estômago está se revirando. E meus nervos ameaçam fazer todos os meus membros tremerem como folhas em um galho no meio de uma tempestade de vento.

Não sei quando ou como aconteceu, mas sei que damos um aperto de mão. Uma confirmação não verbal de que aceitei o emprego.

— Agora, se não se importa, tenho outras coisas pra fazer.

Ele me acompanha até a porta e se despede como se nenhuma das várias coisas revolucionárias que acabaram de acontecer comigo existissem.

Consegui o emprego com Bennett Bishop.

E começo amanhã.

Puta merda.

19

Norah

Não sei por quanto tempo eu dirijo por Ponte Vermelha, mas quando dou a volta no centro da cidade pela sexta vez e o xerife Peeler começa a parecer interessado demais no que estou fazendo, decido ir para a casa da Josie.

Dizer que estou um pouco chocada por meu confronto com Bennett Bishop ter terminado na conquista de um emprego que paga oitenta mil dólares por ano seria um eufemismo. E dizer que é nisso que não paro de pensar seria mentira.

Bennett tem uma filha.

Uma filha que é óbvio que está debilitada e doente, e que faz o semblante geralmente frio de Bennett se derreter todo.

Quando viro na rua que leva à casa de Josie, tento me concentrar nos benefícios da situação.

Minha conta bancária não vai zerar, não vou desapontar os clientes do CAFEÍNA, ou limpar merda de vaca, ou tosquiar ovelhas, e ainda vou fazer uma coisa que genuinamente preenche a minha alma.

É claro que não sei quais serão minhas tarefas de fato, ou como será o meu horário, e vou trabalhar todo dia com um grande rabugento, mas, pelo bem da minha realidade, cavalo dado não se olha mesmo os dentes. Cheguei aqui sem nada, porque durante a minha vida inteira fui um nada. Mas, de agora em diante, vou realmente ter alguma coisa. Algo que tenha a minha cara. Algo que eu mesma escolhi.

Essa é uma boa notícia. *Espero.*

Minha cabeça ainda está girando como um pião quando me aproximo da casa de Josie, mas o que está acontecendo lá chama *toda* a minha atenção na mesma hora.

Ah, não. É claro que isso aconteceria justo hoje.

Minha irmã está parada na varanda da frente, os braços cruzados e os lábios cerrados. Caixas de mudança a cercam, e mais outras estão sendo descarregadas por dois caras grandes de um caminhão estacionado na entrada de cascalho da garagem, com *Mudanças de Nova York* estampado na lateral.

Parece que os esforços de Lil finalmente chegaram.

Estremeço, coloco o carro em ponto morto e escondo meu rosto no volante.

— Estou te vendo, Norah! — A voz de Josie é alta o bastante para atravessar a janela do carro. — Pode ir saindo do carro e me explicando o que diabos está acontecendo!

Devagar, ah, bem devagar, saio e vou até a varanda. Não que a minha lentidão seja proposital. É só que tenho esperanças de que, quando eu chegar lá, o caminhão de mudanças terá ido embora e Josie não estará mais tão irritada.

É claro que isso não dá certo.

— Bom, a empresa de mudanças chegou — comenta Josie, anunciando o óbvio. — E estão descarregando caixas para uma tal de Srta. Norah Ellis. Pelo jeito, este é o destino final dela.

— Que loucura — comento, com uma risada nervosa, desviando os olhos da minha irmã e encarando os dois homens carregando as caixas. Cada uma delas tem **Norah Ellis** escrito, então nem posso fingir que houve um grande engano.

— É mesmo uma loucura — retruca Josie. — Porque parece que estão trazendo a mudança de uma casa de três quartos para uma família de cinco pessoas.

— É...

— *Norah.*

Eu me obrigo a encará-la nos olhos.

— Veja bem... é... minha melhor amiga, Lillian, conseguiu tirar minhas coisas do apartamento do Thomas e, pra ser honesta, pegou algumas coisas dele também. Depois, ela precisava mandar tudo pra algum lugar, e como estou aqui...

— Você mandou ela enviar tudo pra minha casa.

— Exatamente. — Estremeço de novo. — Não achei que era tanta coisa assim, mas Lil queria que eu tivesse *opções.*

Pra vender, trocar, o que desse. Eu não fazia ideia de que isso incluía um sofá!

Josie balança a cabeça e suspira.

— Já tem mais outros dois lá dentro.

— Você tá brincando?!

A expressão da Josie deixa bem claro que *não* é uma brincadeira. Desesperada, procuro um motivo para continuar tendo esperanças.

— Esse é um bom momento pra te contar que arrumei um emprego? — pergunto. — Tipo, não tenho certeza, mas essa parece uma boa notícia agora...

Ela inclina a cabeça.

— Você arrumou um emprego?

— E que paga muito bem — explico, assentindo várias vezes. — Então, sei lá, talvez a gente morar juntas não seja mais tão definitivo.

— Pode me chamar de doida, mas não me lembro de ter concordado que isso seria definitivo — comenta ela, com uma risada que demonstra irritação e diversão ao mesmo tempo. — E aí, qual é o emprego? Acho difícil acreditar que Earl vai pagar mais que um salário mínimo, e sei que Melba Danser não oferece nem sete dólares por hora pra trabalhar na padaria dela. A única outra vaga que vi era pra tosquiar as ovelhas de Tad, e ele é a pessoa mais mão de vaca que conheço.

— É aquela vaga que fiz a entrevista na semana passada.

— Qual vaga?

— Assistente de artista.

— Assistente de artista? — A princípio, Josie parece confusa, mas então ela soma dois mais dois. — Espera aí! — grita, tão alto que assusta um dos carregadores. — Você vai trabalhar pro Bennett Bishop? — pergunta, os olhos brilhando com tanta informação.

Pelo jeito, eu era a única Ellis que não sabia quem era o artista da cidade.

— Não começa. — Aponto o dedo para ela. — Não diga nada. É só um emprego. Só isso.

O sorriso dela é malicioso.

— Eu não disse nada.

— Bom, você pensou. Está escrito na sua cara.

— Quanto ele vai te pagar? — pergunta ela, me desafiando.

— O bastante pra eu juntar um dinheirinho, alugar um apartamento e sair do seu pé.

— Quanto, Nore?

— Oitenta mil por ano — sussurro, mas ela me escuta mesmo assim.

— Que. Porra. É. Essa? *Oitenta mil*? — Josie fica boquiaberta. — O que exatamente Bennett quer que você faça?

— Não sei bem. Mas imagino que seja, sei lá, coisas de assistente.

— Uau. Você conseguiu um emprego com *Bennett Bishop*. — O sorrisinho dela se torna insuportável. E ela nem sabe da droga do beijo! Naquele dia, de alguma forma, todo mundo na cidade conseguiu estar em outro lugar que não fosse o estacionamento do Earl.

— Josie, é só um trabalho.

Ela assente.

— Aham. Só um trabalho. Com o cara que te resgatou do seu ex assustador e...

— É *só um trabalho*.

— É. Eu sei.

Franzo a testa.

— Você insinuou outra coisa.

Josie ri.

— Posso partir do princípio de que você vai começar a ajudar com as compras enquanto mora aqui, já que agora é bilionária?

Eu bufo.

— Cala a boca.

Ela sorri, mas então sua boca se alinha de um jeito meio sério.

— Olha, não quero estragar o clima, mas tem outra coisa que acho que preciso te contar.

Na mesma hora, o medo se aloja em meu estômago.

— O quê?

— Nossa mãe ligou pra mim hoje — diz ela, sem enrolar, o olhar sustentando o meu.

— Nossa *mãe* ligou pra você?

— Ligou pro CAFEÍNA, na verdade. Queria saber onde você estava.

Ah, inferno.

— O que você disse?

— Disse que não sabia — responde Josie, sem hesitar. — Do meu ponto de vista, não é da conta dela onde você está ou o que está fazendo.

No mesmo instante, sinto minha respiração voltar a se estabilizar.

— Ela disse mais alguma coisa?

— É a Eleanor. É claro que ela disse outras merdas. — Josie dá de ombros. — Não significa que eu escutei ou acreditei nela.

— Ela falou sobre o Thomas ter vindo pra Ponte Vermelha e sobre os socos que Bennett deu?

Josie apenas confirma, mas não diz mais nada.

Consigo imaginar o ponto de vista da minha mãe sobre o desastre com Thomas. Sem dúvida, é tudo culpa minha, e o menino de ouro não fez nada de errado. Ele pode até não ser filho biológico dela, mas os dois são farinha do mesmo saco egocêntrico e narcisista.

— Então... imagino que ela não tinha coisas muito legais pra dizer de mim, né?

— Não leve pro lado pessoal — responde Josie, com um sorriso gentil. — Eleanor Ellis é a mulher mais crítica da face da terra. É engraçado como todo mundo que ela conhece é maluco. Para mim, parece que existe um denominador comum que ela sempre exclui.

Josie não está mentindo. Nossa mãe nunca faz críticas duras a si mesma, ainda que seja necessário.

— Norah, espero que algum dia você me conte a história toda. Sou sua irmã. Quero te apoiar — acrescenta Josie, inclinando-se para pegar uma das caixas na varanda. — Agora, vamos ajudar esses caras a levar tudo isso pra dentro, ou eles vão ficar aqui até a meia-noite.

Ela não insiste mais. Em vez disso, carrega uma das caixas para dentro de casa. Eu faço a mesma coisa, pegando outra caixa e levando-a também.

Quando alcanço a minha irmã, faço uma última pergunta, embora não tenha nada a ver com a nossa mãe.

— Ei, Josie?

— Sim?

— Você... você sabia que Bennett tem uma filha?

Sua expressão se suaviza, deixando bem claro que ela sabia.

— Sim. Ele te contou sobre ela?

— Eu a conheci.

Josie ergue as sobrancelhas, espantada.

— Você a *conheceu*?

— Aham.

Ela balança a cabeça.

— Uau. Tô surpresa.

Os cantos da minha boca franzem de leve.

— Bom, eu não dei muita alternativa. Só apareci na casa dele, exigindo saber sobre o emprego. Eu... precisava de uma resposta. Pra ser sincera, não fazia ideia de que ele era o artista.

— Muito cuidado, tá? — diz ela, me surpreendendo.

— Como assim?

Josie balança a cabeça e franze os lábios, depois suspira.

— Deixa pra lá. Bennett é um cara legal, e parece que vai te pagar muito bem. O trabalho vai ser ótimo.

O alerta misterioso dela normalmente me deixaria nervosa, mas preciso admitir que hoje estou cansada demais para me preocupar. Consegui um bom emprego, que vai me pagar bem, e não quero estragar isso com mais nada.

E pensa só: tudo o que você precisa fazer é dar um jeito de trabalhar para Bennett Bishop sem que isso acabe em um desastre.

Ainda não consigo acreditar que *ele* é o artista misterioso. Imaginei que trabalhasse com algo que envolvesse suor e força bruta. Mas um artista? Pense em uma pessoa surpresa. E bastante curiosa...

Subo até o meu quarto, ignorando a bagunça da mudança, coloco a caixa que estou carregando em cima da cama e pego o celular. Menos de um minuto depois, abro o Google e digito o nome do meu novo chefe na barra de busca.

No mesmo instante, milhões de resultados aparecem. Uma página na Wikipédia. Matérias no *New York Times*. Entrevistas.

Críticas de galerias. Casas de leilão como a Sotheby's e a Christie's.

Bennett Bishop é, de fato, um artista. Um artista muito bem-sucedido, com um passado muito famoso.

Clico na página dele na Wikipédia e dou uma olhada nos primeiros parágrafos.

Quem é Bennett Bishop?

Bennett Bishop é um artista estadunidense, filho de Henry Bishop, dono das Galerias Bishop, e neto do falecido Harold Bishop, fundador das Galerias Bishop. Bennett é um dos Artistas Jovens Estadunidenses (AJE), e dominou a comunidade artística nos Estados Unidos durante sua juventude. Aos 25 anos, foi considerado um dos artistas vivos mais ricos dos Estados Unidos.

Bennett Bishop é mais conhecido por desafiar as regras do universo artístico. Recebeu o apelido de "o Camaleão" pelos críticos de arte estadunidenses, enquanto os críticos europeus preferem chamá-lo de "má influência" do meio artístico, por não seguir as regras. Ele é um dos poucos artistas capazes de incorporar diferentes estilos de arte com grande sucesso.

A vida e a morte costumam ser um tema central nas obras de Bishop. Ele é mais famoso pelo constante cabo de guerra entre viver e morrer. Alcançou a notoriedade aos 18 anos, depois de exibir uma série de retratos impressionistas, pintados de forma crua, que tornam impossível para o observador distinguir a vida da morte.

Com cinco anos de carreira, ele vendeu uma pintura abstrata, chamada "A Manhã Seguinte", pelo valor recorde de 10,4 milhões de dólares.

Nem chego ao fim da página da Wikipédia antes de levar um susto e parar.

Má influência do meio artístico?

10,4 milhões de dólares? Pela porra de uma pintura?

E ele é famoso desde os 18 anos?

Nada disso se parece com o homem que me deu carona em uma picape, usando jeans desbotado, e me largou a caminho de Ponte Vermelha. Ou com o homem que entrou no CAFEÍNA e socou o rosto de Thomas... duas vezes.

Ou com o idiota mal-humorado que parece se divertir ao me irritar, a ponto de eu lhe dar um tapa na cara. *Ou com o maluco que me beijou depois disso.*

A matéria não fala nada a respeito de Summer. Para ser sincera, não fala nada sobre Bennett nos últimos dez anos.

O título deveria ser: ***Quem Era Bennett Bishop***.

Eu, pelo menos, quero saber quem é agora. E já que começo a trabalhar para ele amanhã, acho que talvez, só talvez, terei a chance de descobrir.

20

Sexta-feira, 20 de agosto

BENNETT

Norah Ellis está trabalhando para mim há três dias, e já sinto que foi um erro.

Não porque ela é boba, ou porque não fez algo que eu pedi, ou porque não está preparada. Na verdade, seu desempenho no trabalho tem sido o contrário. Ela é pontual, engajada, faz planejamentos e tornou minha habilidade de me concentrar apenas na pintura dez vezes mais fácil. Ela é mil vezes melhor como assistente do que preparando café.

Mas também tem uma risada que atrapalha até minha concentração mais profunda, um cabelo cacheado e rebelde no qual só consigo me imaginar enterrando as mãos e já está tão enturmada com a minha filha que Summer se recusa a ficar em outro lugar que não seja no estúdio.

Breezy estava certa quando disse que eu precisava de um assistente, mas eu deveria ter ficado com o maldito Paul.

— Norah! — grita Summer, animada, em sua cadeira. — Para!

Alguns gritinhos acompanham a risada dela, sua respiração meio irregular enquanto Norah joga outra gotinha de água da pia em sua perna.

Eu me afasto do cavalete, estudando os tons de vermelho e bordô que esmaecem para o marrom nas bordas. É um marrom-claro, com consistência cremosa e salpicado de dourado. Finjo que ele não tem nada a ver com os olhos da minha nova assistente.

— Norah — chamo, erguendo a voz o suficiente para ser ouvido em meio às gargalhadas. — Preciso de um novo pincel, uma esponja úmida e aquele tom de marrom...

Busco na memória o nome, mas ela é mais rápida que eu.

— O *Malva em Castanho*?

— Isso.

— É pra já! — cantarola ela, feliz, passando por Summer com um sorriso e uma piscadela e pegando a tinta no armário dos fundos. Depois de me entregar a tinta, Norah pega uma esponja e um pincel na estante, molha a esponja no caminho e coloca ambos no carrinho atrás de mim, enquanto abro a tampa da lata nova.

Após fazer o que pedi, ela vai direto até a cadeira de Summer, virando-a com delicadeza para que a minha filha consiga ver a pintura quase pronta pendurada na parede.

— Uau, papai! Ficou muito legal!

Um pouco de orgulho paternal cresce no meu peito. É engraçado como a aprovação da minha menina de 7 anos significa mais para mim do que a dos especialistas do Museu de Arte Moderna.

— Gostou, Abelhinha?

— Teria gostado mais se fosse cor-de-rosa, mas o vermelho e o marrom também são bons.

Solto uma risada.

— Não pode ser sempre cor-de-rosa, querida.

O olhar de Norah se volta de repente para mim, mas quando percebe que eu a vi, ela vira o rosto.

— O que foi? — pergunto, me sentindo desconfortável ao não saber o que ela está pensando, algo completamente novo para mim.

— Ah. Eu? Nada. Não foi nada.

— Norah, o que foi?

— Eu... — começa, bem baixinho, tanto que quase não consigo escutá-la. — É que eu nunca tinha escutado sua risada.

— Não é incrível? — pergunta Summer, animada, fazendo Norah sorrir com certa hesitação.

— O que achou da pintura? — pergunto a Norah, ignorando o outro assunto.

— Achei bem interessante. — Ela se aproxima do cavalete para estudá-lo. — Nunca vi nada igual. Nunca vi cores como essas se misturarem desse jeito.

Então, faço a pergunta mais importante de todas:

— O que ela te faz sentir?

Algo só se torna arte quando faz alguém *sentir*. Não importa qual seja a emoção, mas precisa invocar alguma coisa do seu interior. Uma lembrança. Um sentimento. Um medo. Um desejo.

— Bom... — Ela olha para mim por cima do ombro. — Você vai ter que pegar leve comigo, porque não sei muito sobre arte, nem tenho a habilidade de compreender direito obras como essa, mas quando olho pra ela... sinto... como se quisesse muito continuar a observá-la, mas, ao mesmo tempo, alguma coisa me dissesse pra desviar o olhar. Como se metade do meu corpo estivesse enrolada em um cobertor quentinho, enquanto a outra metade queima na fogueira.

A resposta dela me atinge em cheio. Norah é muito melhor nisso do que acredita. *É quase como se conseguisse ver dentro da minha maldita cabeça.*

— Foi loucura o que eu disse, né? — Ela morde o lábio inferior. — Deixa pra lá. É sério. Eu...

— Não — interrompo, balançando a cabeça. — Não é loucura. Na verdade, acertou na mosca.

— Norah fala igualzinho a você, papai — comenta Summer, com uma risadinha. — Quando você fica falando de arte com a tia Breezy.

— Mas você acha que ela gostou? — pergunto, olhando de uma para a outra. — Porque não consigo decidir...

— Gostei, eu juro! Achei que ficou ótima — afirma Norah depressa, seu rosto ganhando um tom de cor-de-rosa que Summer deve adorar. — Muito, *muito* boa. Acho sinceramente que vai surpreender as pessoas, mas de um jeito positivo.

Eu concordo. Isso é bom. Preciso ganhar dinheiro. E quanto mais rápido vender, mais rápido vou conseguir esquecer o que usei como inspiração.

Dou uma olhada rápida no relógio e vejo que é hora do banho e dos remédios de Summer, e da terapia que se recusou a fazer mais cedo porque não queria sair do estúdio. Porém, anos de experiência como pai me dizem que ela não vai a lugar algum enquanto Norah estiver aqui.

— Muito bem, meninas, acho que já chega por hoje. Na semana que vem a gente continua.

— Jááá? — choraminga Summer.

— Está ficando tarde, Sum. Você precisa tomar banho, tomar os remédios, e tenho certeza de que Norah quer ir pra casa, porque hoje é sexta. — Eu me viro para Norah. — Se puder lavar todos os pincéis e as esponjas, e conferir se tudo está fechado, pode ir embora quando terminar.

Norah assente.

— É claro. Tá ótimo, obrigada. Perfeito, na verdade.

Odeio fazer isso, mas não consigo me impedir de perguntar:

— Muitos planos pra esta noite?

— Muitos? Não — responde ela, bufando de leve. — Não diria que muitos. Mas acho que Josie e eu vamos sair pra comer alguma coisa. Pra comemorar que não sou mais encostada e tal, sabe?

— Que bom. — Abro um meio sorriso. — Falei com Breezy alguns dias atrás, e ela já te colocou na folha de pagamento. Mas você só deve receber o cheque na sexta-feira que vem, se não tiver problema. É a maneira como ela organiza os pagamentos.

Ela dá de ombros, rindo um pouco.

— Tranquilo. Estou acostumada a não ter dinheiro.

Para a minha surpresa, me sinto mal. No dia em que conheci Norah Ellis, não a julguei como alguém que não tinha dinheiro. Nem de longe. Quem sabe, quando chegar em casa, eu mande uma mensagem para Breezy e veja se esse primeiro cheque pode ser adiantado? Com certeza vale a tentativa.

Começo a ir até a pia para lavar as mãos, mas a voz de Norah chama a minha atenção antes de eu chegar lá.

— Bennett?

Eu me viro para encará-la.

— Só queria agradecer pelo emprego — diz ela, e seus olhos se suavizam com o tom mais caloroso de marrom que já vi. — De coração. Agradeço muito por você ter confiado em mim. Essa é a melhor coisa que já fiz na vida, e nunca me senti tão feliz assim. De verdade.

— Você é o máximo! — exclama Summer, me salvando de ter que dizer alguma coisa que possa fazer eu me empolgar um pouco. Por mais que Norah tenha demonstrado ser uma boa assistente, ela ainda é uma péssima ideia em todos os outros sentidos.

Já mudei minha vida demais para considerar qualquer outra possibilidade.

O antigo Bennett era pateticamente desapegado com as mulheres. Passei muito tempo em bares, boates e carros esportivos, e meus objetivos principais eram bebida e sexo selvagem. Para ser sincero, era uma imagem horrorosa, e não se encaixa mais nas minhas prioridades de agora. Existe um motivo para eu evitar as mulheres, incluindo Norah, e é o mesmo motivo pelo qual evito a minha vida de antes e praticamente abandonei a comunidade artística. Talvez seja parte da minha psique criativa, mas quando permito que alguma coisa entre na minha vida, tenho tendência a deixar que ela me consuma.

A bela Norah Ellis não deixaria pedra sobre pedra.

Depois de lavar as mãos bem rápido na pia, giro a cadeira de Summer na direção da porta enquanto ela grita para se despedir de Norah. Sinto minha pele formigar com a eletricidade, a preocupação e a incerteza ao caminhar até o carrinho de golfe, prender Summer e sua cadeira especial no lugar, e então seguir para casa.

Summer tagarela o caminho inteiro.

— *A Norah é tão legal.*

— *A Norah é tão engraçada.*

— *A Norah é tão bonita.*

— *A Norah é tão inteligente.*

Minha filha está apaixonada, como eu sabia que ficaria, e não me dou ao trabalho de tentar corrigi-la.

Se ao menos eu tivesse me dado conta de que ela não era a única correndo perigo.

21

Norah

Sexta-feira à noite e estou no único bar da cidade.

Depois que saímos para comer uma pizza na rua principal, tentei convencer Josie a beber comigo, mas ela recusou de cara. Tenho certeza de que a recusa tem tudo a ver com o bartender bonitão — e dono do bar — que me cumprimentou quando cheguei alguns minutos antes.

— Como está indo o emprego novo? — pergunta Clay, colocando uma taça de vinho tinto na minha frente. — Espero que Ben esteja te tratando direito.

Não estou surpresa por Clay saber que Bennett me contratou para a vaga de assistente. Bennett Bishop é um homem muito reservado, mas, pelo que já reparei desde que cheguei em Ponte Vermelha, Clay Harris é um de seus melhores amigos.

E considerando como foi a minha primeira interação com Bennett, é surpreendente o fato de eu não precisar mentir.

— Os três primeiros dias foram ótimos. Sinceramente, nem consigo expressar como estou grata pela oportunidade.

— Ótimo. Muito bom. — Ele me observa por um tempinho, e prendo a respiração, esperando que mude de assunto e pergunte sobre a minha irmã. Pela maneira como Clay ficou atrás dela na noite em que viemos ao bar depois de Thomas ter aparecido na cidade, seria ingênuo da minha parte não esperar por isso.

Ainda não faço ideia do que aconteceu entre eles, mas o fato de terem se casado e se divorciado me faz pensar que foi algo *sério*. Na verdade, preciso me esforçar bastante para não começar a perguntar a ele coisas que me dariam algumas respostas. Mas sei lá. Eu nunca trairia a confiança da Josie desse jeito.

— Sabe, conheço Bennett quase a minha vida inteira — afirma Clay, e estou chocada que o nome de Josie não tenha saído de seus lábios. — Nós crescemos juntos. Quando éramos adolescentes loucos, nos metíamos em um monte de encrencas. — Ele pisca para mim. — Sei que às vezes ele é um verdadeiro babaca, mas existe um motivo pra eu considerá-lo um irmão. Eu iria até o inferno por Ben e pela filha, e sei que ele faria o mesmo por mim.

— Tenho certeza de que eu também iria até o inferno pela filha do Bennett — comento, e o rosto de Clay se ilumina com um sorriso. — Me sinto privilegiada por poder passar um tempo com ela enquanto estou trabalhando.

— Aquela garotinha é especial, não é?

— Como se Deus tivesse colocado um anjo aqui na terra — concordo, assentindo.

Conheço Summer há pouco tempo, mas nos últimos três dias, acordei animada todas as manhãs por saber que passaria algumas horas com ela. *E com Bennett também.*

— Aquela garotinha é tudo pra ele — diz Clay, apoiando o cotovelo no balcão. Sua voz está tão baixa que quase não o escuto por causa do barulho do bar. — Desde o dia em que ela nasceu, tudo o que ele faz, cada decisão que toma, é para a filha.

Há tantos mistérios em relação ao passado de Bennett. Não sei como ele veio parar em Ponte Vermelha, ou por que parece estar fora da comunidade artística nos últimos dez anos. Não sei o que aconteceu com a mãe de Summer, ou por que ela não está presente na vida da filha. Não sei nem qual é a doença que obriga a garotinha a ficar praticamente imobilizada naquela cadeira.

— Só... seja uma boa pessoa pros dois, tá?

— Pode deixar. — Assinto, e Clay fica de pé quando um cliente na outra ponta do balcão gesticula para ele.

Mas antes de ir até lá, Clay se inclina para mim e diz uma última coisa:

— Se por acaso você se apaixonar por eles, fique sabendo que os dois valem muito a pena. Eles são tudo.

Então, ele vai embora, como se não tivesse acabado de jogar uma verdade bombástica no meu colo.

Bom, *que merda*. O que diabos eu faço com essa afirmação?

Aceite o fato de que se apaixonar por Bennett e Summer não parece uma tarefa tão difícil assim. Na verdade, parece mais fácil que respirar.

Tento não me concentrar nesses pensamentos, ou nos motivos pelos quais eles existem para começo de conversa. Em vez disso, giro no banquinho e encaro a multidão atrás de mim.

O Country Clube está lotado. Parece que metade da cidade está aqui. Earl está no palco, fazendo sua melhor performance de estrela do karaokê. Ele canta bem alto a letra de *Take Me Home, Country Roads*, e tenho certeza de que se John Denver ainda estivesse vivo, ele não ficaria chateado de ter perdido esse show. Quando a voz de Earl desafina no refrão, causando um guincho horrível que ecoa do microfone, volto a encarar o balcão e tento esconder a vergonha alheia no meu rosto.

Mas quando tento colocar discretamente um dos dedos no ouvido para me proteger do sofrimento, alguém esbarra no meu cotovelo atrás de mim e quase enfio o dedo no olho.

— Que merda. Desculpa — diz uma voz rouca e masculina, preenchendo os meus ouvidos, depois uma mão gentil toca o meu ombro. — Você está bem?

— Estou. — Eu me viro para encará-lo. — Não se preocupe — acrescento, e preciso erguer o olhar para encontrar os olhos de cor castanho chocolate dele.

— Tem certeza? — pergunta ele, com um sorriso arrependido, mas também muito impressionante. Para todos os efeitos, esse cara é bem atraente. É alto, tem corpo esbelto, e seu maxilar parece bem definido sob a barba castanho-clara.

— Tenho, sim — confirmo, assentindo. — Está bem lotado esta noite. Eu já estava esperando um certo empurra-empurra.

— Acho que ainda não nos conhecemos. — Seu sorriso aumenta, e ele estende a mão para mim. Eu aceito. — Sou Tad Hanson.

Então este é o fazendeiro bonitão de quem a Josie me falou...

— Muito prazer. Norah Ellis.

— Ellis? Você é a irmã da Josie? — pergunta ele, e eu confirmo, assentindo de leve. — Então *você* é a garota nova que trabalha no CAFEÍNA e de quem ouço falar o tempo todo?

— Ah, não... Dá pra imaginar o que estão dizendo. Eu sou com certeza a pior barista do mundo. — Bufo e estremeço ao mesmo tempo. — Para a sorte de Josie, acabei de arrumar um emprego novo, e a cafeteria dela não corre mais o risco de pegar fogo sem querer graças a mim.

— Emprego novo? — pergunta ele, e apoia o quadril no balcão. — Acho que tenho que te dar os parabéns. Deixa eu pagar outra taça de vinho pra você, pra gente comemorar.

— Obrigada — digo, dispensando-o com um gesto —, mas não precisa.

— Eu insisto. — Tad abre um sorrisinho e faz sinal para um bartender chamado Marty, pedindo para reabastecer a minha taça com vinho tinto, quando puder. — Então... — Tad se volta para mim. — Que emprego é esse que vamos comemorar?

— É... — Eu paro, de repente me sentindo meio superprotetora em relação à privacidade de Bennett. É claro que minha irmã e Clay sabem que estou trabalhando para ele, mas não sei o que o resto da cidade sabe. E por mais que Tad Hanson pareça ser um cara legal, não sei nada a seu respeito. — É só uma vaga de assistente, mas paga muito bem.

— Legal. — Ele sorri. — Pra quem você...

— Sabe, pelo que Josie falou, suas ovelhas são bem populares na cidade — interrompo com um sorrisinho zombeteiro, antes que ele me faça mais perguntas que não tenho vontade de responder.

Tad abre um sorriso meio arrependido.

— Essa não. Ela ainda está brava com o que aconteceu semana passada?

Na semana anterior, Josie teve um pequeno confronto com as ovelhas de Tad. Ela estava tentando chegar em casa ao sair da cafeteria, e os bichos estavam determinados a ficar parados no meio da rua principal. Parece que ela demorou uns bons quinze minutos na chuva até os conduzir de volta ao pasto.

Naquela noite, ela chegou encharcada em casa, coberta de lama e mais irritada que uma vespa.

— Eu não diria que ela ainda está brava, mas com certeza não estava feliz com você quando chegou em casa naquela noite.

— Imaginei. — Tad faz uma careta. — Na verdade, estou tentando contratar alguém pra me ajudar, mas está difícil. Somos só eu e o meu irmão Randy, e é muito trabalho.

— Eu vi o anúncio da sua vaga no quadro do Earl quando estava procurando emprego.

— Espera aí... — Ele sorri e inclina a cabeça para o lado. — Você viu o anúncio e não se candidatou pra vaga?

— Sem querer ofender, mas eu seria pior tosquiando ovelhas do que como barista. — Olho para ele com um sorriso cúmplice, porém divertido. — Pra ser sincera, você devia agradecer por eu ficar longe das suas ovelhas. Elas estão melhor assim.

Tad responde com uma risada contagiante, e o bartender Marty coloca uma taça nova de vinho e uma garrafa de cerveja recém-aberta à nossa frente.

— Valeu, cara. — Tad lhe entrega o cartão de crédito. — Pode deixar a conta aberta.

Marty apenas assente e vai até a caixa registradora. Termino o restinho da minha primeira taça de vinho, depois coloco-a de volta no balcão.

— Então, Norah, é minha obrigação te fazer a pergunta mais importante da noite...

— Certo...?

— Quando vou te ouvir cantar? — pergunta Tad, e uma risadinha escapa dos meus lábios.

— Cantar? Tipo, no karaokê?

Ele assente.

— Bom, depende.

Os olhos dele estão intrigados.

— Do quê?

— De quanta bebida vou aguentar até criar coragem.

Um sorriso misterioso cresce nos lábios de Tad, e ele chama a atenção de Marty de novo, acenando.

— Hoje a bebida da Norah é por minha conta!

— O quê? — Caio na risada. Descaradamente. — Está tentando me embebedar, Tad Hanson?

— Não, não estou tentando te embebedar. — Ele pisca para mim. — Só quero garantir que uma mulher bonita se divirta esta noite.

Sou só eu, ou estou mesmo sendo paquerada por um fazendeiro bonitão neste exato momento?

A sensação de flertar com alguém é ótima.

É uma pena que você esteja desejando em segredo que fosse com outra pessoa...

22

Bennett

Depois que Norah foi embora e Summer e eu jantamos, Charlie levou minha filha para acomodá-la na cama antes de a enfermeira noturna chegar. Não sei por quê, mas tomei um banho, me arrumei e dirigi até o Country Clube.

Já passou um pouco das 21h e, normalmente, este seria o último lugar do planeta para o qual eu viria numa sexta-feira à noite. As pessoas estão bêbadas, a música está alta e meio fora do tom, e tenho que ter cuidado para não beber demais.

Mas minha cabeça está uma bagunça e, em uma cidade pequena como esta, fica difícil encontrar outro lugar onde eu possa tentar organizar meus pensamentos.

A minha presença neste horário estranho faz Clay me encarar duas vezes.

— Ora, ora, quem diria — comenta ele, enquanto me sento à sua frente. — Olha só quem apareceu numa sexta à noite.

— Me dá um uísque, Clay.

— Com gelo?

Confirmo com a cabeça. Não estou aqui esta noite para arrematar uma garrafa na tentativa de afogar minhas mágoas. Estou aqui para beber uns golinhos. E pensar, acho, mesmo que isso pareça deprimente.

— Você não vai acreditar, mas... — Clay ergue as sobrancelhas ao se abaixar atrás do balcão e tira uma garrafa dali. — Tenho o seu favorito aqui no estoque hoje.

Leio o rótulo e lanço um olhar arregalado e maravilhado para ele.

— Se me disser que isso é uma garrafa de Pappy, vou te dar um beijo de língua.

— E aberta, amigo. — Ele pisca para mim e coloca dois copos no balcão. — Abri ontem à noite.

Pappy Van Winkle é o Santo Graal dos uísques, e é muito difícil conseguir uma garrafa, além de ser bem *cara*. Somente oitenta e cinco mil garrafas do melhor uísque que pode tocar seus lábios são produzidas por ano.

Quando éramos dois adolescentes babacas, rebeldes e malucos, Clay e eu tínhamos o hábito de roubar esse uísque do estoque pessoal do pai dele. E quando eu era o antigo Bennett Bishop, que curtia a vida adoidado em Nova York, meu ego pretensioso só aceitava essa bebida.

Ele desliza um dos copos para mim e fica com o outro.

— Saúde, Ben.

— Saúde. — Bato meu copo no dele e saboreio o primeiro gole de Pappy que tomo em mais de sete anos. Suave como seda, porém ainda deixa aquela ardência deliciosa na garganta. É simplesmente perfeito. — Porra, que delícia.

— Tive a sensação de que você iria gostar. — Clay sorri. — Mas achei que teria que levar até a sua casa, já que costuma agir como um eremita. O que houve, cara? O que está fazendo aqui esta noite?

— Achei uma boa vir até aqui e curtir a noite do karaokê.

Clay me encara como se eu tivesse duas cabeças.

— Daqui a umas três músicas, o xerife Peeler vai subir no palco com o banjo, partindo o coração do bluegrass. Não me diga que não odeia essa merda.

Dou de ombros.

— Eu precisava sair. Espairecer.

Clay bufa.

— Bom, boa sorte em tentar fazer isso aqui. Ainda mais porque uma das coisas que eu imagino que você esteja planejando pensar sobre está subindo no palco.

Eu me viro depressa, olhando por cima do ombro, e vejo Norah pegando a mão de Mikey, o DJ do Country Clube, subindo no palco e assumindo o microfone.

Que porra ela está fazendo aqui? Ela disse que ia jantar com a Josie.

O cabelo está preso em um tipo de coque extravagante, com alguns fios soltos emoldurando seu rosto, e ela está de batom vermelho. Com um vestidinho de verão e salto alto, Norah está rindo de algo que uma pessoa na multidão à frente dela disse. Não preciso procurar por muito tempo para descobrir quem é: o idiota do Tad Hanson.

Ela está linda.

— Caaaaara — comenta Clay, o tom de voz baixo e divertido. — Se continuar encarando desse jeito, ela vai entrar em combustão espontânea.

Eu me viro e encontro os olhos dele.

— Cala a boca.

— Achei que fosse levar um pouquinho mais de tempo até você ceder e transar com ela — acrescenta Clay. Ergo o braço e dou um soco no ombro dele.

— Ai! Porra, Ben.

— Não tem nada a ver. Não transei com ela. Norah trabalha pra mim.

Ele revira os olhos.

— Fala sério, Ben. Vocês dois estão aqui numa sexta à noite por pura coincidência?

Passo uma das mãos pelo meu cabelo.

— Não sei por que estou aqui. Mas também não sabia que ela vinha pra cá.

— Certo. Certo. Vou te dar uma trégua. — Clay ergue as duas mãos. — Mas preciso te contar que tive uma conversa bem legal com ela quando chegou aqui. Norah só tinha coisas boas pra dizer do emprego novo como assistente de Bennett Bishop. Nem te chamou de babaca ou imbecil.

— Ela conversou com você sobre trabalhar pra mim?

— Aham. Mas só porque eu perguntei.

É claro que perguntou.

— Você é um grande babaca enxerido.

Clay cai na risada, até que a ternura surge em seu olhar.

— Ela também parece muito apaixonada pela sua filha.

Essa revelação, além do fato de que Summer não parou de tagarelar elogios sobre Norah o dia inteiro, é como um soco bem dado no meu nariz. Norah só está há alguns dias trabalhando para mim, e minha filha já quer ficar com ela para sempre. O que Summer sentirá por ela depois de algumas semanas? Depois de alguns meses?

Quando começo a pensar no tempo, sinto como se alguém tivesse acabado de enfiar uma faca enferrujada no meu coração.

Clay estende o braço e aperta o meu ombro.

— Não esquenta, Ben.

Não esquentar? Essa é boa. A sensação é a de que estou dentro de uma churrasqueira, sentindo o carvão quente sob meus pés.

Suspiro e tomo outro gole grande de uísque.

— Mas só pra constar, se você acabar dando uma surra no Tad Hanson no meio do meu bar, vou mandar a conta de todos os estragos possíveis pra *você*.

— Relaxa. — Reviro os olhos. — Não vou começar uma briga.

Antes que Clay possa me dar alguma resposta sarcástica, alguém o chama do outro lado do bar. Continuo sentado, olhando para o jogo de beisebol aleatório que está passando nas televisões. Cleveland Guardians contra Atlanta Braves. Não torço para nenhum dos dois. Mas pelo menos é algo para me distrair do som da voz de Norah enquanto ela canta "Friends in Low Places".

Ela não canta mal, levando em conta o que já ouvi dos moradores de Ponte Vermelha na noite do karaokê, mas também não canta bem o bastante a ponto de eu sugerir que ela largue o emprego.

Mas, se ela largasse o emprego, a minha vida seria muito mais fácil.

Luto contra a vontade de olhar para Norah de novo enquanto ela termina a música e, em vez disso, me concentro na televisão com um fascínio ávido. Mais pessoas cantam, e tomo um gole do uísque. Depois, bebo mais um pouco.

Até que o copo inteiro que bebi me dá vontade de mijar, então me levanto e vou em direção ao banheiro. Infelizmente, preciso passar pelas mesas de bilhar no caminho, e é claro que é justo ali que Norah está agora. O fazendeiro Tad ainda está conversando com ela, que está encostada na parede, dando uns golinhos numa taça de vinho.

Ele diz alguma coisa e ela abre um sorrisinho, e me obrigo a continuar andando, mesmo que, na minha imaginação vívida, eu esteja quebrando os dedos cheios de lã de ovelha de Tad.

Merda, estou perdendo a cabeça.

23

Norah

Tad sorri para mim ao jogar uma pasta, com uma etiqueta na frente em que se lê ***Músicas de Karaokê***, na beirada da mesa de bilhar.

Caio na risada ao ver aquilo.

— Essa era a sua missão secreta?

Passei mais ou menos uma hora com o fazendeiro mais gato de Ponte Vermelha, e não posso negar que estou me divertindo. Tad é fofo, amigável e bem tagarela. Talvez até demais, para ser sincera. Aprendi muito mais sobre a criação de ovelhas do que eu gostaria.

— Pô, você não sabe como é difícil conseguir esta pasta numa sexta à noite. Karaokê é o passatempo mais popular em Ponte Vermelha. — Ele me cutuca de brincadeira com o cotovelo. — E aí, Norah, qual vai ser?

— Gostaria de te lembrar que já cantei uma música. Não acho que Garth Brooks iria gostar se eu cantasse outra.

Depois que bebi metade da minha segunda taça de vinho e Tad começou a me dar detalhes demais sobre as dificuldades de tosquiar ovelhas, eu o deixei me convencer a subir no palco e cantar "Friends in Low Places". Cantei mal, confesso, porque não sou cantora. A única coisa que posso e deveria fazer com músicas é ouvi-las.

— E eu gostaria de te lembrar que você se divertiu lá no palco.

— Mas não quero ser a única a me divertir, Tad — falo para ele, com um sorriso atrevido. — E é por isso que é hora de *você* escolher uma música e subir lá.

— Beleza, tudo bem. Vou morder a isca. Mas só se você concordar em fazer um dueto.

— *Não* vou fazer um dueto com você. — Reviro os olhos e, ao mesmo tempo, rio. — Mas vou subir no palco mais uma vez se você fizer a mesma coisa *e* for primeiro.

— Fechado, Norah Ellis. — Um grande sorriso surge em seus lábios. — Já sei qual música eu vou cantar.

— Ótimo. — Bufo e termino o resto da minha segunda taça de vinho com um gole longo. Coloco a taça vazia em uma mesa alta encostada na parede. — Agora, se não se incomodar, vou ao banheiro rapidinho antes de ter que subir de novo.

— Qual música eu peço ao Mikey tocar pra você? — grita Tad às minhas costas. Mikey, o homem de quem ele está falando, é o DJ bonitão de Ponte Vermelha. Ou simplesmente um cara de vinte e poucos anos com um *mullet* preto e um equipamento velho de DJ.

— Se concentra no seu show. Eu mesma falo pro Mikey quando voltar — grito de volta por cima do ombro enquanto ando em zigue-zague até o banheiro.

Uma das luzes pisca no meio do corredor longo, indicando uma lâmpada que deveria ser trocada, e eu semicerro os olhos para enxergar melhor ao procurar em qual das duas portas está escrito *Feminino*.

Mas não preciso procurar muito, porque há uma pessoa saindo de uma das portas, alguém que eu conheço, alguém que acabei de ver algumas horas antes: Bennett.

Ele trocou as roupas que usara mais cedo, e agora está com uma calça jeans básica, uma blusa branca e limpa e as botas marrons de sempre. Seu cabelo está bagunçado, como se tivesse passado os dedos por ele várias vezes. E os olhos azuis parecem dez vezes mais escuros sob essa luz fraca.

A iluminação ruim, porém, não o faz parecer feio. Nem um pouco, na verdade. Apenas destaca as extremidades sólidas de seus braços e peito musculosos, e deixa seu rosto envolto em algo que só consigo descrever como mistério. *Um mistério sexy pra cacete.*

É muito confuso que Deus tenha criado um homem bonito desse jeito, mas tão difícil de lidar.

Ele para a milímetros de mim, e tenho que erguer *bastante* o olhar para encontrar seus olhos. Pelo amor de Deus, ele realmente é um cara grande. Alto e robusto. Se Bennett fosse uma árvore, seria a droga de uma sequoia.

— Você chegou agora? — pergunto, e meu coração dispara dentro do peito, como se eu estivesse feliz em vê-lo. Como se ele fosse justamente a pessoa que estava esperando encontrar esta noite. O que é loucura.

— Já cheguei tem um tempinho. — A voz dele está com aquele tom meio aveludado e áspero que passei a conhecer tão bem.

— Ah, é? — Torço meu nariz, surpresa. — Não vi você entrar.

— Não estou surpreso — murmura ele, a mandíbula trincada. — Você parecia muito ocupada.

Hein? É impressão minha ou sou a última pessoa no planeta de quem Bennett Bishop quer estar perto neste momento? Depois de três dias trabalhando para ele, e nos quais de fato nos demos bem, esse comportamento impassível me deixa atordoada. Quer dizer, acabei de passar a tarde no estúdio com ele e Summer, e tudo parecia... bom. Parecia tranquilo.

Mas o ambiente agora parece carregado.

Bennett não dá ao meu cérebro tempo de acompanhar a conversa e logo me faz outra pergunta.

— Quantas já foram?

— Quantas já foram? — repito, soando perplexa. — O que você...

— Taças. — Ele se aproxima de mim, se inclinando para abaixo a fim de encontrar meus olhos. — Quantas taças você já bebeu, Norah?

— Hum... não muitas.

— Quanto seria esse "não muitas"? — continua ele, e me sinto um espetinho prestes a ser assado, sendo pressionada contra a grelha... — Espero que não esteja planejando dirigir até sua casa esta noite.

Minha nossa. Qual é o problema dele?

— Relaxa, pai — digo, fazendo graça, tentando amenizar o mau humor dele. — Estou sendo uma boa menina. Só bebi duas taças de vinho.

Não dá certo.

— Acho que já tá na hora de parar — comenta ele, e seu sorriso não é muito amigável. É quase uma acusação. — Senão, vai acabar dando àquele fazendeiro exatamente o que ele quer.

— Fazendeiro? — *Ele está falando do Tad Tagarela?*

— Você sabe de quem estou falando. Está na cola dele desde que cheguei aqui.

Estou completamente boquiaberta.

— Na cola dele? — pergunto, com uma expressão zombeteira. Dou um passo para trás, a fim de me apoiar contra a parede, e cruzo os braços. — Nem pensar.

— Querida, não precisa fingir na minha frente. — Bennett se aproxima ainda mais de mim, e me surpreende ao estender a mão e colocar uma mecha do meu cabelo atrás da orelha. Seu toque é gentil, até mesmo carinhoso, mas os olhos demonstram o contrário. Há uma pergunta silenciosa ali. — O fazendeiro *Ted* está se esforçando pra te levar pra cama hoje à noite, e ao que parece, você não está nem aí.

Neste momento, se eu arregalar meus olhos um pouco mais, eles irão ocupar meu rosto inteiro. De verdade. Eu seria apenas uma cabeça com dois globos oculares.

— O nome dele é *Tad*, não Ted. E ele não está tentando me levar pra cama. — *Para ser sincera, está ocupado demais tentando me fazer participar do karaokê e falando sobre ovelhas.*

Bennett abre um sorrisinho e apoia uma das mãos na parede, ao lado da minha cabeça. Ele se inclina, cada vez mais próximo, e baixa o tom de voz até o tornar um sussurro.

— Tá, sim, querida. É exatamente isso que ele está tentando fazer.

Bennett está tão perto que consigo ver as manchinhas douradas em seus olhos azuis. E o cheiro do perfume dele invade meu nariz, preenchendo minha cabeça com cedro, canela e um pouco de baunilha, tudo de uma vez só.

Detesto como ele cheira bem. *Tecnicamente, você odeia o quanto gosta deste perfume.*

— Ele só está sendo amigável. — Tento redirecionar meus pensamentos e esta conversa de maluco. Não sei o que diabos deu em Bennett esta noite, mas estou começando a ficar bastante irritada, porque estou recebendo toda a raiva dele e *sei* que não a mereço.

Não fiz nada de errado, a não ser existir e arruinar uma das músicas mais populares de Garth Brooks.

— Amigável? — A risada dele não tem graça nenhuma. — Essa é alguma expressão moderna pra *tentando te foder*?

Em um segundo, estou parada ali, escutando Bennett cuspir este monte de merda para mim. No outro, a palma da minha mão encontra a bochecha dele em um estalar *alto.*

Puta merda! O que está fazendo? Você acabou de dar um tapa na cara de Bennett, seu novo chefe*!*

Parece um *déjà vu*. Não é a primeira vez que faço isso, mas a grande diferença é que agora ele é meu *patrão*. O homem cujo emprego de assistente finalmente me fez sentir como se estivesse dando um rumo para a minha vida.

Sua idiota!

— Ai, meu Deus. Eu... eu... eu... — Abro e fecho a boca várias vezes, sem muita certeza do que dizer ou fazer. Milhares de desculpas estão na ponta da minha língua, mas quando percebo que Bennett continua parado ali, sorrindo para mim, cerro meus lábios.

— Por acaso eu te irritei, querida? Você quer transar com o fazendeiro?

E então minha mão encontra o rosto dele pela segunda vez.

24

Bennett

Minha bochecha arde pelo choque da mão dela, e Norah me encara com aqueles olhos grandes e castanhos, aqueles dos quais aprendi a memorizar cada detalhe como se fossem a palma da minha mão.

E quando a parte lógica do meu cérebro se dá conta do que acabei de provocar, meu coração acelera, pulsando dentro do peito. *Muito bem, seu idiota.*

Nem estou chateado por ela ter me dado um tapa. Estou irritado por ter agido como se me importasse demais com o imbecil do fazendeiro flertando com ela, e por isso falei um monte de bosta para Norah. Não quero ser uma pessoa cruel, e nunca terei orgulho de ser assim.

— Norah, eu...

— Mas que porra foi essa? Achei que a gente estava se dando bem! — grita ela para mim. — Achei que o clima estava melhor entre nós dois. Na verdade, adoro trabalhar pra você e quero *continuar* nesse emprego, mas você *tinha* que provar que eu estava errada ao fazer o que sempre faz, e agora provavelmente vai me demitir, mesmo não tendo sido eu que agi feito uma imbecil!

Demiti-la? Summer ficaria arrasada. *E não seria a única a sentir falta da presença de Norah.*

— Norah, não vou te demitir.

Ela deixa escapar um suspiro profundo, e não tenho muita certeza se ouviu o que eu disse, pois logo volta a gritar comigo.

— Por quê, Bennett? Por que você sempre faz isso? *Como* você consegue fazer isso sempre? Até te conhecer, eu nunca tinha dado um tapa em ninguém! Mas você? Você consegue me irritar tanto que, a essa altura, já perdi a conta de quantos tapas te dei!

A ironia do que ela está dizendo não me passa despercebida. Não sou o único que faz as outras pessoas perderem a cabeça.

— Posso dizer o mesmo, querida. Não costumo ser preso por distribuir socos no ex dos outros. Antes de você cair de paraquedas em Ponte Vermelha, minha vida era bem menos dramática.

— Cala a boca! — Ela empurra o meu peito. — Só... cala a boca, tá? *Cala a boca.* — Como não digo nada, Norah fecha os olhos e encosta a cabeça na parede. — E por que você se importa? — pergunta, por fim, em voz baixa.

— Como é que é?

Ela volta a abrir os olhos e encara os meus.

— Por que você se incomoda por eu estar conversando com Tad Hanson? Por que se importa com o que faço ou com quem estou?

— Não me importo. — *Mentiroso.*

Nós dois nos encaramos.

— Não me importo — repito, mas de repente me aproximo dela. — Não estou nem aí — falo, me inclinando para que nossos olhares fiquem da mesma altura. — Nem um pouquinho.

Mas assim que pronuncio essas palavras, minha boca avança e, antes que eu perceba, antes que consiga compreender, estamos nos beijando.

Não sei quem foi que começou, mas sei que não vou parar. Sinto as mãos dela agarrarem o tecido da minha blusa ao puxarem meu corpo para ainda mais perto do seu.

Ela deixa escapar um gemido e sinto o efeito no meu pau.

Puta que pariu. Isto aqui era a última coisa que eu deveria estar fazendo.

Mas o gosto dela é tão bom.

Envolvo o corpo de Norah com as minhas mãos, deslizando-as por suas costas e por sua bunda, até meus dedos agarrarem suas coxas e a erguerem para o meu quadril. O vestido de seda dela roça minha pele, e um gemidinho voraz escapa de sua boca para a minha.

Eu deveria parar com isso.

Norah pressiona os quadris contra o meu corpo, se esfregando no meu pau já duro através das camadas de nossas roupas.

Mas está bom demais.

Seus seios também pressionam meu corpo, e eu os sinto contra o peito toda vez que ela para a fim de respirar. Mas que inferno, consigo até sentir a rigidez de seus mamilos sob o vestido.

Eu. Preciso. Parar.

Mas não quer. Você quer deslizar sua mão um pouco mais acima da coxa de Norah, até seus dedos estarem debaixo da calcinha dela.

Ela aprofunda o beijo, e suas mãos sobem até meu cabelo. Seus quadris se agitam de desejo, fazendo seu corpo pulsar em ondas ritmadas e ansiosas contra o meu pau ainda vestido, mas duro como aço. Enquanto isso, a língua de Norah brinca de cabo de guerra erótico com a minha.

Pare. Agora. *Mesmo.*

— Não devíamos estar fazendo isso — digo, ainda a beijando, e não sei se falei isso para ela ou para mim mesmo.

— Eu sei — sussurra Norah, os lábios persistentes ainda buscando os meus. — Devíamos parar.

— É.

— *É.*

Mas não paramos. Na verdade, parece muito que estamos cada vez mais perto do momento em que arranco sua calcinha e deslizo meu pau dentro dela.

Ah, o que você não daria neste momento para poder gozar dentro dela? Poder deslizar completamente dentro do corpo de Norah, o máximo que conseguir, e ficar ali até sentir o clímax dela molhar seu pau.

— Ai, meu Deus! Me desculpa! — diz uma voz que não reconheço, assustando a mim e a Norah a ponto de finalmente pararmos. Em um instante, saímos de grudados-e-parecendo-um-só para uma distância apropriada-para-o-baile-da-escola.

Olho para o corredor escuro, na direção do bar, e encontro Sheila, a esposa de Marty Higgins, parada ali, com os olhos arregalados.

— Não vi nada, eu juro! — Ela logo cobre os olhos com as mãos, acrescentando: — Eu... É... Desculpa.

Sheila dá meia-volta bem rápido e vai em direção à multidão bêbada.

A tentativa de controle já era.

As bochechas de Norah estão coradas, e os lábios, inchados do beijo. Ela pigarreia, nervosa, e passa as mãos pela parte da frente do vestido.

— Eu... eu vou ao banheiro. E... hã... te vejo... depois — sussurra ela, correndo até o final do corredor e entrando pela porta onde se lia: **Feminino**.

Hora de dar o fora daqui.

Passo uma das mãos pelo cabelo e volto ao bar para fechar minha conta.

Sabia que não era uma boa ideia vir até aqui para começo de conversa. E depois de presenciar Norah virar amiguinha do fazendeiro Tad e de beijá-la, de novo, perto dos banheiros, estou pior que antes.

É óbvio que não dá para confiar em mim mesmo perto dela neste momento. E de jeito nenhum vou conseguir tirar da cabeça aqueles olhos castanhos calorosos e aquele cabelo bagunçado se continuar a encarar ambos.

Clay se aproxima do outro lado do bar e para bem na minha frente.

— Então... perguntinha rápida... — Ele faz uma pausa, e não gosto nem um pouco do sorriso astuto dele. — Aconteceu alguma coisa interessante ali atrás?

Suspirando, passo os olhos pelo bar e encontro Sheila parada perto de Marty. Assim que nossos olhares se encontram, ela desvia os olhos como uma criança pega com a boca na botija. *Já devia saber.*

Eu me volto para Clay e o vejo dar de ombros, achando graça.

— As fofocas numa cidade pequena correm mais rápido que diarreia saindo de um cu trancado.

É a pura verdade.

— Então... — continua ele, balançando as sobrancelhas como um idiota. — As fofocas da cidade pequena estão certas?

— Não começa, cara — digo, me recusando a ter a conversa que o babaca enxerido adoraria ter agora. — Tô indo embora.

Coloco uma nota de cem dólares sobre o balcão para pagar minha conta.

— Nada disso. — Clay balança a cabeça e empurra a nota de volta para mim. — Essa foi por minha conta. Comprei a garrafa só pra nós dois, e eu também te devo uma porrada de favores.

— Valeu, Clay.

Eu me viro para ir embora, mas o som da voz dele e sua mão em meu cotovelo me fazem parar.

— Você... Já ouviu alguém falar sobre a Jezzy?

— Quem? — pergunto, me questionando do que diabos Clay está falando e por que ele sentiu a necessidade de desabafar agora, quando está claro que preciso sair daqui logo.

— Jezzy Ellis. A irmã caçula de Josie e Norah.

Eu deveria me irritar com ele por mencionar a única mulher que está dominando meus pensamentos, mas, em vez disso, estou curioso demais para não responder.

— Tem mais uma delas?

— Não. Ela morreu quando era criança. — Clay balança a cabeça e cerra os lábios. — Corre o boato de que a mãe delas deixou a menina sozinha na banheira enquanto o pai estava fora da cidade.

— Que porra é essa? Tá de sacanagem?

— Bom, a questão é essa, é só um boato. A autópsia foi inconclusiva e a mãe nunca foi acusada, mas sei pela Josie que provavelmente foi isso que aconteceu. Elas saíram da cidade quando o pai, Danny, faleceu, porque não havia mais ninguém que pudesse defender a mãe de se tonar uma pária na cidade.

— Caramba. Não me admira que a Josie tenha se afastado dessa mulher assim que pôde.

— Nem me fale — comenta ele, a testa franzida. — Estou te contando isso porque a Norah não se afastou da mãe, pelo menos não naquela época. E, pelo que entendi, ninguém mais sabe da história toda. Nem mesmo a Norah.

— Certo...?

— Ben, dá pra ver que você está lutando contra a situação porque é complicado. Mas, porra, todos nós somos mais complicados do que as pessoas sabem. Essa é a questão. Você tem um passado, mas ela também tem. Deixá-la se aproximar, ver onde isso vai dar... Qual é a pior coisa que pode acontecer? Você e a Summer se apaixonarem por ela?

— Nós dois temos um passado, mas você esquece que ela também tem o presente, Clay — comento, suspirando. — Um ex-noivo imbecil com um carro de luxo e advogados caros. A coisa vai muito além de só me apaixonar por ela. Além disso, se algum dia Norah descobrir a verdade sobre a irmã caçula, eu ficaria mais preocupado de ela se apaixonar por nós... pela Summer. Vai acabar com ela.

Clay cerra os lábios.

— Amar a Summer é o que vai acabar com todos nós, Ben. Mas posso te garantir que mesmo assim vai valer a pena.

25

Segunda-feira, 23 de agosto

NORAH

Se tinha uma coisa que eu amava em Nova York era o Central Park. Toda manhã, não importa em qual dia da semana, é possível encontrar uma multidão de pessoas caminhando, correndo, andando de bicicleta, passeando sozinhas ou com seus cães e aproveitando aquele pequeno pedaço de natureza dentro de uma cidade superlotada e cheia.

Quase todos os dias, eu fazia parte desse grupo. Não me entenda mal. Não sou uma corredora empolgada treinando para uma maratona. Nem perto disso. Estou mais para o tipo "vou fazer um movimento de corrida com as minhas pernas até que elas não queiram mais fazer isso, e aí só vou caminhar".

Fizesse chuva ou fizesse sol, debaixo de neve ou do sol do verão, eu colocava um par de tênis e deixava meus pés percorrem o chão durante mais ou menos trinta minutos. Deixava os pulmões respirarem o ar fresco e os olhos assimilarem a visão de meus companheiros da cidade grande tentando fazer um pouco de exercício matinal.

Eu adorava. Com o passar dos anos, se tornou uma das poucas coisas que fazia porque gostava.

Que *escolhi* fazer.

Enquanto tento me reencontrar em uma cidade do tamanho de uma lata de sardinha, não é de admirar que eu esteja internamente inquieta, desejando mais coisas desse tipo. É banal, eu sei, mas também é importante.

Esse não é o único motivo pelo qual você está inquieta.

Certo, certo. O que aconteceu na sexta à noite no Country Clube também pode estar aumentando a minha necessidade de correr. Nada como uma discussão seguida de tapas na cara seguidos de um beijo intenso *com o seu novo chefe* para fazer uma mulher se sentir confusa.

E que beijo intenso. Tenho quase certeza de que você estava quase...

Não. Não. Não. Não vou pensar nisso.

Nem preciso dizer que ainda não vi o Bennett desde que toda essa merda aconteceu, mas meu cérebro estúpido não me deu nenhum descanso, pensando nisso o tempo todo.

Poxa, nem consegui ficar um pouco mais no bar depois que vi Bennett ir embora. Não cumpri minha promessa ao Tad de cantar outra música no karaokê. Não fiquei nem mesmo para assistir a ele dando seu melhor na performance de "Baby Got Back". Minha cabeça girava rápido com tantos pensamentos sobre Bennett e as consequências daquele momento insano que não consegui fazer outra coisa a não ser ir para casa.

Agora, antes de sair para mais um dia de trabalho em um emprego que espero ter ainda, decidi voltar aos meus velhos hábitos e sair para correr. Bem, um misto de corrida e caminhada, na verdade. Com certeza vai ajudar com essa ansiedade que se instalou no meu estômago desde a noite de sexta.

Vamos torcer para que isso me dê a dose de endorfina de que preciso para sobreviver ao que quer que vá acontecer quando eu aparecer na casa dele esta manhã.

Bem, não tem um Central Park em Ponte Vermelha, mas há uma trilha pitoresca de caminhada que percorre os arredores da cidade. Parece que o percurso tem pouco mais de seis quilômetros, mas dá para desviar direto até o centro da cidade sem grandes problemas. Ou pelo menos é isso o que diz o mapa no começo do percurso.

Paro na entrada e deixo escapar uma risadinha quando percebo o verdadeiro nome da trilha: **Caminho da Felicidade**. Assim, só podem ter dado esse nome por dois motivos. Ou é de fato uma insinuação sexual, ou a inocência é tanta que virou ingenuidade e ninguém percebeu o duplo sentido.

Nesta cidade, a motivação é meio incerta.

Quando meu celular começa a tocar no bolso lateral da legging, pego o aparelho e vejo ***Chamada de Lillian*** piscando na tela.

— Oi, sumida — respondo no segundo toque, surpresa ao ver que o celular tem sinal aqui.

— Sinto que já faz séculos desde que falei com você. — A voz de Lillian tem um tom gentil de acusação, e sinto saudades dela na mesma hora.

Não sinto falta da minha vida em Nova York. Não sinto falta dos meus amigos falsos que conheci por causa do meu relacionamento com Thomas. Não sinto falta de ter que constantemente satisfazer a minha mãe indo em eventos sociais com os quais eu não me importava ou fazendo coisas só porque deixavam *ela* feliz. E com certeza não sinto falta do meu ex.

Mas sinto saudades da Lillian. Não conseguimos conversar muito desde que cheguei aqui, mas deixei ela a par da maioria das novidades.

— Eu sei — respondo, e decido usar esse tempo para alongar meus músculos. — Desculpa, estou muito ocupada ultimamente, mas arrumei um emprego.

O primeiro alongamento que faço é estender a minha perna direita. Sinto a queimação, assim como o medo de perder o dito emprego porque agi feito como uma idiota violenta no cio na sexta à noite.

— Um emprego, é? Não vou mentir, estou feliz por você, mas também estou meio desapontada — confessa ela, dando uma risadinha. — É claro que quero o melhor pra você, mas parte de mim tinha esperanças de que teria que voltar pra Nova York.

— Nós duas sabemos que não dá.

— É, bom, uma garota que está com saudades da melhor amiga pode sonhar, sabe?

Se tem uma coisa que sempre amei na Lillian é que é maravilhoso observá-la conversando, porque ela tem um jeito bem teatral. Consigo imaginá-la neste momento, abrindo as mãos como num passo de *jazz* ou desenhando um balãozinho com o dedo acima da própria cabeça.

— Eu sei, Lil. Desculpa, mas não posso voltar. Eleanor já ligou pra cafeteria da minha irmã atrás de mim, e só isso já me assustou bastante.

— Não acredito que ela teve essa cara de pau, mas também está tentando me encontrar.

— O ego da Eleanor nunca foi pequeno. — Estico ambas as pernas e me inclino para a frente a fim de tocar os dedos do pé. — E ela sabe que Thomas veio a Ponte Vermelha, então não vai largar o osso até conseguir o que quer.

— Ai, merda. Parece operador de telemarketing.

— É. — Deixo escapar um suspiro triste ao me levantar de novo. — Você falou com ela?

— Claro que não — responde Lillian, como se eu tivesse feito a pergunta mais ridícula do mundo. — Não ligo se ela aparecer no meu escritório com um daqueles carros de mensagem. Não devo nada a ela, e você também não.

— Você... hã... ouviu alguma coisa sobre o Thomas?

— Vi uma matéria sobre ele no jornal alguns dias atrás. Era uma cobertura chatérrima sobre aquela instituição de caridade que a família dele tem. Fizeram uma espécie de evento no Museu Metropolitano de Arte e, para ser sincera, nem tenho detalhes pra te contar, porque quem se importa com aquele imbecil? — retruca ela. — Tipo, foda-se aquele cara. Ainda não consigo acreditar que Thomas apareceu em Vermont e tentou te forçar fisicamente a falar com ele. Ele te machucou, Norah. Foi abusivo. Queria que você tivesse mandado ele pra cadeia. Thomas merece que estranhos enfiem uma ou duas facas no cu dele.

É claro que Lillian sabe tudo a respeito da Briga de Ponte Vermelha. Ela não gostou muito da história na primeira vez que contei. Foi um ou dois dias depois que aconteceu, e precisei me esforçar muito para convencê-la de que aparecer no apartamento do Thomas com um taco de beisebol era uma péssima ideia.

— Não vamos ficar muito agitadas com essa história de novo, tá?

— Tá, tá. Eu sei — resmunga ela. — Entendi por que você não prestou queixa... mais ou menos. Mas aquele imbecil devia estar apodrecendo numa cela.

Lillian não é a única que pensa assim. Por mais gentil que tenha sido comigo, Josie também deixou sua opinião bem clara.

— Ah! — exclama Lillian. — Mas tinha meio que uma boa notícia naquele artigo idiota que li. Thomas foi acompanhado ao evento. Ela é uma modelo francesa ou qualquer coisa assim. Mal parecia ter 18 anos, mas não deveríamos estar surpresas, não é? Thomas King tem uma queda pelo que é quase ilegal. Mas talvez isso signifique que ele seguiu em frente e não vai mais te incomodar.

Uma queda pelo que é quase ilegal. Argh. É em momentos como este que me pergunto como diabos pude ser tão ingênua em relação àquele homem.

— Enfim, chega de falar do babaca do seu ex. Me conta mais sobre o trabalho.

— Sou assistente de um artista — conto. — Na verdade, paga muito bem. Graças a Deus. A chegada do seu caminhão de mudança aumentou bastante a impaciência da minha irmã com a minha invasão. Preciso achar logo um cantinho pra mim.

— Espera aí... — Lillian para de falar. — Assistente de *um artista*? Quem é? Não me diga que tem alguém famoso se escondendo nessa cidade minúscula.

— Hum... — Aperto meus lábios e os abro com um estalo, sem ter certeza do que responder.

— Norah, juro por Deus, se você estiver me escondendo alguma coisa...

Suspiro.

— O artista é Bennett Bishop.

— Bennett Bishop, o machão taciturno, grosseiro e mal-humorado que socou Thomas e beijou você no estacionamento do mercado?

— Esse mesmo. — Deixo escapar outro suspiro, pensando se deveria ou não contar as novidades mais recentes. Infelizmente para mim, Lil fareja minha hesitação como um cachorro.

— Por que tenho a impressão de que tem mais coisa nessa história?

— Porque talvez tenha...

— *Norah.*

— É bem possível que algo parecido tenha acontecido em um bar na sexta-feira à noite... — Fecho os olhos e me forço a soltar o resto o mais rápido que consigo. — Talvez eu tenha dado outro tapa nele por ser um imbecil *de novo*, o que resultou em mais beijos, e agora estou meio nervosa pra ir trabalhar hoje porque não vejo ele desde então e não tenho ideia de como será esse reencontro.

— Norah Rose Ellis! — grita Lillian pelo celular, tão alto que meus fones vibram dentro dos meus ouvidos. — Ai, meu Deus! Não acredito! Vocês dois brigam e se beijam tanto que parecem lutadores de UFC no cio!

— Não é nada demais. E não vai acontecer de novo.

— Nada demais? — retruca ela. — Norah, cai na real! Parece, sim, ter muita coisa nessa história.

— Não é nada demais — repito. — É sério. Daqui pra frente, sou só a funcionária dele, e vamos ser profissionais.

Isso se ele não mudar de ideia e me demitir.

Lillian cai na risada. Depois ri mais um pouco. Quando tenho a sensação de que ela não vai parar, murmuro:

— Você está sendo bem filha da mãe agora, sabia?

— Desculpa. — Mais risadas. — É que eu sinceramente achei que sua vida em Ponte Vermelha seria chata pra caramba, mas está sendo o completo oposto! Cara, está mais animada que a minha, e eu tô na cidade que nunca dorme. Não estou cercada de fazendas e cocô de vaca.

— Não tem tanto cocô de vaca assim em Ponte Vermelha.

— Se você diz, amiga — responde Lil, mas sua voz rouca deixa claro que ainda está achando graça. — Enfim, preciso ir ou vou me atrasar pra reunião desta manhã. Mas agora tem que me prometer que vai me contar mais sobre o seu trabalho com o Sr. Gostoso e Taciturno. Acha que hoje vai beijar ele de novo?

— Lil, para com isso! — choramingo, mas ela só dá uma risadinha.

— Tenho que ir! Tchau, Nore. Te amo!

A risada preenche meus ouvidos até Lil desligar. Mas ela não consegue se segurar e continua a conversa com mensagens de texto.

Lillian:* *Pra sua informação, todos os MELHORES livros começam com uma transa com o chefe.

Eu:* *Você é louca.

O celular vibra mais uma vez em minhas mãos, mas eu o ignoro, colocando-o de volta no bolso lateral da legging. Minha melhor amiga é uma mulher muito inteligente, mas não sabe de nada quando se trata de Bennett Bishop.

É mais provável eu estrangular o cara do que transar com ele. Fato.

Tiro mais cinco minutos para fazer outros alongamentos, coloco o cronômetro para rodar no celular, dou *play* na minha *playlist* de malhar, ajusto os fones de ouvido pela última vez e começo a me mexer.

Meu ritmo está superlento. Estou mais caminhando do que correndo, mas não me importo. Me sinto bem. O ar está fresco como uma maçã recém-colhida, e o sol brilhando através das árvores garante um calorzinho bom no meu rosto e alivia minha tensão.

E a vista é especial demais. As folhas já demonstram os primeiros sinais de mudança. Algumas ainda possuem um tom vibrante de verde, mas outras já se destacam com pequenas manchas avermelhadas, alaranjadas e amareladas. Isso me deixa animada para ver como Ponte Vermelha ficará quando a estação de fato mudar do verão para o outono.

Antes que eu perceba, já se passaram dez minutos de caminhada, e Leo Sayer me levou de volta para 1976, me dizendo que está com vontade de dançar a noite inteira.

Outros cinco minutos depois, os músculos das minhas pernas decidem me lembrar que a última vez em que corri foi quando dei uma de Julia Roberts e fugi do meu casamento.

Porém, dois minutos depois, todos esses pensamentos sobre cansaço desaparecem da minha mente quando algo na minha visão periférica chama a atenção. Olho por cima do ombro e o que vejo me faz parar de súbito no meio da trilha.

Também me faz gritar.

— Que porra é esta?!

As criaturas fofinhas e de quatro patas atrás de mim também param, e, quando tiro os fones de ouvido, escuto o som fraco de alguns sininhos ressoando do bando.

Sim, *o bando* de ovelhas brancas fofinhas que está *me* encarando.

Será que essas são as ovelhas do fazendeiro Tad? Se não forem, quantos criadores de ovelhas existem nesta cidadezinha? Parece que já temos uma superpopulação.

O mais louco é que, quanto mais tempo fico parada aqui, maior se torna o bando, já que mais ovelhas aparecem virando a curva e se juntam ao grupo.

Quantas serão? Tento contar, mas chego a quarenta e sou obrigada a recomeçar porque perdi a conta e mais ovelhas continuam chegando.

Mas todas param. E esperam. E olham... para mim.

— É... olá? Oi? Posso ajudar em alguma coisa?

Elas não respondem. Porque são, sabe, *ovelhas.*

Só... segue em frente. Talvez isso seja comum. Tipo, comum em Ponte Vermelha. Talvez essas ovelhas também venham até aqui todas as manhãs, tomar um pouco de ar fresco.

— Eu... hã... vou continuar correndo. Tenham um bom dia, tá? Talvez... é... voltem pra casa? Pode ser?

Mas quando me viro e volto a correr pela trilha, dou uma rápida olhada por sobre o ombro e percebo que elas começaram a se mexer junto comigo.

Como se estivessem me seguindo pela trilha.

Eu paro.

Elas param.

Olho para as ovelhas. Elas olham para mim. *Mééééééé.*

Aceno para elas outra vez, aponto para o outro lado da trilha e volto a correr, mas as ovelhas apenas me imitam.

Se eu corro, elas correm.

Se paro, as ovelhas me esperam.

— Escuta, hã, o que está acontecendo? — pergunto para elas.

Mééééé.

— Vocês estão perdidas?

Mééééé.

— Vocês sabem que eu não faço ideia de como cuidar de ovelhas, né? Mal consigo cuidar de mim mesma. Tipo, sou uma mulher de 26 anos que só tem cem dólares na conta e está morando com a irmã. Se precisam de conselhos, não sou a pessoa certa.

Infelizmente, meu discurso não muda nada. Antes que eu perceba, mais vinte e cinco minutos se passam enquanto brinco de siga o mestre com um bando de ovelhas na bendita trilha Caminho da Felicidade. Ou seja, se eu quiser chegar na hora no trabalho, essa situação está começando a diminuir meu tempo no banho.

— Olha, preciso ir trabalhar, pessoal — falo para elas, mas as ovelhas não se animam muito. Algumas até estão ocupadas mastigando grama, erguendo a cabeça de vez em quando para ver onde estou. — Esta é uma situação complicada, e não sei se vocês conhecem Bennett Bishop, mas já vou deixar claro, ele *não* vai querer que eu leve amiguinhos junto comigo, entendem? Eu vou até lá pra trabalhar. E, depois de sexta à noite, as coisas não estão lá muito boas entre nós dois. A última coisa de que preciso é aparecer com, tipo, cem ovelhas no meu pé só porque elas são minhas novas amigas. Não me levem a mal, vocês são minhas amigas. Vocês são ótimas. Mas não posso fazer isso, tá? Estou tentando manter meu emprego, não perder ele de vez.

Méééééé.

Por fim, decido ligar para uma amiga. No caso, além dessas ovelhas, só tenho a minha irmã. São necessários quatro toques em duas chamadas diferentes até ela atender; quando o faz, não me dou ao trabalho de ser gentil.

— Estou com um problema.

— Certo, e?

— Decidi sair pra correr hoje de manhã antes do trabalho, e agora tem cerca de cem ovelhas me seguindo.

Eu espero o choque. Talvez o horror. Mas Josie não age nem de um jeito, nem de outro. Vai direto ao ponto, tanto que me pergunto se ela trabalha com ovelhas.

— Elas estão marcadas?

— Como assim, "marcadas"?

— Os fazendeiros aqui da região marcam as ovelhas e o gado com tinta. Geralmente é uma faixa pequena nas costas ou na lateral.

— Hum... — Eu me aproximo das minhas novas amigas ovelhas e reparo em uma faixa de tinta laranja brilhante nas laterais esquerdas. — Sim. Estão pintadas de laranja.

— As ovelhas de Tad Hanson grudaram em você porque, pelo jeito, ele é incapaz de mantê-las no pasto.

— Grudaram em mim? O que isso significa?

— Que elas estão perdidas, como sempre, e você é a mãe temporária delas até as levar em casa.

— Tenho que as levar em casa? — grito, e a ovelha ao meu lado deixa escapar um balido. — Josie! Eu preciso estar no trabalho daqui a quarenta minutos!

— Bom, a não ser que Bennett concorde que você leve as ovelhas pra passar o dia, eu diria que é melhor se mexer e ir até a fazenda do Tad.

— Como se eu soubesse onde fica! Só falei com Tad uma vez na vida, e só porque você se *recusou* a ir ao bar comigo depois do jantar. — E, por mais que estivesse tagarelando na sexta à noite, ele não chegou a me dizer onde morava.

— Norah, você sabe que não frequento aquele bar, então supera.

— Superar?! — grito, reclamando. — Olha pra onde essa história me levou! Passei uma noite conversando com Tad, e agora as ovelhas dele estão completamente apegadas!

— Onde você está?

— Na trilha Caminho da Felicidade.

— Não é longe. E, pra sua sorte, a casa do Bennett e a fazenda do Tad são vizinhas uma da outra.

Deixo escapar um suspiro.

— Não acho que seja sorte. Eu pretendia tomar um banho e me arrumar pra trabalhar, como uma pessoa normal. Não gastar duas horas pastoreando ovelhas antes de começar o dia.

Josie apenas ri e me dá as instruções para chegar à fazenda a partir de onde estou na trilha.

Enquanto tento levar as ovelhas para casa, percebo que Josie está certa sobre Bennett e Tad serem vizinhos. Na verdade, as propriedades são tão próximas que corto caminho pela do meu chefe para chegar à de Tad. Reconheço a frente da casa grande e consigo distinguir mais ou menos a construção pequena na parte de trás que ele usa como estúdio.

Eu e uma centena de ovelhas caminhamos pelo jardim de Bennett.

Será que esta situação poderia piorar? Acho que não.

Por favor, que ele não veja esta cena. Por favor, que ele não veja esta cena. Repito as palavras para mim mesma umas cinquenta vezes enquanto corro pela grama, mas elas causam o efeito contrário.

Bem na hora, como se tivesse ouvido meus pensamentos, Bennett aparece na varanda da frente e semicerra os olhos para mim e meu rebanho de ovelhas enquanto corremos por seu jardim.

Tento não encarar seus olhos, mas sejamos realistas, é impossível. Como não olhar para uma pessoa em uma situação tão ridícula quanto esta?

Sou um desastre ambulante, e Bennett Bishop não consegue desviar os olhos de mim.

26

Norah

De todas as maneiras como eu poderia ter começado este dia, ser a líder de um rebanho de ovelhas no meio do jardim de Bennett não era uma das opções que considerei. Conversar para esclarecer as coisas, ou ignorá-lo e agir como se nada tivesse acontecido, era mais ou menos o que eu tinha em mente.

Mas isto? *Sim.* A personificação da estranheza. E, agora que fui flagrada, esconder este momento vergonhoso não é mais uma opção.

Bennett cruza os braços e se apoia em um dos pilares na frente da varanda. Seus olhos estão fixos em mim e no meu rebanho, e sinos e balidos ecoam às minhas costas enquanto me aproximo dele. Está quieto, como era de se esperar, mas sua expressão diz mais que o suficiente para que uma resposta elaborada seja desencadeada na minha cabeça e minha boca comece a tagarelar.

— Então, olha que curioso, decidi começar esta manhã com uma corrida/caminhada, achando que podia recuperar minha antiga forma, e agora meio que sou, tipo, a líder desse rebanho de ovelhas. A Josie me disse que são do Tad porque estão pintadas de laranja, então estou tentando levá-las pra casa. Soube que ele é seu vizinho, então, bem, aqui estou eu, no meio do seu jardim, com um rebanho de ovelhas.

Como ele não diz nada, respiro fundo e continuo:

— Sei que as coisas estão um pouco estranhas entre a gente por causa da sexta-feira, sei que essa situação é um incômodo e que agora, sem dúvida, vou me atrasar pro trabalho, mas já tentei persuadi-las, elogiá-las e xingá-las durante mais de uma hora, mas nada disso ajudou a me livrar delas.

— É porque são ovelhas.

— Pois é. Bom, só me restou a opção de caminhar com elas o resto do caminho até a fazenda do Tad, porque quem sabe se as ovelhas o virem, vão largar do meu pé.

Ao ouvir o nome de Tad pela segunda vez, ele cerra os lábios e quase franze a testa, uma expressão que estou totalmente acostumada a ver em seu lindo rosto. Não sei o que Bennett tem contra o fazendeiro, mas sei que esse *modus operandi* é *nosso*. Quer dizer, sou sempre eu que o deixo irritado ou decepcionado.

Embora me surpreenda quando ele apenas responde:

— Eu levo as ovelhas até o Tad.

Não sei o que esperava, mas encaro isso como um bom sinal. Bennett não disse a palavra "demitida" uma única vez. *Talvez as coisas não fiquem estranhas entre a gente. Talvez a gente só esqueça que a noite de sexta-feira aconteceu.*

— Sério? Você vai levar as ovelhas até o Tad?

— Sim — afirma ele, se afastando da pilastra e descendo os degraus na minha direção. — Summer está tão animada pra te ver que já está no estúdio. Eu ainda não estava pronto, mas ela obrigou Charlie a ir na frente com ela pra que estivesse lá quando você chegasse.

Meu coração se aquece de um jeito que nem consigo descrever. Não conheço a filha de Bennett há muito tempo, mas a personalidade dela é do tipo que contagia na mesma hora. A positividade, o brilho, o entusiasmo para aprender qualquer coisa que puder, todas essas características desafiam o corpo de Summer, assim como o espaço desafia a gravidade. Ela pode ser somente uma garotinha de 7 anos, mas tem algo especial nela. Parece que sua sabedoria vai além da idade. Fico triste ao pensar que a batalha diária de Summer contra a doença tenha feito ela amadurecer mais rápido do que outras meninas.

Só de imaginar ela esperando pela minha chegada no estúdio já basta para me fazer desistir da ideia vaga que eu tinha de correr até em casa e tomar um banho. Eu me recuso a deixá-la esperando mais tempo.

— Tudo bem. Se vocês acham que conseguem aguentar esse meu cheiro de ovelha o dia inteiro, já vou logo pro estúdio e deixo o banho pra depois do trabalho.

Bennett faz outra careta, e então ergue o queixo na direção da casa.

— Se quiser, pode tomar banho aqui. Não tem nada daquelas porcarias de menininha, mas pelo menos você não vai ficar o dia inteiro cheirando à ovelha.

Tomar banho no banheiro de Bennett Bishop? Tipo, ficar pelada na casa dele?

Ao pensar nisso, um calafrio percorre meu corpo inteiro. Ainda assim, depois de uma fungada discreta no colarinho da minha camiseta encharcada de suor, essa opção se torna rapidamente viável.

— Eu não trouxe roupa nem nada.

Ele revira os olhos.

— Tenho certeza de que você vai encontrar uma blusa e uma calça no meu guarda-roupa.

Agora ele quer que eu use as roupas dele?!

Bennett suspira, e fica claro que já está cansado de mim, porque olha direto nos meus olhos ao se aproximar ainda mais. Preciso erguer os meus para encontrar seu olhar.

— Decida-se sobre o banho, tá? Se tomar ou não, tanto faz pra mim. Só tome uma decisão ainda hoje, pode ser?

Sem dizer mais nada, ele agarra a lã do pescoço de uma das ovelhas maiores, que solta um balido alto o bastante para chamar a atenção das outras. Enquanto Bennett vira em direção à fazenda do Tad, as ovelhas o seguem e ele desaparece com o rebanho, simples assim, me deixando para trás.

É engraçado como elas estavam superapegadas, mas bastou a mão forte de um machão assustador para fazê-las mudar de ideia.

— Nem posso culpar vocês — murmuro para as ovelhas. Por mais que eu e Bennett briguemos muito, ainda tenho bastante certeza de que eu desmoronaria ao primeiro sinal de uma pegada mais sexy. Tudo isso graças a dois beijos inesperados, mas avassaladores.

Ele é seu chefe, lembra?

Deixo escapar um suspiro. Talvez um banho seja uma boa ideia, e talvez fosse melhor uma ducha fria.

Subo os degraus até a porta e abro com cuidado, avisando que estou entrando caso haja outras pessoas ali que eu não conheça ou, sei lá, monstros ou algo do tipo.

— Olá?

Ninguém responde, o que é um bom sinal, já que Bennett está fora e Summer e Charlie já estão no estúdio. Já tive mais surpresas relacionadas a Bennett do que posso aguentar.

É estranho estar na casa dele sozinha quando nunca nem havia entrado antes. É claro que, no dia em que exigi o emprego e conheci Summer, eu me esgueirei pela porta da frente e fui até a metade do corredor, mas há muito mais espaço depois disso, mais do que podia imaginar.

Vejo várias fotos de Bennett e Summer ao longo dos anos. Algumas junto a outros rostos familiares da cidade e outras com apenas os dois. Em quase todas, Bennett está com um sorriso largo e bonito. Ele parece mais despreocupado. Não totalmente, é óbvio, afinal ele é um rabugento. Mas existe uma felicidade por trás de seu olhar que não dá para passar despercebida.

Aquela garotinha é tudo pra ele. As palavras de Clay ressoam na minha cabeça.

Prefiro não me demorar muito olhando as fotos e vou caminhando na ponta dos pés pelo tapete da sala de estar, em direção ao corredor dos fundos. Espio as portas abertas, buscando um quarto que pareça ser o do obcecado por proteína, e enfim o encontro, bem no final.

É limpo e arrumado, e comum de um jeito meio impressionante. Não tem cor alguma, nenhum toque de solteiro durão, nenhuma personalidade, apenas paredes brancas, uma cama de metal preto e lençóis brancos.

Como uma quase decoradora de interiores, imagino que seja o mais próximo de uma tela em branco que um artista pode chegar a ter.

Ainda mais ele.

Desde que comecei a trabalhar para Bennett na semana anterior, venho estudando todos os trabalhos dele com rigor. A internet é uma fonte vasta de conhecimento, e o que aprendi é bastante contraditório ao quarto de Bennett. Artisticamente, ele trabalha as cores com consciência, misturando tons inesperados e muitas vezes vibrantes. Não me surpreende que a parede que pintei o tenha feito pensar em me contratar, porque, mesmo não chegando nem perto do talento dele, estava de acordo com a maneira com que ele mistura as cores.

O fato de Bennett ter um quarto todo branco é... estranho.

Saio depressa do meu espírito crítico e vou até o banheiro anexo. Ainda tem uma garotinha no estúdio esperando por mim, então preciso me recompor.

Fecho a porta e tranco, depois ligo o chuveiro para deixar a água esquentar enquanto tiro a roupa. O ar parece estranhamente frio em minha pele nua e sei, sem precisar pensar muito, que o motivo é mais o dono deste banheiro do que a temperatura. Para ser sincera, ainda estou suando um pouco.

A água está gostosa quando entro debaixo do chuveiro, fechando a porta de vidro atrás de mim. Molho meu corpo inteiro e enxáguo o cabelo. Depois, pego o primeiro produto que encontro e começo o ritual para limpar minha aura do suor e do cheiro de ovelha.

É um produto 3 em 1: xampu, condicionador e sabonete líquido. Fico horrorizada quando percebo a que nível de despreocupação os homens podem chegar. Ainda assim, aplico o produto no cabelo e depois uso o que sobrou para ensaboar meu corpo.

Para a minha desgraça, não leva muito tempo até eu estar imersa no perfume de Bennett.

Tento ignorá-lo enquanto me esfrego, mas uma dor irritante e excitante começa a crescer em meu ventre. Quanto mais o cheiro invade meu nariz, mais consciência eu tenho de que estou nua no chuveiro de Bennett. De que estou me esfregando com o sabonete dele. E de que, três noites antes, enquanto ele me beijava, eu cheguei indiscutivelmente perto de ter um orgasmo por causa dele.

Meus dedos se demoram no clitóris.

Vamos, Norah. Sai dessa.

Certo, mas, sério, que mal faria? Não é como se fosse demorar muito. Eu não gozo há tanto tempo que nem sei mais quanto. Thomas tentou — ou, pelo menos, fez parecer que sim —, mas nunca conseguia atingir o ponto certo. Além disso, talvez aliviasse boa parte da tensão que estou sentindo em relação ao meu novo chefe. E, cara, isso não seria nada mal.

Né?

Com cuidado, meio hesitante, movo meu dedo ao redor do clitóris, roçando-o ao final de cada círculo. No começo, estou só pensando na possibilidade. Testando. Provocando. Mas, no fim das contas, a sensação é tão boa — boa demais — que os dedos dos meus pés se retorcem contra o piso, e preciso me apoiar com a outra mão na parede.

É, não vai demorar nadinha.

Deixo a decência descer pelo ralo enquanto o cheiro do meu chefe preenche os meus sentidos, me tocando até que minha coluna pareça prestes a quebrar com uma única lufada de ar.

Eu me perco pensando na noite de sexta-feira. *A maneira como ele me beijou. A sensação de ter as mãos dele no meu corpo. A sensação de seu pau duro sob o jeans.*

Sinto o calor subir pelas minhas bochechas e pelo meu ventre ao mesmo tempo, o ápice do meu clímax a um mero milímetro de distância. Com o corpo curvado, jogo a cabeça para trás sob a água quente quando sinto toda a tensão me abandonar em uma onda arrebatadora de prazer. E, durante todo esse tempo, não consigo deixar de visualizar o corpo de Bennett sobre o meu, seu pau dentro de mim, seu dedo no meu clitóris.

Preciso cobrir a boca com a outra mão para segurar o grito. Meu corpo treme e o coração acelera enquanto me recomponho do maior prazer que já tive em anos — talvez na vida.

Meu Deus. *Isso é o que eu chamo de cruzar um limite íntimo.* Não só fiquei nua no chuveiro do meu chefe, como agora também me fiz gozar. Não acho que era essa a ideia quando ele me ofereceu o banheiro.

Puta merda, o que você fez, sua esquisita?

Uma onda de vergonha faz com que eu me apresse a terminar o banho. Desligo a água sem nem considerar enxaguar o cabelo uma segunda vez. Claro, é o que costumo fazer, mas duvido que esse tipo de xampu e condicionador não irá deixar meu cabelo uma palha. Sem contar que foi esse mesmo produto que me levou ao Caminho da Masturbação.

Eu me seco e faço um rabo de cavalo com o cabelo molhado. Depois, coloco de novo a calcinha e o sutiã e corro até o guarda-roupa de Bennett para escolher algo para vestir. Normalmente, escolheria com cuidado, mas a vergonha e a necessidade de fugir deste quarto o mais rápido possível fazem com que eu nem pense duas vezes. Pego o primeiro par de camisa e calça de moletom que vejo, visto tudo rápido e enrolo as bainhas até servirem melhor. Então fujo da cena do crime, como se tivesse terminado um assalto.

Quando enfim chego ao estúdio, estou quase sem fôlego, e Summer *e* Bennett estão ali. Charlie já foi embora.

— Cheguei, cheguei — falo depressa, meio dramática, correndo porta adentro. — Desculpa a demora, mas vou começar o trabalho agora mesmo. Redes sociais, *e-mails*, *site*, telefonemas... Tô pronta pra resolver tudo!

Quando ergo o olhar, percebo que sou inevitavelmente o centro das atenções. E não só porque cheguei atrasada.

Bennett e Summer estão me encarando boquiabertos, concentrados nas roupas que peguei emprestado. Olho para baixo a fim de ver o que escolhi e fico paralisada.

— O que... o que é isso que estou vestindo?

O mais surpreendente é que Bennett cai na risada. De fazer seu corpo tremer, o rosto se transformar em uma careta e ele se apoiar nos joelhos. Parece uma estrela de cinema, um astro do rock, o rei de um país inteiro. É glorioso quando se diverte, e é a coisa mais maravilhosa que já vi em pelo menos uma década.

Tanto que quase não consigo escutá-lo quando ele explica:

— Essa foi a minha fantasia de Halloween dois anos atrás.

Summer dá uma risadinha.

— Eu queria ser a Anna, sabe? De *Frozen*. Papai foi o Kristoff.

— Humm. Acho que isso explica por que pareço um garoto norueguês.

Agora, a risada de Bennett já diminuiu para um sorriso, mas juro que continua maravilhoso. Grande, brilhante e muito genuíno, de um jeito que nunca sonhei ser possível.

Summer ri de novo, mas o que começa como algo adorável se transforma bem depressa em uma tosse. Ergo as sobrancelhas, preocupada, e Bennett para por um brevíssimo momento antes de partir para a ação. Nunca o vi se mexer tão rápido como ao correr até a cadeira de Summer e levantá-la, para deixar a menina no alto. A garotinha se esforça para recuperar o fôlego, e um grito agudo de dor é a única coisa que quebra o barulho de seu arquejar.

Eu me junto a eles, o pânico criando uma náusea em meu estômago que nunca senti na vida.

— O que posso fazer? — pergunto, desesperada, sentindo um aperto no peito ao ver o rostinho doce de Summer começar a ficar azul.

— Precisamos tirá-la da cadeira — ordena Bennett, desatando as fivelas de um dos lados com uma rapidez que nunca vi em uma pessoa tão grande. — Só tenha cuidado — diz ele, em um sussurro, quando começo a desafivelar as alças acolchoadas do outro lado. — Ela tem ossos de vidro. Até um toque muito gentil pode causar fraturas ou quebrá-los.

Minha mente registra as palavras dele, mas parece que meu coração foi colocado em uma prensa.

Então um único toque pode quebrar os ossos desta garotinha? *Ah, meu Deus.*

Por dentro, me sinto atormentada. Mas, por fora, obrigo meus dedos a trabalharem com eficiência. Quando acabo de soltar a última alça, Bennett a aconchega em seus braços com uma gentileza que mal consigo descrever.

— Está tudo bem, Sum — digo, com pena, esperando que minhas palavras lhe deem um pouco de conforto enquanto Bennett sai correndo em direção à casa.

Eu os sigo, agitada, exigindo tanto esforço das minhas pernas para acompanhá-los que elas queimam. Uma passada de Bennett dá duas da minha, mas de jeito nenhum vou ficar para trás. De alguma forma, consigo manter a velocidade necessária, abrindo a porta da picape para ele quando a alcançamos e subindo ao lado do corpo delicado de Summer enquanto ele dá a volta correndo até a porta do motorista. Com cuidado, seguro-a próximo a mim, colocando o mínimo de pressão possível no aperto, e tento endireitar sua postura o bastante para que o ar chegue em seus pulmões.

Depois que Bennett entra, liga o motor e sai em disparada, faço uma pergunta para ele, com uma calma que nem de perto estou sentindo. Para falar a verdade, eu e a palavra "tranquilidade" não compartilhamos o mesmo planeta neste momento.

— O que está acontecendo, Bennett?

— Acho que as costelas dela estão quebrando — responde ele, com a voz suave e atormentada.

Tenho que morder os lábios para prender um soluço, mas o faço mesmo assim. Ninguém nesta picape precisa que eu desabe agora.

Summer está lutando pela vida, literalmente, e sei que, no sentido emocional, Bennett está lutando com todas as forças pela dele.

27

Norah

Hoje, sem sombra de dúvida, foi o dia mais longo e difícil da minha vida.

Achei que ter descoberto tudo aquilo no dia do meu casamento era a pior coisa pela qual eu passaria na vida inteira, mas isto, assistir à agonia de Bennett e à dor de Summer, superou dez vezes aquele dia.

Depois que chegamos ao hospital local, bem perto da saída de Ponte Vermelha, e a equipe médica conseguiu estabilizar a respiração de Summer, um helicóptero da ambulância aérea chegou para levá-la a Burlington, onde sua equipe regular de médicos trabalha. Bennett precisou convencer o pessoal, mas o deixaram entrar no helicóptero com ela. Tenho um pressentimento de que o desespero dele combinado à sensação implícita de que literalmente mataria qualquer um que ficasse em seu caminho pesou bastante na hora de deixá-lo subir a bordo. Peguei a chave dele para segui-los com a picape.

Agora, depois de um dia inteiro de exames e conversas sussurradas entre médicos no saguão, Summer está finalmente confortável, descansando, enquanto Bennett está sentado ao lado de sua cama. Ela parece tão pequenininha aqui, sob as luzes frias do hospital. Continuo lutando com todas as forças para não desabar e chorar.

Porém, assim que eu sair daqui, meu rosto será o mais novo ponto turístico das Cataratas do Niágara.

— Bennett — chamo, baixinho, mal roçando os nós dos dedos na madeira da porta.

Ele ergue o olhar, e não consigo deixar de notar que seus olhos estão vermelhos. Quero me desculpar, me tornar bem insignificante neste momento tão sério, mas não faço isso. Ele não gostaria que eu fizesse. — Posso falar com você um minutinho no saguão?

Ele assente, se inclinando para beijar as costas da mão de Summer antes de soltá-la. Eu me viro e vou em direção ao corredor, sabendo que morder o interior da minha bochecha não vai segurar minhas lágrimas por muito tempo.

Sob a luz fluorescente, espero, paciente, apoiando minhas costas na parede. Bennett sai um minuto depois, e faço o possível para não vacilar quando o vejo.

— Só queria saber se você precisa de alguma coisa antes que eu vá embora. — A emoção na minha voz faz com que as palavras saiam emboladas. Pigarreio e obrigo as lágrimas a não caírem. — Quer que eu arrume algo pra você comer, ou traga roupas, ou chame alguém? Pode pedir qualquer coisa, eu ficaria feliz de ajudar.

— Você vai embora?

Pega de surpresa por um momento, abro minha boca e volto a fechá-la até encontrar as palavras certas.

— Só quando você quiser que eu vá. Mas não quero me intrometer, então achei que podia chamar um Uber pra ir pra casa agora à noite e voltar pela manhã, caso você precise.

— Uber? Cadê o seu carro?

Não fico chateada por ele estar desnorteado neste momento. Para ser sincera, se eu fosse ele, estaria completamente histérica.

— Na entrada do Caminho da Felicidade, na verdade. Quando a minha aventura com as ovelhas começou. — A piadinha deveria descontrair, mas nada parece ter graça agora.

— Eu te levo até lá.

— Bennett, não. Está tudo bem, é sério. Vou dar um jeito de ir pra casa. Pego um táxi ou um Uber, algo assim. Você pode ficar aqui com a Summer e...

— Não vou deixar você ir de Burlington até em casa com um estranho num táxi, Norah. Summer está dormindo e, com os remédios que deram pra ela, os médicos acham que ficará assim por um tempo. Vou te levar até o seu carro, depois volto pra cá.

Eu concordo em vez de discutir. Esta noite, me recuso a ser um pé no saco deste homem.

Depois de Ben informar à enfermeira de que está saindo, parar e dar um último beijo em Summer, por nós dois, caminhamos pelo hospital até o estacionamento, entramos na picape e vamos em direção a Ponte Vermelha em um silêncio confortável.

Só quando saímos de Burlington é que Bennett diz uma coisa que me deixa sem palavras.

— Fiquei feliz por você estar conosco hoje. Pela Summer.

Uau. Só... *uau*. Meu coração acelera, e preciso de um tempinho para me recuperar. Tem tantas perguntas que quero fazer a ele. Sobre a Summer e seu bem-estar, e com que frequência emergências como a de hoje acontecem. Mas sei que agora não é o momento certo.

Por isso, decido apenas ser honesta quando começo a falar.

— Também fiquei feliz por estar com vocês.

Além de Charlie e das outras enfermeiras que ajudam a cuidar de Summer, Bennett geralmente faz tudo sozinho. Ser pai solo já é difícil o bastante, mas ser pai solo de uma menina tão doente quanto Summer? Nem consigo imaginar. Detesto saber que esta é a realidade dele.

— E eu te devo desculpas — acrescenta ele, e eu olho em sua direção, tentando esconder a incredulidade que quer tomar conta do meu rosto. — Perdi a linha na sexta à noite e te devo desculpas por isso. Sinto muito.

Primeiro, ele me agradece, e agora está pedindo desculpas. *O que diabos deu em Bennett Bishop esta noite?*

— Eu te agradeço, Bennett, de verdade, mas não diria que agi da melhor forma na sexta. Também *perdi* a linha — admito. — Me desculpe por te dar um tapa.

— Eu mereci — confessa ele, e um cantinho de sua boca se ergue. — Bom, pelo menos o primeiro. O segundo tapa pode ter sido um pouco de exagero.

— É. — Eu me retraio, soltando uma risadinha pelo nariz. — Concordo com você nessa.

— Ficou até muito tarde no bar, curtindo com aquele fazendeiro?

— Quem? O Tad? — Quase dou risada. — Meu Deus, achei que eu era tagarela, mas aquele cara não parava de falar. Não fiquei muito tempo. Na verdade, fui embora logo depois de você.

— Não está interessada nele? — pergunta Bennett, me acertando em cheio de tão direto.

— Hum, não. — Desta vez, eu realmente dou risada. — Tipo, Josie estava certa quando disse que ele era bonito e tal, mas *não*, não estou interessada nele. Além disso, já tenho bastante drama de relacionamento com que lidar. Não preciso me jogar de cabeça em nada por enquanto.

— Ah, é. *Thomas Conrad Michael King III*. Como foi que você acabou com um babaca pretensioso igual a ele?

Bennett pega o viaduto para fazer o desvio, contornando a única cidadezinha entre nós e Ponte Vermelha, e eu me remexo no banco, procurando as palavras certas.

— Resumindo? Minha mãe. Ela planejou cada mínimo detalhe da minha vida desde que meu pai morreu. E Thomas era a oportunidade de alcançar seu objetivo. O sucesso, a riqueza, participar dos círculos sociais *certos*.

— E aí? Você acordou um belo dia e se cansou desse esquema?

Balanço a cabeça e as lágrimas ardem em meus olhos. De imediato, meu corpo sente como se estivesse outra vez parado em frente à pia do banheiro da Catedral de St. Patrick.

— Não. Acordei no dia do meu casamento e me arrumei pra casar com o homem que eu *achava* que amava. Até que uma mulher me entregou uma carta que mudou tudo.

— Uma carta?

Espero que a verdade liberte você.

— Uma carta. Parece que Thomas Conrad Michael King III não é só um babaca arrogante. Ele é muito, *muito* pior. Desde então, tenho tentado descobrir o que fazer com a informação que me deram.

Quando percebo que acabei de contar a Bennett mais do que contei a minha própria irmã, espero o choque me atingir. Mas ele não chega. Por algum motivo, parece certo. Parece que posso confiar nele.

— É alguma coisa ilegal? — pergunta Bennett, me olhando de rabo de olho. — Porque, se for, você devia entregar essa merda pra polícia. Deixar ele apodrecer na cadeia.

Balanço a cabeça.

— É muito mais complicado. Eu... não consigo acreditar que já achei que ele fosse uma boa pessoa.

O silêncio paira no carro por um instante enquanto organizo meus pensamentos. Para a minha surpresa, é Bennett quem o quebra.

— Quando eu era mais jovem, gostava de colocar fogo nas coisas só por diversão. Sabia disso?

— Tipo... causar incêndios?

Ele assente, o rosto iluminado por uma mistura de tons quentes da lua e dos postes de luz.

— Meu irmão Logan e eu éramos incendiários e, assim como Thomas Terceiro, O Imbecil, tínhamos mais dinheiro do que sabedoria pra decidir o que fazer com ele. Passávamos todas as noites bêbados ou chapados, agarrados com mulheres e festejando até não conseguir mais ficar de pé. Antes, só tínhamos queimado umas coisas do nosso pai, o que já é perturbador por si só, mas legalmente contornável. Mas, uma noite, depois que um riquinho babaca ficou me infernizando pra ter uma das minhas pinturas na parede, porque era obcecado por comprar e vender peças de arte, eu decidi que queria ferrar com a vida dele. Logan ficou mais do que feliz em se juntar a mim. Acabamos tacando fogo no carro do cara.

— Ah, que merda.

— É. — Ele acaba dando uma risadinha. — E era justo um Lamborghini.

Arquejo, chocada.

— Meu Deus, Bennett.

— Eu sei.

— Como foi que você saiu dessa? Sem ir pra cadeia?

— Meu irmão, Logan, assumiu a culpa, e Breezy disse pra eu me mandar de Nova York e ficar fora de encrenca.

— Uau. Seu irmão parece...

— Não, seja lá o que você está prestes a dizer, não diga. Meu irmão não é nenhum mártir. Ele assumiu a culpa em troca de dez milhões de dólares do meu pai, só passou trinta dias na cadeia e depois ainda transou com a minha namorada.

— O quê? Por que o seu pai pagaria a ele pra assumir a culpa por vocês dois? Você disse que fizeram isso juntos.

A risada que ele solta é amarga.

— Porque sou um produto para as Galerias Bishop, Norah. É óbvio que minha prisão não faria sentido financeiramente. Mas a questão aqui é que você não é uma pessoa ruim por não reconhecer que o cara era um merda. Só ferraram com você, simples assim. *Eu* sou uma pessoa ruim. Ou, pelo menos, era.

Mordo os lábios por um longo tempo para reunir coragem, até que enfim pergunto:

— Então... como você... tipo, como o cara que você é agora e Summer superaram tudo isso? Sua vida agora é totalmente diferente, e Summer é...

Paro de falar. Ele sabe o que Summer é: com certeza a melhor entre nós.

Bennett resmunga um pouco ao pigarrear, e faço a gentileza de fingir que não noto.

— Sabe a namorada que eu mencionei?

Confirmo com a cabeça.

— Ela estava grávida da Summer, embora eu não soubesse. Só descobri quando me colocou na certidão de nascimento e se mandou logo depois que Summer nasceu.

— Ela se mandou? — pergunto, quase gritando.

— Disse que não podia encarar um "bebê com defeito". Foi assim que ela chamou Summer, que nasceu com osteogênese imperfeita.

Um bebê com defeito. Saber que uma mãe disse isso da própria filha me atinge em cheio. É insensível. Cruel. É... pura maldade. Meus olhos sentem vontade de saltar da minha cabeça enquanto a raiva queima a minha garganta.

— E essa foi a única vez que voltei a Nova York... pra buscar Summer e trazê-la pra cá — acrescenta ele. — Tem sido só nós dois desde então.

Bennett para o carro no estacionamento da Caminho da Felicidade, bem ao lado do Civic velho da Josie, esmagando o cascalho e produzindo um guincho baixo ao frear. Permaneço no banco, sem me mexer, pelo que parece ser um minuto inteiro.

Quando finalmente falamos, acaba sendo os dois ao mesmo tempo.

— Bennett...

— Norah...

Dou risada, preparada para me concentrar nessa gafe, mas Bennett agarra a cintura de sua calça de moletom que estou usando e me puxa para si, colando nossos lábios com um beijo.

De um jeito suave, porém impaciente, sua boca explora a minha até eu soltar um pequeno arquejo, que cria uma abertura para sua língua. Solto um gemido e aproximo meu corpo ainda mais, até subir em seu colo. A língua de Bennett encontra a ponta da minha.

Ele pressiona os dedos contra a pele de meu quadril, bem abaixo da minha cintura, e inclino meu corpo para frente em um movimento involuntário.

Solto outro arquejo quando ele puxa meu prendedor de cabelo de repente, libertando uma floresta de cachos selvagens em volta do meu rosto. Bennett mergulha as mãos em ambos os lados da minha cabeça e puxa, bem de leve.

Puta merda. Este é o momento mais sexy de toda a minha vida.

Com nossas testas grudadas, Bennett e eu respiramos com dificuldade quando ele se afasta só o bastante para sussurrar:

— Porra, Norah.

— Bennett, o que estamos fazendo? — pergunto, minha voz trêmula pela adrenalina.

— Não sei. Mas estou cansado de lutar contra tudo o tempo todo. Cansado de lutar contra o que quer que seja isso entre nós.

— Eu também estou — sussurro, e ele me beija com vontade de novo, os lábios e a língua insistindo contra a minha a ponto de me levar à loucura. Juro, estou praticamente embriagada com esse beijo.

— Quero você — diz ele, deslizando as mãos grandes pelo meu corpo, agarrando meus seios através do tecido da blusa. — Porra, como eu quero você.

Deus, eu também quero ele. Muito.

Estou respirando com dificuldade, e meu corpo já está preparado para o que Bennett quiser fazer comigo. E eu estou *tão perto* de ceder ao desejo que sinto por ele. Tão perto de finalmente descobrir qual é a sensação de ter seu pau dentro de mim.

Mas, em algum lugar nas profundezas do meu cérebro, me lembro de tudo o que ele enfrentou hoje. Se tem um lugar onde ele deveria estar neste momento, é de volta no hospital, ao lado de Summer.

Além disso, parei de tomar anticoncepcional logo depois do casamento, para economizar, porque imaginei que só veria outro pênis quando tivesse 85 anos. Não tenho camisinha, e esta fantasia de garoto norueguês não é nem de perto a minha roupa mais sexy.

— Também quero você, Ben. Mas...

— Ah, merda. — Ele encosta a testa na minha de novo. — Acredite, eu sei.

— Que tal a gente continuar uma outra hora? — pergunto, abrindo um sorrisinho. — Juro que vou lembrar onde paramos.

— Eu também não vou esquecer onde paramos. — Bennett me dá um beijo suave, quase delicado. Um que começa em meus lábios, mas me faz formigar até os dedos do pé.

Com cuidado, ele me ajuda a descer de seu colo e sair da picape. Depois, me ajeita no banco do motorista do Civic com todo o carinho. Nos beijamos de novo, desta vez para nos despedirmos, e peço a Bennett para me ligar se ele e Summer precisarem de alguma coisa.

Ele ainda está parado no mesmo lugar quando me afasto com o carro. Enquanto observo sua figura alta e musculosa pelo retrovisor, não consigo parar de pensar que...

Este pode ser o fim de um dia longo e terrível, mas com certeza parece o começo de alguma outra coisa.

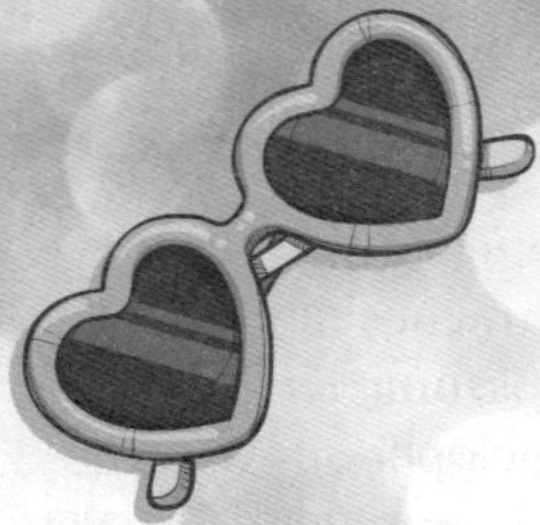

28

Norah

Viro à direita na entrada de cascalho que leva à casa da Josie, e não demoro muito até estacionar e arrastar meu corpo cansado para o interior da casa.

Porém, assim que passo pela porta, sinto que há algo errado. Apesar da hora, as luzes da sala e do corredor ainda estão acesas, e dá para ver que a porta do quarto de Josie está aberta. Coloco minhas chaves e o celular no balcão, e percebo que, naturalmente, esqueci de manter minha irmã informada depois que mandei uma mensagem dizendo que Summer havia chegado a Burlington a salvo.

Droga, faz horas que não olho o celular. Ela deve estar doida de preocupação.

— Josie? Tá acordada? — chamo, não muito alto, esperando para ver como ela reage. A resposta vem da sala.

— Tô aqui.

— Desculpa não ter dado mais notícias, nem avisado que eu chegaria tão tarde — digo, saindo da cozinha. — Summer foi estabilizada, mas está internada em Burlington. Meu Deus, Josie, foi tão assustad...

Paro no meio da frase ao encontrá-la no sofá, embora não seja a presença dela que me deixa chocada. É o envelope de papel-manilha em seu colo e a carta em suas mãos.

Espero que a verdade liberte você.

— Não foi minha intenção — sussurra ela. — Eu estava tentando esvaziar algumas dessas caixas pra gente poder andar pela casa sem tropeçar em um monte de merda, e aí encontrei o envelope, depois fui olhar o que tinha dentro e... Norah... Isso é... Isso é verdade?

Não sei o que dizer. Só sei que meu coração está acelerado ao pensar na minha irmã lendo o horror escrito naquela carta.

Consigo apenas assentir. Todas as declarações de Alexis são corroboradas por outras coisas: documentos, um *pen drive* e outros tipos de prova que estão dentro do envelope.

— Isto é horrível. — Ela olha para mim. Seu olhar é suave, mas triste. Uma tristeza profunda e desiludida. — Sempre tive esperança de que você tivesse visto um lado diferente da nossa mãe. De que ela fosse boa com você. Mas isto...

Ela nem precisa terminar. A seu ver, a carta prova que *a Eleanor é a Eleanor.*

Os cantos da minha boca estremecem e meus lábios se curvam em uma careta.

— Essa mulher disse que você sempre foi gentil com ela — comenta Josie, indicando a carta com a cabeça. — Vocês eram amigas?

— Não, não de verdade. — Balanço a cabeça. — Pra mim, ela era só uma garota de uma das muitas instituições de caridade favorecidas pelas festas de gala e eventos aos quais Eleanor ia. Ela entrou e saiu de lares adotivos durante a maior parte de sua vida, e teve que enfrentar muitas situações abusivas na infância. Acho que podemos dizer que nossa mãe estava orientando ela, e a conheci um pouco porque ela trabalhava pro Thomas.

— Espera aí... nossa mãe orienta garotas? — Josie arregala tanto os olhos que eles quase alcançam sua testa. — O que isso significa? Acho muito difícil acreditar que Eleanor faça esse tipo de merda só pela bondade do seu coração.

— Ela só ajuda as garotas. Compra roupas novas. Arruma emprego. — Dou de ombros. — No caso de Alexis, nossa mãe a colocou sob sua proteção. Ajudou ela a conseguir financiar a faculdade e arrumou um estágio na Império King como assistente de Thomas.

Minha irmã deixa escapar um suspiro irritado. Como se não conseguisse acreditar que nossa mãe faria alguma coisa para beneficiar outra pessoa.

— Jose, sei lá — sussurro, e a náusea faz minha boca se encher de saliva. Tenho que me esforçar para engolir. — Sinto como se eu estivesse deixando escapar alguma coisa muito importante. Como se houvesse mais nessa história do que só a Alexis.

Josie franze a testa.

— Por que diz isso?

— Pela maneira como ela terminou a carta.

— Como assim? — Josie olha de mim para o papel. — Eu acabei de ler, e não...

— Eu sei. Nem eu. Não quando li da primeira vez, ou nas primeiras sete vezes, mas, Josie, leia de novo.

Ela folheia os papéis em seu colo, olha para baixo e começa a ler outra vez.

Querida Norah,

Não sei como começar esta carta. Não sei nem mesmo o que dizer. Para ser sincera, eu não ia nem dizer nada. Ia ficar quieta, me esconder em algum lugar e guardar a verdade comigo.

Mas vi o anúncio do seu casamento no jornal.

Depois vi uma matéria sobre você e Thomas e sua vida feliz. Foi uma entrevista que deram à Page Six. A foto de vocês dava a impressão de que tudo estava perfeito. E o jornalista não parava de falar sobre como vocês são um casal bonito, como Thomas é bem-sucedido, como ele é um grande homem e como você é doce e dedicada a ele.

Me senti mal depois de ler, e não consegui mais guardar a verdade comigo.

Acho que o que torna difícil escrever esta carta é o fato de você sempre ter sido muito gentil comigo. E o que eu te fiz, quer você soubesse ou não, foi terrível.

O que estou prestes a contar vai te fazer se sentir mal, traída, e talvez um bocado de outras coisas que você não merece sentir.

Meu Deus, Norah, sinto muito pelo que está prestes a ler.

Cerca de três meses depois de eu virar assistente de Thomas, nós começamos a ter um caso.

E nos envolvemos para valer. Durou meses. Dormimos juntos no escritório. No apartamento onde moravam, quando você ia viajar com suas amigas. Às vezes, eu até o acompanhava nas viagens de negócios, apenas com o propósito de continuar nosso caso.

Ele disse que me amava. Disse que queria se casar comigo. Disse que logo ia terminar tudo com você. Me falou um monte de coisas, mas, no dia em que descobri que estava grávida dele, tudo mudou.

Quando contei para Thomas sobre o bebê, ele se transformou em outro homem. Em determinado momento, quando mencionei a possibilidade de contar para você sobre a gravidez, ele ficou violento.

Agora, quando olho para trás, percebo como estive errada em relação a ele. Como estive errada em relação a mim mesma. Como estive errada em relação ao que fiz a você.

No dia seguinte ao em que contei para Thomas sobre a gravidez, umas pessoas apareceram na minha porta para conversar comigo. Era o advogado de Thomas, a sua mãe e o advogado dela. Todos fingiram simpatia, mas só se referiam ao bebê como "a situação que precisamos resolver".

A criança viva, crescendo dentro do meu corpo, era uma "situação" para eles. Não era um ser humano. Não era um bebê. Somente um problema a ser resolvido.

Naquele momento, não compreendi isso de cara. Estava mais em choque, e as palavras manipuladoras deles foram ditas com sagacidade. Fizeram eu me sentir mal comigo mesma. Como se tivesse sido eu a culpada pelo "problema". Até tiveram a ousadia de me dizer que a gravidez acabaria com a minha vida. Que eu tinha muito potencial e que, se parasse a minha vida e a minha carreira para criar uma criança, todo esse potencial estaria perdido.

Minha vida estaria perdida.

Eles verbalizaram todas as inseguranças que eu já tinha em relação à gravidez. Nem preciso dizer que uma garota de 18 anos que passou a maior parte da vida entrando e saindo de lares adotivos já estava pensando nessas coisas. E o fato de que eu confiava tanto na sua mãe não ajudou em nada. Quer dizer, ela me amparou em tantos momentos. Me ajudou de maneiras que ninguém na minha vida havia feito antes.

Eu estava assustada. E preocupada. Não sabia nem se seria capaz de criar um bebê sozinha.

Mal conseguia pagar o aluguel com o salário baixo do estágio na Império King, e queria continuar a faculdade.

Os acontecimentos seguintes nesta história são dolorosos. Por muitas razões, mas principalmente porque deixei eles me convencerem a fazer uma coisa que nunca nem devia ter levado em consideração.

Eles disseram que um aborto era a melhor maneira de resolver a "situação". Sua mãe garantiu que pagariam todas as contas médicas e que o melhor profissional da cidade realizaria o procedimento, alguém que ela conhecia pessoalmente. Disse que se certificaria de que eu tivesse os melhores médicos e que eu estava fazendo a coisa certa para o meu futuro.

Os dois advogados insistiram para eu assinar um termo de sigilo. Disseram que, se assinasse, eu receberia uma quantia em compensação, que daria um bom começo de vida.

Sacudiram um bilhete premiado na minha cara, mas havia uma única condição: eu precisava fazer o aborto e assinar um termo de sigilo que me impedia de voltar a falar de Thomas King ou da "situação".

Não sei por que fiz isso, mas assinei o termo. Concordei em abortar a criança dentro de mim. Acho que, naquele momento, agi assim porque o que eles diziam fazia sentido.

Depois que assinei o termo, sua mãe marcou a consulta. Ela até fez questão de que um carro preto chique, com vidros fumê e um motorista, fosse me buscar naquele dia. O motorista me levaria até a clínica e depois para casa. Era um tratamento cinco estrelas completo... para um aborto.

Entrei no carro e deixei que o motorista me levasse até a clínica particular que sua mãe escolheu e que, segundo ela, era a melhor da cidade.

Saí do carro e entrei na clínica. Deixei que as enfermeiras me preparassem para o procedimento.

Eu estava lá para ir em frente. Para resolver a "situação".

E me dei conta de que não ia conseguir.

O bebê não era uma "situação" para mim. Era um bebê. O meu bebê.

Naquele dia, saí da clínica ainda grávida. E, como a equipe médica é obrigada por lei a garantir a privacidade dos pacientes, não podiam falar sobre o meu caso com ninguém além de mim.

Deixei que o motorista me levasse de volta para casa. Quando sua mãe me ligou no dia seguinte para saber como eu estava, falei que tudo tinha corrido bem com o procedimento.

No dia seguinte, me entregaram um envelope, onde estava o dinheiro que me prometeram e que comprou o meu silêncio.

Usei esse dinheiro para sair da cidade. Oito meses depois, dei à luz um menino. Um menininho lindo e saudável a quem chamei de William.

É engraçado que, quando uma criança entra na sua vida, todas as suas perspectivas mudam.

Não me arrependo de ter tido meu filho, mas estou arrependida pelo que fiz a você.

Estou arrependida de não ter te contado a verdade.

Eu realmente sinto muito. E não espero que você me perdoe. Nem sei se deveria. Não sei se mereço mais gentilezas da sua parte.

Mas sei que você merece a verdade. Merece saber com quem vai se casar. Merece saber de que tipo de esquema sua mãe participou.

Você merece ter uma escolha.

Espero que a verdade liberte você. E que o que você vai fazer com ela mude mais vidas, não só a sua.

Vou me arrepender para sempre.

Alexis

— Não entendi, Nore. — Josie olha para mim, ainda segurando a carta. — O que foi que você percebeu além do fato de a cobra da nossa mãe e o seu ex-noivo terem forçado uma garota a entrar num beco sem saída...? O que já é ruim o bastante, na verdade.

— A parte sobre o que vou fazer com a verdade. Sobre mudar mais vidas além da minha — digo, franzindo a testa. — O que você... Acha que isso significa que eles fizeram isso com outras garotas?

Josie me olha com pena.

— Ai, meu Deus. — Cubro a boca com uma das mãos. — Você acha, sim. Acha que Alexis não foi a primeira. Acha que essa foi só a primeira vez que alguém teve coragem o suficiente de contar a verdade...?

— Norah, não conheço o Thomas direito, só sei que ele é um babaca abusivo, mas conheço a nossa mãe. E nada em relação a ela me deixaria surpresa.

Desde que me entendo por gente, Josie odeia a nossa mãe. Realmente não consigo me lembrar de uma época em que ela tivesse algo legal a dizer sobre Eleanor.

— Por quê, Josie? O que ela fez quando éramos crianças que te leva a ter *tanta* certeza? Você *sempre* teve certeza.

— Norah...

— O quê? Fala logo.

— Nossa mãe matou a Jezzy, Norah. Deixou ela na banheira quando era muito pequenininha, e Jezzy se afogou.

Sinto que estou desmoronando, e parece que o mar preenche meus ouvidos.

— *Não.*

— Você era muito nova. Imaginei que nem tinha se dado conta, e a investigação nunca provou nada, mas eu sabia. Vi as consequências. Vi... — Sua voz fica trêmula e uma única lágrima escorre por sua bochecha. Josie a seca com um gesto irritado. — Eleanor sabe o que fez. E, Norah, ela não se importa. Porque nunca se importa com nada, a não ser com ela mesma.

Desabo em lágrimas, que começam a escorrer sem controle pelo meu rosto. Josie se levanta depressa do sofá e me envolve em um abraço apertado.

— Me desculpa, Norah. — Ela me aperta ainda mais. — Desculpa mesmo, sei como é difícil ouvir isso. Mas Eleanor Ellis é uma narcisista amarga, capaz do pior tipo de comportamento em qualquer situação na qual esteja desesperada o bastante — sussurra ela, a boca em meu cabelo. — Mesmo se suas vítimas forem as próprias filhas.

Ficamos abraçadas por um longo tempo, meus pensamentos fixos em Summer, Jezzy e Alexis. As últimas vinte e quatro horas são um fardo pesado em meus ombros. E voltar para casa e dar de cara com Josie lendo aquela carta só despertou a dor incômoda que tenho sentido desde que fugi no dia do casamento.

— E aí, o que devo fazer agora? — sussurro. — Acho que não consigo mais ignorar a sensação horrível de que tem mais coisa nessa história. De que é possível que haja mais mulheres que Thomas machucou.

Que nossa mãe machucou.

— Você segue em frente. Vamos bolar um plano. Investigar. E, no final, se tudo der certo, colocamos Eleanor Ellis e o babaca do seu ex no tipo de lugar de onde nunca mais vamos ouvir falar deles.

Eu me afasto do abraço dela, sem acreditar.

— Está sugerindo que a gente *assassine* os dois?

— Olha, se a carapuça serviu!

— Josie! Talvez eu devesse ter dito antes, mas sou moralmente contra esse pecado em particular.

A ridícula da minha irmã, a louca, cai na risada.

— Tá, tudo bem. A gente bola outro plano. Um que livre você, eu e quem mais precisar disso da nossa mãe e do seu ex idiota.

29

Terça-feira, 24 de agosto

Bennett

O peito de Summer sobe e desce enquanto ela dorme, o tubo de oxigênio em seu nariz garantindo que receba o ar de que precisa. Graças aos analgésicos, sua expressão é serena.

Seguro sua mão com delicadeza e encosto minha cabeça na cama ao lado dela, tentando encontrar uma maneira de conversar com Deus, algo que, preciso admitir, não faço há muito tempo.

Por favor, imploro. *Ajude a minha garotinha. Tire a dor dela e substitua por felicidade.*

Quando levanto a cabeça, meus olhos estão úmidos, e levo um susto quando encontro Norah parada na porta do quarto.

— Espero não estar atrapalhando — sussurra ela, colocando os cachos de seu cabelo solto atrás das orelhas. Balanço a cabeça e fico de pé, me inclinando para beijar a mão de Summer mais uma vez antes de soltá-la.

Norah vira e vai em direção ao corredor, e eu a sigo. Ela está absolutamente linda hoje, embora seus olhos estejam cansados e cercados por olheiras grandes e escuras. A lembrança de sua boca contra a minha na noite anterior ainda não desapareceu.

Ela sorri de um jeito meio triste e corre para me abraçar quando saio pela porta. Não penso duas vezes. Não hesito nem por um segundo. Envolvo sua cintura com meus braços e respiro seu cheiro, aceitando a onda de conforto que esse contato me traz. Quando ela se afasta, sinto um arrepio nítido.

— Espero que não se importe por eu ter vindo sem ligar antes, mas queria ter certeza de que vocês dois tinham tudo de que precisavam, e também queria ver se Summer estava acordada. — Ela olha para sua camiseta e um sorrisinho faz suas bochechas corarem. — Hoje estou usando cor-de-rosa por causa dela e, bom, parei na sua casa pra pegar os óculos escuros de coração. Tem problema?

— Claro que não. Estou feliz que você veio. — Os olhos dela encontram os meus, com uma pergunta silenciosa de *"é mesmo?"* no fundo deles, e eu a puxo para outro abraço e dou um beijo suave em sua testa. — E sei que Summer também vai ficar feliz de te ver aqui.

— Ela já acordou?

— Não. — Balanço a cabeça. — Mas está confortável e descansou bastante, algo que o corpo dela precisava desesperadamente.

— Isso é bom. Não tem nada que eu possa fazer por você, Bennett?

Quase digo que não, mas em vez disso, decido dizer a verdade.

— Seria legal se você ficasse por aqui. Tenho certeza de que Summer vai acordar logo, logo.

— Vou ficar aqui enquanto você precisar de mim.

Enquanto eu precisar dela. Tento não pensar demais no fato de que não consigo imaginar um prazo para essa promessa. Tiro meu celular do bolso, entregando-o para Norah.

— E talvez você possa resolver algumas dessas ligações. Isso aí tocou a noite inteira.

Na noite anterior, quando Clay ligou bem tarde para saber como Summer estava, ele me contou que Eileen Martin descobriu o meu número. Pela quantidade de chamadas que recebi nas poucas horas depois disso, tenho certeza de que essa mulher já o passou para a droga da cidade inteira.

Gosto de saber que Ponte Vermelha é uma comunidade unida e que não há ninguém lá que não se importe conosco, mas não consigo conversar com mais ninguém sem perder a cabeça.

Ela coloca o meu celular no bolso de seu short jeans.

— Deixa comigo.

— Eu, hã, também tentei ligar pra minha irmã, Breezy, na noite passada, mas ela coloca essa merda no silencioso quando vai dormir. Pode me avisar se ela ligar de volta?

— É claro que sim, Ben.

Assinto, tentando encontrar as palavras, mas preciso admitir, não tem nenhuma merda que faça sentido na minha cabeça neste momento.

— Papai? — Ouço o chamado fraco, que me deixa alerta outra vez. Volto ao quarto depressa e encontro Summer acordada, piscando com força em sua cama.

— Oi, Abelhinha — digo, tentando evitar que minha voz saia trêmula, mas falhando miseravelmente. — Como está se sentindo? Você nos deu um baita susto ontem.

— Um pouquinho mal. — Ela faz uma breve pausa, e então seus olhos tremem, reluzindo bem de leve. — Isso significa que podemos tomar sorvete?

Dou uma risadinha, mas há uma dor profunda enraizada no gesto.

— Geralmente o sorvete é pra quem tira as amígdalas. Mas tudo bem, não vejo problema nenhum em tomar sorvete.

— Oba! — grita ela, com metade de sua força de sempre. Seu olhar se ergue de leve, e então ela comemora com força total. — Norah! Você veio!

Olho por cima do ombro e Norah se aproxima, olhando para mim como quem pede permissão antes de chegar à cama. Eu assinto, e minha consciência pesa pela maneira como a tratei desde que chegou a Ponte Vermelha. Todas as desculpas que pede, sua consideração e a maneira tranquila de andar por aí, mesmo depois de tudo pelo que passou. São essas características que fazem dela alguém especial. E tudo o que fiz foi tirar sarro por isso.

Não faço a mínima ideia de como ela me atura.

— Amei sua blusa! — diz Summer, animada, enquanto Norah se senta ao lado dela na cama.

— Achei mesmo que você ia gostar! Coloquei essa só por sua causa.

— Jura?

— Aham. Também trouxe a nova edição da *People* pra gente dar uma olhada. Você não vai acreditar no mais novo drama de *The Real Housewives*.

Summer dá risada.

— De Beverly Hills ou de Atlanta?

Norah dá um risinho de desdém.

— Pfff. Qual você acha?

Meu celular começa a tocar no bolso de Norah, e ela o pega para olhar a tela. Quando se vira para mim, já até sei quem é.

Estendo a mão para pegar o telefone e sinalizo que vou sair para o corredor.

— Oi, Breezy — respondo.

— Querido irmão. Espero muito que você tenha uma boa razão pra me ligar no meio da noite...

— Breeze, é a Summer — interrompo, fazendo-a parar antes que diga algo de que vai se arrepender depois. O tom da minha irmã muda num instante.

— O quê? O que aconteceu, Ben? — pergunta ela, sua voz uma sombra do tom autoritário de sempre.

— Ela teve uma crise respiratória ontem. Ficou azul, Breeze, por causa da deterioração em volta dos pulmões. Eles não recebem mais ajuda, e está ficando cada vez mais difícil respirar. Estamos em Burlington. O Dr. Brock deve chegar logo pra examinarmos melhor a situação.

— Ah, Ben. Sinto muito.

A emoção me faz engasgar, e preciso pigarrear para continuar falando.

— O que vou fazer, Breezy? Como vou...

— Você vai enfrentar uma coisa de cada vez, Ben. Passe bastante tempo com a sua garotinha e cubra ela de carinho enquanto pode. Vou deixar tudo organizado por aqui nos próximos dias, depois vou até aí pra te ajudar como puder.

— Não precisa fazer isso.

— Eu sei que não preciso, mas é isso que a família faz. Não a nossa, porque são todos fodidos da cabeça, mas eu e você, Ben, nós somos o verdadeiro sentido de família. E eu estarei aí. Só preciso de uns dias pra resolver tudo por aqui.

— Obrigado, Breeze — digo, e começo a voltar ao quarto de Summer.

— Gostaria de ouvir boas notícias? — pergunta ela, e, pelo tom firme de sua voz, consigo perceber que agora está falando de negócios.

Normalmente, eu diria para minha irmã cortar o papo furado, mas quando espio pela porta aberta do quarto de Summer e vejo ela e Norah lendo a revista, decido que alguma coisa boa, seja lá qual for, não faria nada mal agora.

— É claro.

— Tenho vinte compradores interessados na sua pintura — informa ela, enquanto volto a fechar a porta do quarto de Summer com delicadeza, me recostando na parede do corredor. — E são apenas vinte porque só contei pra vinte clientes sobre o quadro.

Acho que Breezy não estava mentindo quando disse que recebia ligações diárias de pessoas atrás de um quadro meu. Eu deveria me considerar sortudo por o período sabático não ter afetado minha reputação.

— A oferta mais alta nesse momento é de cinco milhões — continua ela. — Mas vou deixar essa peça enfrentar uma guerra de lances. Quero que eles se esforcem pra comprá-la.

— Vejo que ainda é implacável.

— Nos negócios? Sempre. — Sua voz assume um tom divertido. — E quando ainda posso ajudar meu irmão e minha sobrinha com o lucro? Eu quero sangue.

— Certo, bom, vai me contando então. E me avise quando estiver vindo pra cá.

— Pode deixar, mas, antes de desligar, preciso que faça uma coisa pra mim.

— O quê?

— Dá uma olhada na lista de compradores em potencial e veja se está de acordo com as opções.

— Está com medo de que eu coloque fogo em outro Lamborghini se você vender pra algum imbecil que o antigo Bennett Bishop odeia?

Ela cai na risada.

— Vou mandar a lista por *e-mail*. Pode olhar agora e me ligar de volta?

Quase digo a ela para ir se foder com todas essas exigências imediatistas, mas, quando olho em volta, me lembro da situação de Summer.

— Posso, sim.

Vou fazer qualquer coisa que puder para ajudar a minha filha.

30

Norah

Depois que Bennett sai do quarto para conversar com a irmã, coloco a mesa auxiliar de Summer em frente a ela, para podermos folhear a revista *People* que eu trouxe. Também posiciono os óculos escuros favoritos dela em um lugar onde Summer consegue vê-los. Colocá-los aqui dentro enquanto está ligada a todos estes aparelhos não é o cenário ideal, mas espero que os ter por perto deixe seu dia um pouquinho mais leve.

Abro a revista em uma matéria de página dupla sobre as roupas da Taylor Swift. O artigo destaca como o estilo *streetwear* da cantora é simples, mas sofisticado, e que ela usa tudo, desde conjuntinhos de saia até moletons de golas redondas confortáveis, criando uma estética superfácil de usar.

— Ahhh! Adorei este. — Summer fica fascinada ao apontar para uma foto de Taylor usando um conjunto com uma blusa branca soltinha e uma saia jeans desbotada azul-clara. — Você gosta dela?

— Se eu gosto da Taylor Swift? Menina, *adoro* ela.

— Eu também! — exclama Summer, animada. — Amo todas as músicas dela! A minha favorita é... — Ela é interrompida por uma tosse profunda e alta que escapa dos pulmões fracos. Na mesma hora, sua expressão feliz e relaxada se transforma, contorcida pela dor.

As lembranças do dia anterior fazem um alarme disparar na minha cabeça, e preciso de todas as forças para me manter calma.

— Você está bem, querida? — pergunto, passando a mão com delicadeza pelo cabelo dela.

Ela assente muito de leve, tossindo mais uma vez.

Uma parte de mim está assustada e quer sair correndo do quarto para buscar Bennett ou uma enfermeira, mas a parte lógica do meu cérebro sabe que seria drama demais para Summer. A última coisa de que precisa é que eu haja como uma lunática emocionada e transfira minha ansiedade para ela. Por isso, fico onde estou, acariciando seu cabelo muito de leve enquanto Summer enfrenta o acesso de tosse. Mantenho o olhar fixo em seu rosto o tempo todo, observando qualquer sinal de problemas para respirar.

Por sorte, seus lábios permanecem cor-de-rosa, sua respiração não parece ter piorado desde que cheguei aqui e a tosse diminui depois de um ou dois minutos.

— Norah? — chama ela, a voz ainda fraca e áspera graças à tensão.

— Sim, querida?

— Estou tão cansada — sussurra Summer.

— Ah, tudo bem — digo, me inclinando para beijar sua testa. — Você devia tentar dormir um pouco, então. Podemos terminar de ler a revista depois.

— Não, não é isso — explica ela, o tom de voz doloroso e frágil, fazendo uma dor profunda surgir em meu peito. — Estou cansada dessas coisas, Norah.

Aquele sorriso que havia em seu rosto enquanto líamos as últimas fofocas das celebridades desapareceu, e seus olhos não encaram mais a revista. Em vez disso, observam seu corpo pequeno e frágil, amarrado à cama com tiras acolchoadas para que permaneça imobilizado.

— Quer que eu chame o seu pai?

Summer balança a cabeça.

— Ainda não.

Puxo mais para perto a cadeira na qual Bennett estava antes e me sento nela, apoiando os cotovelos na beirada da cama e pegando sua mão com gentileza.

— Tem algo que você queira me contar? — pergunto, em voz baixa. — Porque eu juro que pode me contar qualquer coisa. Sou uma ótima ouvinte.

Devagar, ela ergue os olhos para encontrar os meus.

— Como você acha que é o céu?

A pergunta dela me pega desprevenida. Faz até os meus joelhos quererem ceder, e olha que estou sentada. Tenho certeza de que é normal as crianças perguntarem sobre o céu, mas parece ainda mais pesado quando vem de uma garotinha em uma cama de hospital. Uma garotinha com uma doença que faz seus ossos se quebrarem com um simples toque.

Uma onda de emoção faz minha garganta se fechar, e mordo o interior da bochecha com tanta força ao tentar manter a calma que um gosto fraco de sangue encontra minha língua.

— Bom... — Paro, tentando encontrar as palavras certas. — Acho que o céu... — Meu lábio inferior começa a tremer, e eu o mordo para controlá-lo. — Acho que o céu é... estar perto de tudo aquilo que te faz feliz... mas em um lugar só.

— Acha que dá pra ver o pôr do sol no céu?

— Claro, querida — confirmo, e acaricio sua mão com carinho, tendo o cuidado de não a apertar. — Até acho que se você quiser que o pôr do sol seja cor-de-rosa, assim ele será.

— Pôr do sol cor-de-rosa é o melhor do mundo — diz ela, e sua boca mal se abre em um sorrisinho. — Quando não preciso ficar dentro de casa, papai e eu assistimos ao pôr do sol juntos. Detesto quando não posso ir ver porque estou doente demais para sair.

Mas que merda. Nunca faço questão de ficar brava com Deus, mas é difícil quando penso em Summer e nos muitos obstáculos que ela precisou superar ao longo de sua vida curta. Essa doença a impediu de ter uma infância normal. Fez ela enfrentar mais dor do que a maioria das pessoas enfrenta em uma vida inteira.

Eu não desejaria isso nem ao meu pior inimigo, e, ainda assim, essa garotinha, essa menininha linda e especial com a alma mais doce que já vi, vem carregando esse fardo desde que nasceu.

— Aposto que no céu a gente pode correr. O mais rápido e o mais longe que a gente quiser — sussurra ela. Um sorriso surge em seus lábios e seus olhos começam a se fechar. — Aposto que dá pra brincar no parquinho... que os ossos da gente continuam fortes... e que dá pra abraçar as pessoas o quanto a gente quiser, e que elas te abraçam de volta o tempo todo...

— Aposto que dá mesmo — sussurro em resposta, uma única lágrima boba escorrendo pela minha bochecha.

— Não conta pro papai que eu te perguntei isso. Ele pode ficar triste — diz ela, mas seus olhos permanecem fechados e sua voz está fraca de cansaço.

Antes mesmo que eu consiga responder, Summer cai no sono.

É demais para aguentar.

Inspirando e expirando baixinho, faço um esforço para me recompor. O tempo todo, evito pensar em por que uma garotinha nas condições dela me perguntaria sobre o céu, ou por que ela não quer que eu conte ao pai dela.

Depois de garantir que Summer está dormindo profundamente e que não vou chorar como um bebê, saio do quarto dela na ponta dos pés, fechando a porta com delicadeza atrás de mim. Bennett está parado do outro lado do corredor, as costas apoiadas na parede e o celular contra a orelha.

Mal se passam dez segundos antes que ele desligue, dizendo:

— Tchau, Breezy.

— Ela dormiu — digo, enquanto Bennett guarda o celular no bolso.

Ele assente e se afasta da parede para me encontrar na porta do quarto.

— Com todos esses remédios que estão dando pra ela, imaginei que não ficaria acordada por muito tempo.

Tento abrir um sorriso gentil, mas, depois da conversa que acabei de ter com a filha dele, é difícil.

— Você está bem? — pergunta Bennett, observando meu rosto e erguendo uma das mãos para colocar algumas mechas do meu cabelo atrás da orelha. — Sei que voltou pra casa tarde ontem à noite, mas parece estar mais do que só cansada.

Tento sorrir de novo, mas sinto que seria um gesto falso.

— O que houve? — insiste, com delicadeza, e minha mente luta contra si mesma, pensando no que dizer. Entre a situação de Summer, o fato de Josie ter achado a carta e eu ter descoberto a verdade sobre Jezzy, sinto que meu cérebro está jogando *pinball.*

Mas, quando reparo nos círculos escuros sob os olhos azuis cheios de dor, não parece ser o momento certo para contar a

Bennett sobre a conversa que acabei de ter com Summer. Ou que ela me pediu para não contar a ele. Bennett já tem muita coisa para resolver.

— Norah? — Ele toca meu ombro de maneira gentil. — Aconteceu alguma coisa?

Aconteceu alguma coisa? *Suspiro*. Sinto como se tivessem acontecido coisas demais.

— Minha noite não terminou quando saí do estacionamento da Caminho da Felicidade — confesso. — Quando cheguei em casa, Josie ainda estava acordada. Ela encontrou a carta que recebi no dia do meu casamento. E leu tudo.

— Então, agora ela sabe da história toda?

— Sim, da história toda. E, pelo visto, eu também. — Meus olhos se enchem de lágrimas. — Ela... Bennett, ela acha que minha mãe matou nossa irmã caçula, Jezzy.

Bennett me puxa para seus braços, me abraçando apertado, e acho que nunca me senti tão segura na vida.

31

Bennett

Clay já tinha colocado uma pulga atrás da minha orelha em relação a Jezzy Ellis, mas ouvir Norah dizer isso em voz alta me atinge como se eu estivesse ouvindo pela primeira vez. Abraço ela com força, segurando seu corpo pequeno na segurança dos meus braços, como se eu tivesse o poder de protegê-la de todo o mal do mundo.

Se ao menos eu tivesse mesmo esse poder. Para cuidar de Norah e de Summer.

— Que merda, Norah — sussurro em seu cabelo. — Sinto muito.

— Ei, olha aí — sussurra ela, deixando escapar uma risada fraca. — Essa é a segunda vez que você se desculpa comigo. Parece que trocamos de lugar.

Um meio sorriso surge em meus lábios.

— Isso é bom. Acho que consigo viver sendo menos imbecil.

O som de um homem pigarreando ao nosso lado interrompe o momento e faz eu me afastar de nosso abraço. O Dr. Brock parece se sentir culpado, mas, por mais que eu queria continuar abraçando Norah, estou esperando para conversar com este homem desde que chegamos a Burlington na noite anterior.

Ele está à frente do tratamento de Summer desde o começo, e sei que me dará as respostas que todos os outros me negaram de propósito a noite inteira.

Estendo a mão para apertar a dele enquanto o doutor cumprimenta Norah. Depois que todos são apresentados, vou direto ao ponto.

— Muito bem, doutor. Seja franco comigo. O que está acontecendo? É muito grave? O que temos que fazer?

Ele olha de mim para Norah, um movimento rápido, mas que já diz muito. O Dr. Brock não é o tipo de homem que evita o contato visual.

— Bennett, é... agora é só uma questão de tempo. O sistema respiratório de Summer está se deteriorando bastante a cada dia. Também surgiu uma preocupação com alguns sangramentos cerebrais e outras complicações. Ela vai sentir muita dor nos próximos dias.

— Dias? — Mal reconheço minha própria voz. A mão de Norah segura a minha e a aperta com força.

O rosto do Dr. Brock está tomado de angústia.

— Semanas, talvez. Mas, sim, nosso tempo está acabando. O tempo de Summer está acabando. Sinto muito, Bennett. Chegamos à reta final.

— Mas como isso... Como? Dois meses atrás, parecia que ela ia...

O Dr. Brock me interrompe, colocando gentilmente a mão sobre meu ombro.

— Bennett, ela está *sofrendo*. Todos os dias... ela está sofrendo.

Lágrimas começam a se juntar nas profundezas do meu peito, prendendo e roubando o ar dos meus pulmões. Meus joelhos cedem e, antes que eu perceba, estou sentado no chão frio do corredor, com o corpo de Norah atrás do meu, os joelhos dela mal conseguindo impedir que minhas costas também encontrem o chão.

O Dr. Brock se agacha à minha frente e outros funcionários do hospital correm atrás dele, gritando para pegarem um monte de coisas para as quais não dou a mínima. O doutor estabiliza meus ombros o suficiente para ele e Norah conseguirem me apoiar contra a parede. Procurando meu rosto, ele encontra meus olhos e me obriga a encará-lo.

— Permita-se sentir essa dor, certo, Bennett? Leve o tempo que precisar, e estaremos aqui enquanto você faz isso. Estamos com você.

Tudo o que Summer construiu em minha alma nos últimos sete anos treme e oscila junto à superfície da Terra. Um mundo sem ela não é algo que me agrade conhecer porque *não é certo*.

Ela merece crescer e ser feliz, muito mais do que um infeliz fodido da cabeça como eu.

Estendo os braços para Norah, que se acomoda neles com facilidade. E não consigo impedir... choro que nem uma criança.

— O que eu faço, Norah? — sussurro em seu cabelo. — O que vou fazer?

Suas mãos trêmulas secam o meu rosto, e ela fixa os olhos castanhos calorosos nos meus com tanta determinação que consigo ver sua alma.

— Vamos amar a Summer com todo o nosso coração, até não podermos mais. É isso o que vamos fazer. — Eu concordo, mas ela firma minha cabeça com as mãos e volto a olhar para aquele conforto profundo em seus olhos reluzentes. — E Bennett, nós vamos deixar aquela garotinha viver. Ela está morrendo — diz ela, a voz tremendo tanto ao pronunciar a palavra que sinto o movimento em meus pés. — Mas, neste momento, nós vamos deixar aquela garotinha *viver.*

Todo o meu corpo dói, mas escuto as palavras de Norah como se estivessem escritas na minha alma. Chega de protegê-la. Chega de controlar o tempo. Os próximos dias... ou as próximas semanas... merecem ser os mais vívidos de um verão que está chegando ao fim.

— Dr. Brock — murmuro. — Acho que está na hora de levar minha menina pra casa.

Ele assente.

— Vou deixar tudo pronto, Bennett.

Norah está certa. Durante o pouco tempo que temos, Summer vai *viver.*

32

Sábado, 28 de agosto

Norah

— Norah...

— *Norah*!

— O quê...? — Abro os olhos e vejo minha irmã parada ao lado da cama, os olhos verdes brilhantes encontrando meu olhar sonolento ao usar as mãos para sacudir meus ombros com tudo. Só leva alguns segundos até uma leve sensação de pânico preencher meu peito. — Está tudo bem? *Ai, meu Deus*, a Sum...

— Está todo mundo bem — interrompe ela, antes que a adrenalina tome conta de mim. — Mas você precisa se mexer ou vamos nos atrasar.

— Do que você tá falando? — pergunto, deixando escapar um gemido e esfregando os olhos. Quando minha visão clareia e consigo distinguir a janela, vejo que, pela luz da manhã entrando pelas persianas empoeiradas, parece cedo demais para o meu gosto. Como se o sol também tivesse acabado de acordar de uma soneca. — Que horas são?

— Já passa um pouco das sete.

— *Sete*? — digo, quase gritando. — Achei que você tinha dito que a cafeteria não ia abrir hoje.

— E não vai, mas é o primeiro dia da Feira do Produtor de Outono. — Josie diz essas palavras como se de fato fizessem sentido. Como se uma feira do produtor fosse um bom motivo para me chamar tão terrivelmente cedo.

— Outono? — pergunto, me sentando na cama e pegando meu celular na mesinha de cabeceira. — Estamos em agosto, Jose.

Toco a tela e vejo três mensagens não lidas de Summer. Abro um sorriso ao ler a primeira, que diz: ***a gente devia comprar bolsas cor-de-rosa.***

Depois que saímos do hospital na terça-feira, enquanto voltávamos para casa, Summer disse que sempre quis ter o próprio iPhone, com direito a capinha cor-de-rosa e *glitter*. Bennett fez questão de lembrar que ela já tinha um iPad, com uma capa cor-de-rosa e *glitter*, porque era mais fácil de usar, mas Summer não se convenceu.

— *Todo mundo tem iPhone* — disse ela. — *É muito mais legal que um iPad, porque cabe no bolso.*

Eu não deveria ter ficado surpresa, mas assim que acomodamos Summer em casa, Bennett me deu seu cartão de crédito. Para mim, foi um grande prazer correr até a única loja de celulares em Ponte Vermelha e realizar o desejo dela de ter um iPhone com capinha cor-de-rosa e *glitter*.

Desde então, sempre que não estou com os dois, Summer me manda mensagens.

— Oi? Terra chamando Norah! Você ouviu alguma palavra do que eu acabei de dizer?

Ergo o olhar e vejo Josie me encarando. Então percebo que, na verdade, não ouvi nada do que ela disse.

— Pode repetir a última parte?

Ela bufa, irritada.

— Eu disse que a feira de outono de Ponte Vermelha *sempre* começa no último sábado de agosto.

Meu cérebro leva um tempinho para lembrar do que estávamos falando, mas depois de um único bocejo já volto a entender tudo.

— Isso ainda não explica por que você me acordou às sete da manhã num dia em que posso dormir até mais tarde — explico, mas estou falando com as costas dela, já que minha irmã saiu do quarto e foi para o corredor. *Que porra é essa*? — Aonde você vai? — grito para ela, bem quando escuto seu celular tocando em algum lugar da casa.

— Já volto!

Por mim, ela pode demorar o quanto *quiser*. Meu corpinho cansado está mais do que contente de voltar para a cama por mais uma ou duas horas.

Desde que saímos do hospital na terça, a não ser quando dormi na minha cama à noite, fiquei o tempo todo com Bennett e Summer. E, cara, como estivemos ocupados. Levando Summer para conhecer praticamente todos os lugares e todo mundo da cidade, e aproveitando nosso tempo com ela.

Na quarta-feira, fomos comprar Danoninho no mercado do Earl, mas, dessa vez, Summer foi junto. Bennett revirou os olhos para mim, mas também sorriu, quando tive um momento nostálgico em frente às geladeiras de leite e no estacionamento. Também tomamos sorvete no Geladinho do Joe e fizemos uma fogueira no quintal de Bennett quando chegamos em casa. Summer estava cansada depois de tantos compromissos, então só voltamos a sair na quinta-feira. Fomos ao Parque da Pracinha, à delegacia, para pegar um distintivo honorário com o xerife Pete, e até visitamos a intrometida da Eileen no jornal.

Ontem, sexta-feira, Breezy chegou e nos encontrou no estúdio de Bennett — um pedido da própria Summer. Grelhamos uns filés de costela, conversamos e rimos no quintal durante horas. Depois, Summer e eu terminamos a noite fazendo pulseirinhas da amizade da Taylor Swift, porque, *dã, por que não*?

— Certo, onde estávamos? — pergunta Josie, entrando no meu quarto outra vez. — Ah, é! — Ela estala os dedos. — Você precisa levantar essa bunda da cama, porque preciso de ajuda.

— Ajuda? — Franzo a testa. — Com o quê?

— Ainda tem umas cem velas que precisam de etiqueta. Sem falar que precisamos colocar as caixas no carro e chegar à praça da cidade às nove. Nesse ritmo, vamos dar sorte se chegarmos lá e ainda pegarmos o pessoal que vai bem cedo.

— Velas? — pergunto, piscando sem parar.

— As velas da vovó Rose, que agora são minhas porque fiz uma promessa pra ela — explica, irritada, virando-se para a porta. — São um dos produtos mais vendidos na Feira do Produtor de Ponte Vermelha.

Desde quando a vovó Rose vendia velas?

— Josie, você vai precisar me explicar um pouco melhor toda essa coisa de vela — grito para suas costas.

— É só se arrumar e me encontrar na edícula!

Ela está louca se pensa que vou mesmo sair da cama agora. Reviro os olhos e me recosto na cabeceira da cama, lendo as últimas duas mensagens de Summer.

Summer: amigas cor-de-rosa pra sempre!

Summer: diz pro meu pai que a gente devia fazer algo divertido hoje.

Digito uma resposta rápida e envio.

Eu: Deixa comigo, querida. Vou arrumar uma bolsa cor-de-rosa e algo divertido. :)

— Ei, Josie!

— Oi?

— Vou com você! — grito, percebendo como essa história de feira é uma boa ideia. — Mas com uma condição!

Ela espia pela porta do quarto, me fazendo pular de susto. *Meu Deus! Achei que já estava na cozinha!*

— Que condição?

Abro um sorriso.

— Posso levar alguns amigos meus junto?

O sol está brilhando, o calor do verão está no auge e a Feira do Produtor de Ponte Vermelha não se parece com nada que eu já tenha visto antes. Barracas com artesanatos, *velas caseiras falsas* e todo tipo de coisa ocupam a praça da cidade. E mais pessoas do que achei que morassem nesta cidadezinha estão aqui, passeando e fazendo compras como se fosse 23 de dezembro, com uma lista inteira de presentes de Natal para encontrar.

É uma loucura. E cheio. E todo mundo parece determinado a conseguir, a todo custo, uma vela "caseira" da vovó Rose. Ainda estou me recuperando do que Josie me contou esta manhã, quando estávamos pegando o material na edícula. Parece que a vovó Rose costumava comprar as velas na Amazon, trocar a etiqueta e vendê-las como se ela mesma as tivesse feito.

— Ah, Josie, estou tão feliz que cheguei à sua barraca antes de você vender tudo — comenta nossa cliente atual. — Eu precisava das minhas velas.

Dizem por aí que, se você quiser comprar por atacado, a Amazon resolve seu problema.

— Ah, Darlene. Você é um amor. — Minha irmã sorri e entrega para a senhora uma sacola com três velas "caseiras".

— Sabe, a única coisa que tornaria este momento melhor é se a Rose estivesse aqui pra vendê-las pra mim — comenta Darlene, com um sorriso saudoso nos lábios. — Tenho certeza de que ela está orgulhosa de você por ter mantido o legado.

Legado? *Rá.*

— A propósito — continua Darlene —, quanto tempo mais ou menos você demora pra fazer todas essas velas, Josie?

— Depende da essência que eu usar, mas pode demorar entre duas semanas e um mês inteiro pra fazer cem delas.

Sou obrigada a morder o lábio para segurar minha risada. *Um mês inteiro*? Nós acabamos de empacotar cem velas em duas horas.

— Minha nossa! Fico muito agradecida por todo o tempo e esforço que você dedicou a elas. Acha que vai ter estoque suficiente para o Natal deste ano? No ano passado, elas esgotaram bem rápido, e eu gostaria de comprar uma vela pra cada uma das minhas irmãs e primas.

— Vou tentar, com certeza.

Darlene olha para mim, com um sorriso gentil.

— Norah, você tem tanta sorte de agora fazer parte das velas caseiras da Rose. Durante anos, eu implorei a ela pra me mostrar como fazia, mas ela só contou o segredo da família pra Josie.

Eu me forço a sorrir.

— Josie ainda guarda a sete chaves o segredo das velas da vovó Rose. Só me deixou colocar as etiquetas, mas espero que logo me mostre como fazê-las.

Será que dá para comprar tudo com um clique? Será que a gente ganha a entrega Prime ao comprar por atacado? São tantas perguntas difíceis que a minha irmã ainda tem que me responder.

Por sorte, Darlene sorri para nós duas como uma mulher que de fato acredita que minha irmã está fazendo velas caseiras.

— Bom, é melhor eu ir até a barraca da Kelly antes que ela venda tudo. Tenham um dia maravilhoso, garotas.

— Você também, Darlene! — respondo, com um sorriso largo, aberto e falso. — Aproveite bem nossas velas *caseiras*! Sei que minha irmã se dedicou muito a elas!

Discretamente, Josie me cutuca com o cotovelo, o sorriso em seu rosto ainda intacto, acenando de um jeito amigável para Darlene enquanto a senhora carrega a sacola de velas falsas e segue em direção a outra barraca que vende cachecóis de tricô.

Será que Kelly realmente tricota os cachecóis ou também compra tudo na Amazon? Não faço ideia. Talvez ela tenha que usar o Etsy ou o eBay.

— Não sabia que a vovó era uma vigarista.

Josie apenas sorri.

— Ela sempre disse que o mundo é dos espertos e que você precisa dar um jeito de ganhar dinheiro em toda oportunidade que aparecer.

Caio na risada.

— A vovó fez a cidade inteira acreditar que ela fazia velas. Era uma trapaceira!

O olhar de Josie se torna saudoso e um sorrisinho surge nos cantos de seus lábios.

— A vovó Rose era incrível.

É, era mesmo.

Grande parte de mim gostaria de ter conseguido passar tanto tempo com ela quanto Josie passou. De ter me dado conta de que a minha vida não era nem um pouco minha e me mudado para cá quando fiz 18 anos, como a minha irmã.

Mas não adianta viver no passado. Tudo o que posso fazer é seguir em frente e tentar aproveitar as lembranças que tenho da minha avó.

Entre a multidão, vejo uma cabeça alta, imponente e familiar, e meu sorriso fica ainda mais largo. *Minhas pessoas favoritas acabaram de chegar.*

Bennett se aproxima de nós e eu balanço os braços, acenando de um jeito grandioso, teatral e dramático para Summer assim que ela me vê de sua cadeira, que está à frente dele. Ela está usando os óculos escuros de sempre, cor-de-rosa e em formato de coração, com um sorriso tão grande que faz meu coração derreter. Breezy, a irmã de Bennett, segue os dois devagar, se distraindo com todas as barracas por onde passa.

Talvez meus olhos se demorem um pouco demais em Bennett, observando seu rosto bonito e sua presença majestosa enquanto ele empurra a cadeira de Summer na minha direção.

Minha nossa, que homem. Eu adoraria subir em cima dele como se fosse uma árvore.

Nenhum de nós retomou "de onde paramos" desde aquela noite na picape. Ambos focamos toda a nossa energia em Summer e, agora, com tantas pessoas ao nosso redor, também parece que estamos sempre sendo observados.

Embora a gente *tenha* conseguido roubar alguns beijos quando nos despedimos, tenho que admitir que meu desejo por ele não diminuiu. Na verdade, cresce a cada dia. Quanto mais o conheço, quanto mais tempo passo com Bennett, mais certeza tenho de que não é um erro permitir essa conexão entre nós dois. O nosso passado não importa. A única coisa importante é para onde estamos indo.

Bennett traz Summer direto para mim, e eu a recebo com um sorriso e uma jogadinha de quadril. Ela dá uma risadinha, e eu desejo, não pela primeira vez, poder agarrá-la em meus braços e abraçá-la com força.

— Vocês chegaram bem na hora! — digo para ela, animada. — Passamos a manhã inteira ocupadas, e preciso muito de ajuda pra descobrir quais essências serão as mais vendidas, pra que eu possa organizá-las.

— Eu quero cheirar! — diz Summer, na mesma hora, erguendo as sobrancelhas acima dos óculos escuros.

— Perfeito!

Remexo nas caixas aos nossos pés, pegando uma amostra de cada fragrância que a vovó Rose comprou na Amazon para dar o golpe. Nós duas cheiramos todas elas, e Summer vai me dizendo quais ela aprova e quais não. Bennett logo vai ajudar Josie, já que estamos cheias de clientes de novo, e Breezy começa a comprar velas assim que chega à barraca.

Ergo outra vela perfumada para Summer cheirar, e ela logo faz uma cara de repulsa.

Betty Bagley, uma senhorinha próxima ao nosso lado da barraca, estala os dedos.

— Vou querer essa.

Não entendo muito por que Betty Bagley gostaria de comprar uma das velas mais fedorentas, mas embalo o produto para ela mesmo assim. Breezy, que agora está ao nosso lado na mesa, registra a venda no iPad.

Assim que Betty se afasta, Josie começa a fazer uma dancinha, e o resto de nós a encara como se ela tivesse enlouquecido.

— O que está fazendo?

— Comemorando em nome da vovó Rose. O fato de que Betty, em pessoa, veio até aqui e comprou uma vela significa que a vovó venceu oficialmente. Somos a barraca mais popular da feira hoje, e Betty está bem preocupada.

— A vovó tinha uma rixa com Betty Bagley?

Betty Bagley tem cerca de um metro e meio e deve pesar uns quarenta quilos. Ela é uma senhorinha pequena, e acho difícil acreditar que alguém pudesse ter algum problema com ela.

— Ah, você não faz ideia — retruca Josie, rindo. — Betty Bagley pode até parecer doce e inocente, mas consegue ser cruel como uma cobra. É tão competitiva quanto um atleta olímpico, e passou um bocado de tempo criticando a vovó Rose quando ela ainda era viva.

— *Caramba*. Nunca que eu ia imaginar.

— É um lobo em pele de senhorinha.

— Nossa adorada Betty? — pergunta Bennett, incrédulo, fazendo Josie e Summer rirem.

Josie assente.

— Ah, você não faz ideia.

— Talvez ela só estivesse chateada pela vovó Rose estar envolvida em um esquema de pirâmide de velas — murmuro baixinho.

Josie me lança um olhar de alerta, e ergo as mãos, dando uma de dama inocente.

— O que você quer fazer hoje à noite, Sum? — pergunto, enquanto Josie volta a ajudar o próximo cliente da fila gigantesca. Bennett se espreme perto de Breezy com o iPad, juntando-se a nós.

— Quer uma limonada? — pergunta ele, olhando primeiro para Summer, mas depois olhando para mim também. Summer grita um "sim" animado, e eu apenas confirmo com a cabeça e sorrio.

— Limonada é uma boa ideia.

Bennett se afasta e a expressão de Summer fica um pouco mais séria. Isso me faz pensar na conversa sobre o céu que tivemos no hospital e em como ela me pediu para não contar nada ao pai.

Ela está tentando ser forte pelo pai. Está tentando esconder a própria dor.

Meu nariz arde com as lágrimas não derramadas quando percebo que... ela sabe. Summer sabe o que está por vir, mas está aproveitando cada segundo que pode para ser corajosa por Bennett.

— Você está bem, Summer? — pergunto baixinho, me abaixando para que ela possa me olhar diretamente nos olhos sem precisar se esforçar.

— Só estou pensando no que eu *realmente* gostaria de ver — murmura ela.

— E já encontrou uma resposta?

Ela abre um sorriso lento e delicado, como uma garoa fina em um dia úmido do verão.

— Uma estrela cadente. Nunca saí no quintal à noite, pelo menos não que eu me lembre, e gostaria muito de ver uma estrela cadente.

Confirmo várias vezes com a cabeça.

— E um casamento. Sempre quis ir a um casamento.

Esse pedido me pega um pouco de surpresa. Tipo, uma estrela cadente é possível, mas um casamento? Não sei se consigo arrumar a droga de um casamento. Nem preciso dizer que eu e esse tipo de cerimônia não nos demos muito bem até agora.

Além disso, eu precisaria arranjar os noivos, e...

— Quero usar um vestido bem chique, fazer as unhas e o cabelo, e ver uma noiva bonita caminhar até o noivo no altar. — Summer deixa escapar um suspiro sonhador. — Até hoje, só vi casamentos em filmes ou na TV, e sinto que eles devem ser muito divertidos.

Meu peito se aperta.

Esqueça as complicações. Vou dar um jeito de fazer esta doce menininha ir a um casamento, custe o que custar.

33

Domingo, 29 de agosto

Bennett

Summer pisca, acordando em sua cama. Passo os dedos com bastante delicadeza pelo cabelo dela, mas seus olhos lutam para ficar abertos.

— Summer, querida — sussurro. — Acorde. Temos que ir.

— Agora? — pergunta ela, mais uma vez se esforçando para se concentrar o bastante e ficar acordada. — Mas tá escuro lá fora.

— Eu sei, mas um passarinho me contou que você queria ver uma estrela cadente.

— Uma estrela cadente? — Seus olhos se arregalam. — Mesmo?

— Sim, querida.

Sorrio para ela, minha mente registrando este momento na memória. A maneira como seus olhos brilham com amor, a maneira como seus lábios formam o meu sorriso favorito. Não quero esquecer esses detalhes nunca. A emoção forma um nó em minha garganta, mas eu o engulo. Esta noite não é para mim. É para Summer.

— O céu está limpo e perfeito para observar as estrelas — conto para ela. — Já arrumei tudo.

— Vamos, vamos — cantarola ela, tentando se sentar sozinha, mas sem conseguir. Summer nunca foi capaz de fazer muitos movimentos ao longo dos anos, mas, do jeito que sua respiração está agora, ela está mais fraca do que nunca.

Coloco os braços sob suas costas e joelhos e a levanto no colo com toda a delicadeza do mundo, tomando cuidado com o tubo de oxigênio ligado ao tanque atrás dela. Ajeito Summer na cadeira de rodas, prendo o tanque na parte de trás e, devagar, empurro minha garotinha risonha pelo corredor, saindo pela porta lateral onde fica a rampa. Norah está esperando por nós.

Cobertores cor-de-rosa estão espalhados pela grama, com uma cesta de piquenique que preparei mais cedo e um telescópio que Norah pegou emprestado com Eileen Martin.

Somos só nós três esta noite. Breezy está na cidade, ocupada com os preparativos para a surpresa do dia seguinte, assim como quase todo mundo que conhecemos. Ainda não estou convencido de que vamos conseguir essa proeza, mas Norah insistiu em realizar esse desejo de Summer. E, neste momento, não tenho forças para lutar contra mais nada, a não ser meus próprios demônios.

— Papai! Olha! — grita Summer, enfim vendo Norah e os cobertores. — A Norah veio!

Deixo escapar uma risada.

— Eu sei, querida. Ela planejou o piquenique, então achei melhor convidá-la.

Summer zomba da minha piada.

— Vamos, vamos. Depressa, papai!

Empurro a cadeira um pouquinho mais rápido, e ela solta um gritinho quando o ar frio da noite atinge seu rosto. Quando a alcançamos, Norah me ajuda a fixar a cadeira de Summer, depois pega o tanque enquanto ergo minha filha no colo e a deito no cobertor. Summer resmunga, e só por isso sei que toda essa movimentação deve estar lhe causando dor, mas ela não tira o sorriso do rosto.

Norah pega outro cobertor, dobrado sobre aqueles espalhados pelo chão, e cobre com gentileza o corpo de Summer até o pescoço. Ela está só de camisola, e como não sabemos quanto tempo vai demorar até vermos uma ou duas estrelas cadentes, minha filha com certeza vai ficar com frio.

Depois de arrumar Summer, Norah se deita ao lado dela, o cabelo encaracolado espalhado sobre o cobertor e as mãos sobre a barriga. Dou uma corridinha até a casa, para apagar todas as luzes que deixei acesas para facilitar o percurso, e volto para elas conforme meus olhos se ajustam à nova escuridão.

O céu está escuro, exceto pelos pontinhos de estrelas brilhantes e pelo silêncio arrebatador da Via Láctea, mas há um som vibrante no ar. Norah e Summer juntas, tagarelando e rindo quase tão alto quanto às batidas do meu coração.

— Qual é a graça? — pergunto ao voltar, me deitando do outro lado de Summer e observando o céu.

— Norah estava me contando sobre Casso... — Summer para e olha para Norah. — Qual era o nome dela mesmo?

— Cassiopeia — responde Norah, com um sorriso.

— Isso. Essa mesmo. Ela disse que essa mulher era uma rainha e era, tipo, uma diva, aí Pose... — Summer para de novo, olhando para Norah em busca de outra confirmação.

— Poseidon.

— É. Esse cara — continua Summer, e dou uma risadinha mental. — Ele castigou Cassiopeia, colocando ela no céu, com seu trono de cabeça pra baixo e a saia em volta da cabeça — conclui ela, quase resfolegando algumas vezes de tanta graça que achou.

— Você sabe muito de astronomia, Norah? — pergunto.

— Só o que John Cusack me contou.

Isso, sim, me faz rir.

— John Cusack? O ator?

Norah ri alto.

— O próprio.

— Não entendi.

— Então você nunca assistiu ao filme *Escrito nas Estrelas* — rebate ela, e posso ouvir o sorriso em sua voz.

— Não, nunca vi.

— Ah, cara, esse é muito bom. Tá perdendo — murmura ela.

— Eu quero ver! — exclama Summer, a voz meio sonolenta. Se quisermos mantê-la acordada para ver a estrela cadente, vamos precisar continuar a conversa.

— Vou descobrir onde podemos alugar ou em qual *streaming* está disponível — sugere Norah.

— Está olhando para o céu, Sum? — pergunto. — Você precisa olhar bem, tá? Senão pode perder as estrelas. Elas são rápidas.

— Estou olhando, papai. — Há uma pausa breve, então ela continua: — Você acha que o céu é assim mesmo? Ficar lá em cima, junto das estrelas? Tipo, se alguém for para o céu, o que acha que essa pessoa vai encontrar?

As lágrimas brilham em meus olhos, e um nó ameaça fechar minha garganta. Preciso piscar várias vezes para conter a emoção. Estendo a mão para segurar a dela, mas acabo segurando a de Norah, e nós três ficamos assim, as mãos meio empilhadas.

— Acho que o céu é o que você quiser que ele seja, Abelhinha — sussurro. — Aquele lugar em que você é mais feliz. É desse jeito que ele vai ser.

— Norah disse a mesma coisa — comenta Summer, e sinto os olhos de Norah encararem meu rosto.

Encontro seu olhar, e ela franze os lábios. Norah se sente culpada, mas sem razão para isso. Balanço a cabeça para ela, dizendo silenciosamente: *está tudo bem*.

Porque está mesmo. Está mais do que bem. Norah só tem sido boa para a minha filha. Gentil, carinhosa e maternal com uma garotinha que nunca teve uma mãe presente em sua vida.

Eu não poderia estar mais agradecido.

— Talvez o céu seja como agora — sussurra Summer. — Com você, Norah e as estrelas. Só que acho que não vai doer como agora. Não é, papai?

Sei que a minha doce menininha tenta se fazer de corajosa. Observei ela fazer isso durante anos, e sempre tentei deixá-la confortável para que não precisasse. Mas essa não é a minha Summer. A alma dela é pura e seu coração não quer que outras pessoas se sintam mal.

Neste momento, este é o jeito dela de me dizer que sabe o que está por vir. Que sabe que não lhe resta muito tempo aqui na Terra.

Meus olhos ardem, minha garganta queima e eu aperto os lábios, me esforçando para ser corajoso como a Summer.

— É, querida. — Minha voz está trêmula. — Quando você estiver no céu, não vai sentir nenhuma dor.

Eu, por outro lado... vou sofrer demais.

— Pai! — grita Summer, de repente, e sua voz doce é a única coisa que pode atravessar a tristeza dos meus pensamentos. — Uma estrela cadente! Eu vi! Ela passou muito rápido! Não acredito que é tão rápida assim!

— Eu também vi — comemora Norah do outro lado.

— Foi tão legal! Quero ver outra!

— Então continua olhando para o céu — insisto. — Elas vão aparecer.

Nós três ficamos deitados ali por só Deus sabe quanto tempo, encarando o céu, esperando pelas estrelas cadentes. Summer tagarela, Norah ri e eu escuto as duas como se fosse fazer uma prova a respeito das palavras que disseram. Registro na mente o rosto da minha menininha enquanto ela dá risadinhas e sorri para o céu.

Demora bastante tempo até a conversa diminuir, e a respiração difícil de Summer se estabiliza quando ela pega no sono. Norah e eu continuamos ali por alguns minutos depois disso, desejando que o silêncio, o céu e o paraíso nos tragam um milagre que nós dois sabemos que não virá.

Passo uma das mãos pelo rosto, tirando os resquícios das lágrimas que acabaram escapando pelas pálpebras. Sei que meu coração está partido, mas, para a minha surpresa, sei que o de Norah também está. Como era de se esperar, ela e Summer se apaixonaram muito uma pela outra, e bem depressa. Não me sinto nem um pouco confuso em relação aos motivos.

As duas são alegres, animadas e especiais. E ambas fazem com que eu me sinta capaz de obrigar o mundo inteiro a se curvar à vontade delas, se fosse preciso.

Fico de pé bem devagar, parando apenas para dar um beijo suave na bochecha de Summer. Passei tanto tempo evitando tocá-la que agora todos os toques e beijos preciosos que lhe dou não têm preço.

Norah logo me segue, pegando em silêncio o tanque de oxigênio de Summer para mim enquanto ajeito minha filha nos braços e a levo para dentro de casa. Vamos caminhando até lá em vez de pegar a cadeira de rodas, na esperança de que ela continue dormindo até chegarmos ao conforto de sua cama.

Seu corpo parece inacreditavelmente leve, e a pele fica mais pálida a cada dia. Com o cabelo loiro encaracolado, os olhos azuis e a camisola branca, Summer parece de fato um anjo. Como se já pertencesse ao céu, com uma auréola sobre a cabeça.

Odeio pensar nisso.

Norah encaixa o tanque de oxigênio no suporte atrás da cama, e eu acomodo Summer no meio do colchão macio, arrumando os tubos em seu nariz. Ela deixa escapar um gemido leve de dor, mas se ajeita quando me afasto.

Enquanto deixamos o quarto de Summer, a mão macia de Norah afaga minhas costas para me confortar. Fecho a porta atrás de nós e caminho com ela até a grama para recolher os cobertores, o que parece demorar uma eternidade.

Só então percebo a cesta de piquenique, intocada até agora.

— Quer sentar um pouquinho? — pergunto, tocando o cotovelo de Norah com gentileza para impedi-la de continuar recolhendo os cobertores depressa. Seus ombros caem um pouquinho, depois desabam completamente.

— Sim. Quero, sim.

Estendo a mão para ela de propósito, a fim de lhe dar apoio enquanto afunda no cobertor. Sento-me ao lado dela, esticando as pernas à frente.

Eu me reclino para pegar a cesta de piquenique e os olhos de Norah reluzem quando a abro. Ali estão alguns bolinhos que comprei no Earl quando estivemos lá uns dias antes.

— Ai, meu Deus, *sim,* chocolate. Estou desesperada por chocolate.

— É assim que alguém ganha seu coração? — Caio na risada, abrindo a embalagem de plástico e entregando um bolinho com cobertura cor-de-rosa para ela. Pego um com cobertura azul para mim.

— Com certeza ajuda — responde ela, com uma risadinha, dando uma mordida enorme no bolinho e manchando a ponta do nariz de cor-de-rosa.

— Tem uma coisinha no seu... — Quando Norah encontra meus olhos, abro um sorriso bobo para ela. — Bem aqui — digo, estendendo a mão e limpando-a com o polegar.

Mas o movimento seguinte dela me surpreende demais. Com o olhar ainda fixo ao meu, ela segura minha mão e, devagar, *cheia de más intenções,* lambe a cobertura do meu dedo.

— Porra, Norah — sussurro diante da visão erótica, que me deixa sem palavras. E reforço essa afirmação ao me inclinar para a frente e beijá-la.

Os lábios dela se abrem sob os meus, e afundo as mãos em seus cabelos, minha língua dentro de sua boca.

Norah deixa escapar um gemido, e eu a deito sobre o cobertor, meu corpo quase inteiro sobre o dela, os bolinhos completamente esquecidos.

Nós dois estamos procurando conforto, não dá para negar, mas consigo perceber, pela maneira como seus dedos agarram meu pescoço e pelas batidas de seu coração ecoando no meu peito, que também é mais do que isso.

Não é uma diversão estúpida entre duas pessoas desesperadas. É uma conexão que está em guerra conosco desde o momento em que nos conhecemos.

Norah morde o lábio inferior, e sinto o desejo de passar a língua pelo contorno de sua boca.

Ela desce as mãos até os meus ombros, enquanto as minhas agarram seu quadril. Termino de cobrir o corpo dela com o meu, e Norah abre as pernas, envolvendo minha cintura e cruzando os tornozelos, os calcanhares pousados em cima da minha bunda.

Solto um grunhido e empurro o quadril em direção ao dela, meu pau duro ansiando por senti-la envolver meu corpo.

Isso parece tão bom, tão certo.

Ela geme. Minhas mãos encontram a bainha de sua blusa cor-de-rosa e eu a levanto, desejando sentir sua pele.

Quando me afasto um pouco, procurando seus olhos a fim de pedir permissão, uma névoa flutua entre nós. É o calor da nossa respiração, o fogo em nossa pele e o ar frio da noite, tudo misturado formando nuvens.

— Norah? — Minhas mãos tremem de desejo, e eu as afundo outra vez em seu cabelo. — Quero você. — É uma declaração simples e direta, mas, para mim, para a pessoa que me tornei depois do homem que costumava ser, não é suficiente. — Norah, quero estar dentro de você.

— Quero a mesma coisa — responde ela, com firmeza.

Aperto seu quadril com mais força e a ergo em direção ao meu corpo, descendo a boca com vontade sobre a dela. As mãos de Norah envolvem meu rosto e pescoço, mergulhando no meu cabelo. Nosso beijo se transforma em algo selvagem, quente, que vai crescendo cada vez que nossas línguas se entrelaçam.

Com uma das mãos, procuro a fivela do cinto para abri-lo, até que as dela se juntam às minhas, arrancando o couro para que ele se liberte do metal.

Beijo seu pescoço, seu peito e passo uma das mãos sobre um seio. Norah arqueia o corpo na minha direção, gemendo alto ao sentir minha outra mão deslizar por seu quadril e entrar em sua calcinha, sentindo a abertura entre suas pernas.

Ela está molhada, quente e macia, e sinto um calafrio impetuoso percorrer minha coluna. *Deus, preciso tanto dela.*

Desesperada para sentir mais pele na pele, Norah segura a bainha da própria blusa e começa a erguê-la pela cabeça, mas fica paralisada quando dois faróis de luz passam sobre a casa à nossa direita.

Merda.

— Breezy chegou — murmuro, minha voz trêmula.

— Ai, meu Deus — resmunga Norah, deixando a cabeça cair sobre a grama coberta pelo cobertor com um baque. Sei bem como ela se sente.

Triste, ansiosa e completamente insatisfeita.

— Bennett, já não aguento mais essas interrupções — sussurra ela enquanto eu a ajudo a se vestir, e deixo escapar uma risada baixa.

Nem me fale, querida.

Depois que ambos nos vestimos e terminamos de arrumar tudo, ergo o olhar para Cassiopeia e rezo para termos um dia bom amanhã.

Se tudo correr bem, vamos precisar de amigos e familiares solidários, tempo bom e um dia animado para Summer. E, sem querer abusar da sorte, talvez eu consiga ver a saia de uma certa pessoa em volta dos ombros.

34

Terça-feira, 31 de agosto

Norah

— Norah, eu digo isso com todo o amor do mundo... mas que *merda* você estava pensando?

As mãos da Josie estão tremendo e seu peito está todo sarapintado de vermelho. Quando eu a acordei esta manhã para pedir ajuda com os retoques finais do “grande casamento”, mantive em segredo um dos detalhes mais óbvios. Porque, veja bem, Josie Ellis é a futura noiva desta festa.

Ao que parece, um casamento é um daqueles eventos que é difícil de apenas “organizar”. É preciso ter uma noiva, um noivo e convidados. Por um brevíssimo momento, considerei a ideia de Bennett e eu fingirmos ser o casal a completar suas núpcias, mas as consequências de ter o pai de uma garotinha à beira da morte se casando com uma mulher que acabou de conhecer forçaria demais o meu código moral.

Josie olha para o vestido nova-iorquino que peguei em uma das caixas que ainda não tinha desempacotado e que a convenci a vestir: um modelo de seda branca, com corte em trapézio e flores cor-de-rosa vívidas costuradas na bainha. Depois, ela me lança um olhar assassino. Acho que, quando saímos de casa esta manhã, pensou que iria como convidada, como o resto de nós.

— Eu estava pensando que tem uma garotinha triste, assustada e doente que deseja de todo o coração assistir a um casamento hoje, mesmo que seja falso. Não conheço quase ninguém por aqui, então pensei que você podia interpretar a noiva.

— Ah. Entendi. Você pensou que eu podia *interpretar* a noiva. Do *Clay*. Ficou louca?

Eu me retraio.

— Bom, tecnicamente, Bennett e eu não contamos um para o outro nossas escolhas de noivos. Mas, agora que isso aconteceu, acho que faz sentido, por causa da amizade deles e tudo o mais.

Esta tarde, quando vi Clay usando o terno que aluguei para o noivo, percebi minha gafe. Porém, como tem uma multidão e uma Summer toda animada e arrumada esperando o casamento começar, é meio tarde demais para consertar esse erro.

— Já me casei com esse homem uma vez, e não acabou bem — retruca Josie. — Eu teria que estar completamente louca pra casar de novo!

— Não é de verdade, Jose — digo, tentando tranquilizá-la. — Breezy encontrou um juiz de paz falso na internet. Você não vai de fato se casar com ele. Isso tudo é tão real quanto uma garotinha brincando de faz de conta no quarto.

Josie deixar escapar um grunhido e bate o pé. Fico ali, parada, esperando, os olhos arregalados, torcendo para que não me dê um soco. Por sorte, ela desconta sua raiva ao arrancar da minha mão o buquê que foi doado pela Floricultura da Fran.

— Você me deve uma. Me deve tanto que nem sei o que vou cobrar. Mas vai ser algo grande. Maior do que este país inteiro, está me entendendo?

Confirmo, em silêncio, com medo de adotar qualquer outra estratégia e acabar morrendo. Continuo sem saber o que aconteceu entre ela e Clay, mas com certeza sei que esta não é a hora de tentar descobrir. Agora é o momento de controlar os danos, e minha única prioridade é fazer esta noiva falsa caminhar até o altar sem arrancar meus olhos.

— Vamos acabar logo com isso — resmunga ela, virando-se para encarar o altar e me empurrando por detrás da cortina da tenda que Breezy e Earl montaram na noite anterior, na praça da cidade. Graças ao empurrão, eu tropeço no tecido e acabo girando e oscilando pelo corredor como um Jack Sparrow bêbado.

Por sorte, recupero o equilíbrio sem precisar começar esse casamento interpretando a dama de honra de vestido cor-de-rosa que cai de cara no chão.

Sorrio e cumprimento a multidão de moradores da cidade enquanto caminho até o altar, onde Summer está esperando em sua cadeira. Ela usa um vestido cor-de-rosa elegante, igual ao meu, com uma bolsinha cor-de-rosa combinando, pendurada no braço da cadeira de rodas. Está esperando para ser a outra dama de honra nesta pequena celebração.

Bennett está ao lado de Clay, o noivo falso, que, pelo que estou reparando, parece muito mais animado com esta história que a minha irmã. Seus olhos estão quase fechados por causa do tamanho de seu sorriso. Clay está olhando para o corredor, parecendo um homem ansioso à espera de sua noiva.

Apesar de tudo, não demora muito até eu sentir que valeu a pena. Cada ligação, cada favor que pedi, cada perigo que corri perto de Josie.

Quando a marcha nupcial começa a tocar, o sorriso de Summer é maior do que as ameaças da minha irmã, e uma lágrima de felicidade reluz em seus olhos azuis perfeitos.

Os convidados se levantam e Josie caminha até o altar, um sorriso doloroso e forçado aberto em seu rosto. O xerife Peeler a acompanha, uma surpresa agradável e inesperada da parte desse velho ranzinza. Clay está balançando o corpo para frente e para trás. Summer encara a noiva, mas eu não consigo desviar o olhar do noivo.

É assustador, mas ele não parece um homem interpretando um papel.

Começo a me preocupar, achando que cometi um erro, e olho na direção de Bennett procurando alguma indicação de que vou precisar interferir. Mas quando ele encontra meus olhos e prende minha atenção, o calor de tudo aquilo que não conseguimos terminar na noite anterior está bem ali, explícito em sua expressão séria, e esqueço do possível problema, perdendo de leve os sentidos.

Hoje, aqui, neste casamento que ele me ajudou a preparar só para realizar o desejo de sua doce filha, Bennett está mais bonito que nunca.

Seus olhos brilham e os lábios se erguem em um sorriso fixo. Com terno todo preto e camisa e gravata também pretas, combinando, ele está muito charmoso.

É. Ainda quero subir neste homem como se fosse uma árvore.

É difícil, mas desvio o olhar quando a marcha nupcial termina e o xerife Pete entrega Josie para Clay. Minha irmã para por um longo momento, depois deixa escapar um suspiro profundo e pega a mão estendida de Clay.

Ele a ajuda a subir o degrau. Eu viro a cadeira de Summer e a recuo um pouco, para que ela possa assistir à cerimônia de um lugar onde consiga ver o rosto dos dois.

O juiz de paz falso que Breezy contratou começa a discursar como esperado, com um sentimento amplo e caloroso de agradecimento a todos que vieram. Depois, segue para os detalhes.

— Josie, você aceita Clay como seu legítimo esposo, para amá-lo e respeitá-lo, na saúde e na doença, até que a morte os separe?

O silêncio se torna pesado, e Josie cerra os dentes e vira a cabeça a fim de olhar para mim.

Evito olhar para ela, procurando qualquer outra coisa em que me concentrar: o chão, o céu, um pássaro que passa voando e então Summer, cujo sorriso quase toma conta de seu rosto inteiro.

Por favor, Josie. Só diga "aceito". Repito o pedido mentalmente enquanto os segundos passam, encarando o tempo todo meus saltos cor-de-rosa.

Depois de um minuto inteiro e de o juiz de paz, Clay *e* Bennett pigarrearem, Josie finalmente responde:

— Tá. Sim. Aceito. Tanto faz.

É uma resposta baixa e agonizante, mas é o bastante para que o casamento falso avance. *Graças a Deus.*

Sou obrigada a morder o lábio para me impedir de cair na risada, mas Eileen Martin não se dá ao mesmo trabalho. Dá para ouvir suas risadinhas vindo da fileira de trás.

— E você, Clay, aceita Josie como sua legítima esposa, para amá-la e respeitá-la, na saúde e na doença, até que a morte os separe?

— Aceito — declara ele, a voz firme e forte, muito mais alta que a da minha irmã. — Já fiz isso antes, e farei de novo todos os dias da minha vida.

Essa não.

— Ótimo. — O juiz de paz abre um sorriso nervoso, mas ainda assim um sorriso. Com certeza, também deve estar começando a se preocupar com a raiva que emana em ondas do rosto rígido de Josie. — Então, cadê as alianças? Temos alianças?

Bennett tira do bolso os anéis que compramos na loja de penhores de Peggy Samuel e os entrega para Clay.

— Maravilha — comenta o juiz de paz. — Vamos trocar as alianças e os votos. Clay, por que você não começa desta vez?

Clay segura a mão de Josie e a aperta, ignorando completamente as tentativas dela de puxá-la de volta.

— Josie Ellis, meu coração, minha alma, minha vida. Sempre vou te amar. Sei que passamos por muitos altos e baixos, e que eu cometi vários erros, mas você é, sem dúvidas, a mulher certa pra mim.

Tá, minha nossa. Não é um bom começo para votos falsos que não deveriam causar ondas de raiva. Esse começo está mais para um tsunami, como nunca vi igual.

— Sempre soube que renovaríamos os nossos votos algum dia, mas também imaginei que você gostaria um pouco mais de mim do que neste momento.

— Renovar nossos votos? Clay, somos divorciados! Não tem nada pra *renovar*! — exclama Josie, perdendo os últimos resquícios de sua fachada.

A situação está saindo um pouco dos trilhos, então dou um passo à frente e fico ao lado da minha irmã, pronta para puxar de sua mão a faca secreta que ela deve estar carregando, se for necessário.

A única coisa boa é que a alegria de Summer ainda está estampada vividamente em seu rostinho, os olhos pulando de Josie para Clay como uma bolinha de pingue-pongue que não quer perder nada.

— Na verdade, Josie, não estamos divorciados. Não oficialmente.

A multidão arqueja alto, o que me impede de ouvir minha própria surpresa.

— O quê?! — grita Josie. — Como assim, não estamos divorciados oficialmente?

— Nunca assinei aquela papelada — explica Clay, e eu começo a temer pela vida dele. — Você e eu ainda somos casados, e quer saber? Não me arrependo.

— Você... não assinou os papéis? — A voz de Josie atinge um agudo perigoso, subindo a um nível que apenas os cães conseguiriam ouvir no final.

— Não, querida. Porque, apesar de você estar sempre gritando, eu ainda te amo. Então, faria tudo de novo!

Num piscar de olhos, Josie avança, as mãos indo direto para a garganta de Clay em um toque nada gentil.

Pulo na direção dela, segurando seus braços enquanto eles tentam arrancar os órgãos vitais de Clay. Bennett agarra o amigo e também o puxa para trás. O xerife Pete e Breezy vêm correndo para ajudar quando começo a perder o controle.

Metade da cidade permanece sentada, rindo e assistindo a este show de horrores, e a outra metade vai embora, certa de que já cumpriu sua obrigação ao ajudar com esse pequeno favor.

Josie se desvencilha de mim, se libertando do meu aperto com uma força sobre-humana, e sai correndo para o CAFEÍNA. Começo a segui-la, é óbvio, mesmo sabendo que isso significa ir ao encontro do meu próprio homicídio, mas Breezy me impede, segurando meu cotovelo com um toque gentil e carinhoso.

— Por que você não fica aqui? Vou lá ver se ela está bem e, sei lá, acalmá-la um pouco.

Mordo o lábio, lutando comigo mesma para decidir o que é melhor. É lógico que não quero morrer, mas, se eu não for ver como ela está, vai parecer o tipo de indiferença que Josie pode não perdoar.

— Prometo que vou dizer a Josie que você quer saber como ela está — acrescenta Breezy, adivinhando meu dilema. Juro que ela é uma das mulheres mais inteligentes que já conheci, e demonstrou isso desde o momento em que chegou na semana anterior.

— Tá. Mas, por favor, vem me buscar se...

Breezy assente antes que eu possa terminar e aperta minha mão com carinho.

— Você cuida do meu irmão e da minha sobrinha. Vou cuidar da sua irmã. — Depois de abrir um sorriso curto para mim, ela vai embora depressa, saindo da praça e descendo a rua em direção à cafeteria da minha irmã. Bennett e Clay estão numa discussão intensa sobre o comportamento exagerado de Clay. De seu lugar, Summer observa as pessoas se aglomerarem e se dispersarem ao seu redor.

Decido ver primeiro como ela está, já que Summer está basicamente indefesa no meio deste caos, mas fico chocada ao descobrir que nossa menina está mais do que bem.

Seus olhos brilham, as bochechas estão coradas e ela começa a tagarelar tão rápido que parece até eu.

— Ai, meu Deus, Norah, essa foi a melhor coisa que já vi! Foi muito melhor do que eu imaginei! Tanto drama, tanta animação! Todos os casamentos são assim?

Acabo me engasgando com a minha própria risada.

— Não, querida. Não mesmo. Casamentos *não* costumam ser assim.

— Bom, deveriam! — afirma ela. — Isso. Foi. Incrível! — A empolgação dela a faz parar, as palavras se misturando em uma tosse ininterrupta e que não a deixa respirar.

Pego a máscara de oxigênio do tanque e troco com o tubo em seu nariz, encorajando-a a respirar fundo a fim de conseguir recuperar o controle. Bennett e Clay aparecem na mesma hora. A discussão deles já não é mais prioridade.

Bennett se agacha para conferir a pulsação de Summer, seus olhos cortando o ar entre nós ao encontrar os meus. Confirmo com a cabeça.

É hora de levar Summer para casa.

— Vamos, Abelhinha — diz Bennett, com gentileza, afastando uma mecha solta do cabelo dela de seus olhos marejados. Summer assente, devagar, e toda aquela força que parecia ter um minuto antes desaparece.

Clay, o babaca, ao menos reconhece o que está acontecendo e sugere:

— Vou cuidar da limpeza e da arrumação por aqui. Podem ir pra casa.

Lanço um olhar furioso para ele, ajeito a bainha do meu vestido e sigo atrás de Bennett e Summer até a picape. Assim que a colocamos em segurança dentro do carro, ofereço minha companhia a Bennett. Não quero presumir que ele deseja minha presença sempre, ainda mais se preferir passar um tempo sozinho com Summer.

— Você... quer que eu vá com vocês? Vou no meu carro, é claro, mas também posso ficar aqui e ajudar o Clay, se você preferir...

— Não. Quero que você venha junto — interrompe Bennett. — Quero que venha junto, e tenho certeza de que a Summer também quer.

— Não quero passar do limite, Ben. Posso...

— Norah, entra no carro.

Deixando nossa discussão de lado, assim como o fato de que estamos em um lugar público, fico na ponta dos pés e dou um beijo em seus lábios. Rápido, suave... apenas um selinho. Mas a sensação de seus dedos apertando meu quadril é suficiente para me dizer que ele gostou.

Dou uma corridinha até o Civic, estacionado ao lado da picape dele. Bennett entra no próprio carro e dá a partida. Quando tem certeza de que estou pronta para segui-lo, arranca com a picape, e eu saio da minha vaga atrás dele. Juntos, chegamos à casa deles em dez minutos. Summer já está dormindo. Bennett pega o corpo delicado dela no colo e eu pego o tanque de oxigênio em silêncio, acompanhando-o até a casa.

Charlie também já chegou, e está esperando na cozinha quando entramos. Ao dar uma boa olhada em Summer, o rosto sério dela se transforma com um toque suave de compaixão.

— Foi tudo aquilo que ela esperava?

— Foi bem mais que isso — murmura Bennett, entrando no quarto de Summer.

— Parece que deu uma boa história. — Charlie sorri para mim enquanto prendo o tanque de oxigênio atrás da cama. — Mal posso esperar pra ouvir os detalhes.

— Foi um casamento e tanto.

— É — resmunga Bennett. — Posso esperar um ou dois dias antes de reviver tudo o que aconteceu.

Mordo o lábio para esconder meu sorriso. Charlie, porém, cai na risada.

— Puxa, agora mal posso esperar pra saber de tudo.

— Tenho certeza de que Summer vai tagarelar sem parar sobre a festa quando acordar — diz Bennett, sentando-se na beirada da cama. Summer dorme profundamente, e ele segura sua mãozinha relaxada. Com a outra mão, ajeita os lençóis e a manta, garantindo que tudo a esteja envolvendo do jeito certo.

Aproveito o momento tranquilo para recuar até um canto do quarto e mandar uma mensagem para a única pessoa em quem não parei de pensar desde que entrei em seu carro e dirigi até aqui.

A culpa pesa no meu peito quando aperto enviar.

Eu: Você está bem? Sei que sou a última pessoa na face da Terra com quem quer conversar agora... bom, além do idiota que não deve ser nomeado. Eu só queria pedir desculpas, Josie. Sinto muito, muito mesmo, pelo que aconteceu. Juro que não fazia IDEIA de que Clay seria o noivo escolhido. Só descobri hoje à tarde. Também não sabia que ele seria um imbecil completo. Por favor, não me odeie. Amo você.

Quase deixo o celular cair quando uma mensagem o faz vibrar em minhas mãos.

Josie: Eu não te odeio.

Eu: Jura? Porque me sinto uma verdadeira idiota por ter te colocado naquela situação.

Josie: Juro.

Eu: A Breezy ainda tá com você?

Josie: Sim. Ela trouxe uma garrafa de vinho pra me distrair e eu não matar o Clay.

Ainda bem que Breezy é esperta.

Pelas respostas curtas de Josie, dá para perceber que ela ainda não está pronta para conversar sobre a revelação de Clay. Sem dúvida, precisa de tempo para compreender a miríade de emoções que deve estar sentindo neste momento.

E tenho certeza de que uma parte dela ainda deve estar brava comigo, mas tudo bem. Posso lidar com essa possibilidade, desde que Josie não me deixe completamente de fora. Já fizemos isso uma vez, durante muitos anos, e não quero repetir nunca mais. A Josie significa muito para mim. Agora, é a única família que tenho. *Além de Bennett e Summer.*

É engraçado, mas esse pensamento não me assusta. Só me faz mandar mais uma mensagem para a minha irmã.

Eu: Só pra você saber: Summer ganhou o dia por sua causa. Acho que nunca vi aquela garotinha tão feliz. Ela disse, com todas as letras: "Essa foi a melhor coisa que já vi!"

Josie: Fico feliz por pelo menos alguma coisa boa ter saído disso tudo. Dê um beijo nela por mim.

Eu: Pode deixar.

A voz de Charlie volta a atrair minha atenção:

— Ben, que tal eu ficar aqui com Summer enquanto ela dorme? Eu te aviso se houver alguma mudança ou se ela acordar.

Bennett concorda, beijando a mão e a bochecha de Summer mais uma vez antes de se levantar. Ele se afasta e eu me aproximo, dando dois beijos na testa dela e afastando seu cabelo do rosto.

— Durma bem, minha menininha.

Charlie se senta na cadeira ao lado da cama de Summer, e Bennett e eu saímos para o corredor, fechando a porta atrás de nós.

Estou feliz de estar aqui, mas parte de mim gostaria de ter passado primeiro em casa, para tomar um banho e trocar de roupa.

Sem dizer nada, Bennett pega a minha mão e caminhamos pelo corredor. Imagino que ele irá para a cozinha ou a sala de estar, ou até mesmo para o quintal em busca de ar fresco, mas, em vez disso, entramos ainda mais na casa antiga de fazenda, indo direto ao quarto branco dele.

— Bennett, o que estamos...?

— Não sei você, mas eu quero muito tomar um banho.

Bufo de leve, surpresa.

— É. Um banho parece uma boa ideia. Você quer ir primeiro, ou quer que eu...

— Quero que a gente tome junto — interrompe ele, me puxando para seus braços e fazendo a gente entrar no quarto de costas. Ele fecha e tranca a porta do quarto.

— Ben...

— Não quero ficar sozinho, mas mais que isso, quero ficar com você.

— Eu também quero ficar com você. — Não sei por quanto tempo ansiei, desejei e sonhei com como seria estar *de verdade* com Bennett Bishop, mas, cacete, já perdi a paciência. Já perdi a determinação. Já perdi tudo exceto o desejo intenso e pulsante que sinto por ele.

O som do zíper do meu vestido deslizando pelas minhas costas é a única resposta audível que Bennett me dá. E a única que eu preciso.

Ele vai me conduzindo de costas, tirando as alças do vestido dos meus ombros até que ele cai no chão, aos meus pés titubeantes. Passamos por cima da roupa, o calor do corpo de Bennett se misturando ao do meu enquanto ele me leva até o banheiro. Os quatro primeiros botões de sua camisa estão abertos, e meu sutiã de renda roça os pelos de seu peito bronzeado.

O silêncio deixa tudo mais sensual. Minha respiração pesada e nossos corações acelerados criam a trilha sonora deste momento.

A boca de Bennett encontra a minha antes mesmo de entrarmos no chuveiro, e não demora muito até nossas línguas também se encontrarem. Não me dou ao trabalho de impedi-lo, e não impeço minhas costas de se arquearem em direção ao corpo dele.

A sensação de tê-lo perto é tão boa, real e viril que mal consigo aguentar. As mãos dele são gentis, mas sua pele é calejada pelo trabalho, pela vida e pela experiência. É confiante, mas não convencido, e a palavra "pressa" não consta em seu vocabulário.

Eu me sinto a criatura mais fascinante do mundo quando ele acaricia a pele do meu peito e do pescoço, além das curvas onde a carne encontra o osso.

Bennett para por um breve instante, esticando a mão e abrindo o chuveiro, mas, quando se volta para mim, coloca as mãos em meu rosto, como se me reverenciasse. Seus movimentos são calmos e calculados quando ele beija minha bochecha, meu nariz e depois minhas pálpebras fechadas. Deixo escapar um arquejo, o que faz meu pescoço relaxar e minha cabeça pender para trás.

Bennett solta meu sutiã com facilidade, os dedos de artista ágeis quando necessário. Ao deslizar a peça de roupa pelos meus ombros, sinto o ar frio do banheiro aberto atingir meus seios, e meus mamilos enrijecem e roçam seu peito.

— Você é tão perfeita — diz Bennett, a voz repleta de admiração. Imagino que esteja falando do meu corpo, dada a natureza do momento, mas quando continua falando, o verdadeiro significado das palavras atinge em cheio o meu coração. — Desculpe por ter levado tanto tempo pra perceber isso. Desculpe por ter te tratado tão mal. Mas, acima de tudo, desculpe por ter pensado que seria uma má ideia conhecer você... deixar você entrar na minha vida.

Minha respiração está tão trêmula que sei que é uma questão de tempo até eu perder o fôlego.

— Você mudou nossas vidas, Norah. E mudou para melhor.

— Sinto o mesmo em relação a você — sussurro, pois é só o que consigo fazer. — Sabe as coisas que antes eu achava que importavam? Não significam nada. Sabe tudo o que eu deveria ter dito? Vou me certificar de falar daqui pra frente.

Bennett segura meu quadril com uma das mãos e meu rosto com a outra, selando nossos lábios com um beijo do qual vou me lembrar pro resto da vida. Tem paixão, dor e todas as emoções fortes que a vida tem a oferecer. Estamos entrelaçados quando ele dá um passo em direção à água, e minha calcinha desaparece com um puxão.

Meu peito sobe e desce com a respiração pesada, e a sensação de cada músculo de Bennett contra o meu corpo me faz lembrar a primeira e única vez que usei este chuveiro.

— Da última vez que eu tomei banho aqui — murmuro, baixinho —, fiquei tão perdida pensando em você que me fiz gozar.

O grunhido de aprovação de Bennett percorre meu corpo inteiro quando ele me ergue em seus braços. Envolvo sua cintura com as pernas. Não sei ao certo em que momento ele tirou a calça, mas posso garantir que ela desapareceu ao sentir seu pau entre as minhas pernas.

Devagar, mas com firmeza, ele o empurra até estar completamente dentro de mim. Meu corpo inteiro estremece diante da perfeição do nosso encaixe, diante da perfeição deste momento.

Determinada a não reprimir as palavras, digo aquilo que assusta e paralisa milhares de homens todos os dias. Aquilo que eu deveria ter dito desde o começo, mas só percebi agora. Antes, éramos inimigos, mas este sentimento era a raiz de tudo.

— Eu te amo, Bennett. — Ele e Summer. Amo os dois.

Ele não hesita ao ouvir as palavras. Não para de me tocar, de me acariciar, movendo seu pau dentro de mim.

— Também amo você, Norah. Te amo, apesar de tentar fazer o impossível para não amar.

Agora entendo, em um nível mais profundo e de uma maneira que nunca entendi antes. Não foi por causa da personalidade de Thomas, ou da carta, ou de nenhuma das outras razões óbvias que não consegui ver o rosto dele no dia do casamento.

Eu não consegui porque procurar seu rosto na minha mente foi o primeiro erro.

Quando algo é certo, você não precisa procurar.

Não se encontra o amor. É ele que encontra você.

35

Quarta-feira, 1 de setembro

BENNETT

Norah está dormindo, ressonando e vestindo minha camiseta quando dou um beijo em seu ombro. Saio do quarto e fecho a porta atrás de mim.

Os raios do sol matinal ressaltam o piso de madeira do corredor enquanto caminho até o quarto de Summer primeiro. Abro uma fresta na porta e minha presença faz Charlie ficar de pé num pulo. Ela sai de perto da minha filha e vem até mim, o rosto mascarando notícias que sei que não estou preparado para ouvir.

— Ela ainda está dormindo? — pergunto, sentindo minha garganta se fechar.

Charlie assente.

— Desde a tarde de ontem, quando acordou pra ver a sua irmã.

Depois que voltamos do casamento, e depois que Norah e eu fizemos amor, Breezy chegou em casa e preparamos um pouco de frango grelhado. Summer acordou bem na hora em que tudo ficou pronto, embora estivesse sem apetite para a comida e só tenha ficado acordada o suficiente para conversar com Breezy por dez minutos. Achei que acordaria em algum momento durante a noite, mas, pelo jeito, o corpinho dela está muito mais cansado do que imaginei.

Confirmo com a cabeça, mas é um movimento travado.

— Vou só preparar um café e venho sentar com ela. Você pode ir pra casa se precisar, ou descansar um pouco no quarto de hóspedes… o que preferir.

— Vou ficar.

— Obrigado, Charlie. — Desde que voltamos da estadia de Summer no hospital em Burlington, Charlie pegou quase todos os turnos das enfermeiras. Até mesmo os noturnos, que as enfermeiras da agência costumavam preencher para Charlie tirar uma folga.

Ela faz questão de ficar ao lado de Summer o máximo que pode, mesmo dormindo no quarto de hóspedes na maioria das noites. E fico muito grato por isso, mesmo que seja uma atitude egoísta.

Charlie aperta o meu braço antes de voltar para Summer, e eu vou para a cozinha pensando no café.

Estou, ao mesmo tempo, esgotado e relaxado, e sei que esta tranquilidade é por causa da mulher em minha cama.

Levo um susto de leve quando uma voz na cozinha me cumprimenta na entrada.

— Ora, bom dia.

Um jornal farfalha e é dobrado, revelando minha irmã, sentada à mesa com um sorrisinho no rosto e uma xícara de café já na mão. Vestida com seu típico estilo Breezy, hoje ela está usando o que presumo ser uma calça jeans de um estilista caríssimo e uma camisa branca de botões. Até seu cabelo preto, com um corte Chanel, está perfeitamente penteado.

— Bom dia. Não sabia que você já estava acordada.

— Não dormi direito. — Ela olha para mim de propósito, os lábios ainda curvados em um sorrisinho. — Se está procurando cafeína, já preparei uma garrafa. Imaginei que não seria a única que dormiu pouco.

Reviro os olhos.

— Pega leve, Breezy.

Ela cai na risada.

— Ah, fala sério, Ben. Não sou cega. E, mesmo se fosse, tenho dois ouvidos. O quarto que você me ofereceu com tanta gentileza fica bem ao lado do seu.

— Imagino que agora você vai me dizer um monte de merda, né?

Ela balança a cabeça, surpreendendo-me, e franze os lábios.

— Na verdade, não. Gosto dela. Norah é inteligente. Engraçada. Divertida de um jeito que eu e você jamais seremos. E trata a sua filha como se o mundo girasse em volta dela.

Sou obrigado a olhar para o chão, a fim de impedir a onda de emoção de chegar aos meus olhos.

— No fim das contas, ela também é uma ótima assistente. Tudo que é seu está em ordem.

— Eu não esperava — admito baixinho. — Mas amo a Norah.

— Eu sei — diz Breezy, assentindo. — Dá pra ver. Nós, as poucas garotas que temos a sorte de saber o que significa sermos amadas por Bennett Bishop, conhecemos esse olhar.

Paro um instante. Minha irmã é realmente uma pessoa maravilhosa.

— Breeze, desculpe por todo o...

Uma batida na porta da frente me interrompe, e ergo as sobrancelhas.

— Quem será?

Breezy se levanta, indo até a porta junto comigo.

— Talvez seja a Josie procurando pela Norah? Ela estava bem quando a deixei ontem, mas, porra, aquela mulher tem uma história e tanto com o cara com quem vocês tentaram casá-la de mentirinha.

Mas quando abro a porta, não é a Josie. É o xerife Peeler, e nunca vi seu rosto tão triste quanto neste momento.

— Bennett — cumprimenta ele, depois olha para Breezy. — Senhora.

— O que houve, Pete? — Meu estômago se revira com a sensação de que ele não está aqui para uma conversa amigável.

— Acho que é melhor você vir até a delegacia, Ben. Precisamos conversar sobre umas coisas.

— Prefiro não sair daqui, Pete. Summer está... — Balanço a cabeça e engulo em seco. — Prefiro não sair daqui.

O rosto de Pete fica desolado.

— Sinto muito, Ben. Sinto mesmo. Mas... a parte sobre você ir até a delegacia, bom, não é bem uma opção.

— Que porra tá acontecendo? — pergunta Breezy, seu lado irritado e nova-iorquino tomando a minha defesa. — O meu irmão está preso?

— Sim, senhora. Infelizmente, sim. Parece que alguém em Nova York não ficou satisfeito e quer causar mais estragos.

Aquele filho da puta do *Thomas Conrad Michael King III*. Sabia que ele não ia perder tempo.

Merda.

— Posso pelo menos me vestir?

Pete franze a testa.

— Sinto muito, Ben, de verdade. Mas mal consegui segurar eles pra que não viessem até a sua casa comigo. Quanto antes chegarmos à delegacia, melhor.

— Não diga nada, Bennett — ordena Breezy, o dedo em meu rosto enquanto calço o par de sapatos mais perto de mim. — Nenhuma palavra. Vou garantir que nosso advogado esteja no próximo voo pra cá.

E o que mais eu posso fazer agora?

— Cuide da Summer e da Norah — digo, caminhando até Pete. — Se precisar da Charlie, ela ainda está aqui, no quarto de hóspedes.

Breezy assente.

— Não se preocupe, Ben. Vou cuidar de tudo.

Longe de ser a primeira vez na minha vida, estou muito agradecido pela minha irmã mais velha e por ela ter tanta coragem.

O xerife Peeler anda atrás de mim até a viatura e me coloca no banco de trás, a mão gentil no topo da minha cabeça. Ele também entra e dá a partida. Mas antes de o carro começar a andar, o xerife joga um par de algemas pelo pequeno buraco entre nós.

— Só... coloca isso daí quando a gente estiver chegando. Vai ser mais fácil se eles não reclamarem.

— Meu Deus, Pete, quem diabos aquele imbecil envolveu nesta história?

Pete estremece. Eu me recosto no banco, sem conseguir acreditar. Quando nos afastamos da casa, olho para trás, bem a tempo de ver Norah sair correndo pela porta da frente, vestindo apenas a minha camiseta. Breezy passa um dos braços pelos ombros dela e a abraça. Pela segunda vez desde que nos conhecemos, eu me afasto no banco de trás de uma viatura enquanto Norah assiste à cena.

A única diferença é que, agora, sei que ela vale a pena.

36

Bennett

Com as mãos algemadas à minha frente, caminho do estacionamento até a delegacia com a mão de Pete sobre meu ombro. Não penso em nada nem olho em volta, preferindo gastar o tempo alimentando figurativamente o fogo que cresce dentro de mim.

Em um dia bom, eu estaria puto com toda esta merda, mas hoje não é um dia bom. O tempo de Summer está diminuindo a cada minuto, e Norah e eu mal tivemos a chance de respirar desde que dissemos "eu te amo" um para o outro.

Quero estar na minha casa, com as minhas meninas, garantindo que estou fazendo todo o possível para que se sintam amadas.

Mas não é lá que estou, e tudo por causa daquele filho da puta que se atreveu a pensar que era bom o bastante para alguém como Norah Ellis.

Com o estômago queimando e a garganta fechada, atravesso o corredor principal da delegacia e dou a volta no pequeno saguão junto ao xerife. Na mesma hora, reconheço as costas de Thomas Conrad Michael King III.

Calças pretas e uma camisa xadrez cinza bem passada camuflam seu caráter totalmente imoral, mas conheço o tipo dele, e conheço bem. A verdade é que eu costumava ser uma versão de quem ele é: rico, metido e indiferente às outras pessoas e ao bem-estar delas. Mas não sou mais assim. Deixei aquele homem para trás há muito tempo; agora, eu nem reconheceria essas partes de mim mesmo.

Uma mulher vestida com elegância, de estatura pequena, porém arrogante, está parada ao lado de Thomas, as unhas vermelhas envolvendo o ombro dele com orgulho. Há uma agitação enquanto todos se viram animados para acompanhar a minha chegada vergonhosa. Quando todos ficam de frente para mim, descubro na mesma hora quem é a mulher.

A similaridade entre elas é inegável, mesmo com aquela expressão amarga no rosto. É Eleanor Ellis, mãe da Norah e da Josie. É um verdadeiro mistério como duas mulheres tão maravilhosas quanto elas podem ser filhas de alguém tão venenosa

Sentindo que não tenho muito mais a perder, abro a boca para perguntar a Thomas se ele está aqui para levar outra surra, mas o xerife Peeler me impede com um puxão no ombro, balançando a cabeça.

— Seja esperto, Ben — sussurra ele.

Não quero ser esperto, porra. Quero cair matando em cima destes imbecis com todas as minhas forças. Normalmente, jamais consideraria bater em uma dama, mas, depois das histórias que ouvi, Eleanor Ellis está tão distante desse título que nem conta.

Deixo escapar um suspiro pesado, mas obediente, mantendo a boca fechada para que eu possa voltar para a minha filha o mais rápido possível.

Ter esses momentos finais ao lado dela roubados de mim é pior que qualquer golpe ao meu ego.

O xerife Peeler continua andando, passando por Thomas e Eleanor e indo direto para o escritório dele, o que me surpreende bastante. Eu esperava algum tipo de confronto ou, pelo menos, que a dupla ali atrás tentasse mostrar as garras.

Mas, no fim das contas, eles são deixados para trás, de mãos abanando.

Pete abre a porta do escritório, revelando as costas de uma mulher loira e um homem de terno. O homem, que não reconheço, fica de pé ao me ver entrar e dá um tapinha no ombro da mulher para chamar sua atenção. O primeiro vislumbre de seu rosto faz meu mundo virar de cabeça para baixo.

Não acredito.

— Jessica?

Ela balança a cabeça ao olhar para mim, a boca se erguendo de aversão.

— Ora, ora, Ben, você mudou bastante. Está sem dinheiro ou o quê?

Minha raiva aumenta.

— Eu deveria te perguntar a mesma coisa, Jess. Porque só pode ser por isso que você está aqui... pra implorar por mais. Qual é o problema? Os primeiros vinte e cinco milhões que te dei não foram o suficiente?

Os olhos dela brilham, e seu olhar dispara entre mim e o cara de terno elegante.

— Então você admite? Você me subornou pra que eu abandonasse nossa filha?

— Ben, não responda — aconselha Pete, sentando-se atrás de sua escrivaninha e encarando aquelas duas pessoas. — Olha, eu fiz o que você pediu e trouxe ele até aqui, mas nós não vamos transformar esta situação em um julgamento. Se quer acusar este homem de alguma coisa, faça do jeito certo e leve o caso para o juiz.

Meu corpo inteiro estremece enquanto tento controlar a raiva dentro de mim. A mãe da Norah e aquele filho da puta do ex dela tiveram a coragem de encontrar a Jessica e convencê-la de que seria uma boa ideia arrancar mais dinheiro de mim, ou seja lá o que eles querem, só para terem uma boa vantagem.

Foda-se. Eles não têm nada. Não importa o quanto achem o contrário. E eu com certeza conheço alguém que tem uma vantagem ainda maior sobre eles.

— Pete — digo, mantendo a voz calma para me impedir de gritar. — Ligue pra Norah, por favor. Diga a ela que preciso que venha até aqui com a carta. Diga que preciso que ela faça isso agora. E também... que sinto muito.

— Ben...

— Anda logo, Pete.

O xerife pega o telefone em sua escrivaninha, procura entre os números escritos em sua agenda e começa a discar. Enquanto espero, a consciência do que estou pedindo a Norah pesa sobre meus ombros. Sei que não deveria pedir para ela fazer isso.

Detesto pedir isso a ela.

Meu estômago se revira diante do fato de que estou roubando a escolha de Norah, algo que fizeram com ela sua vida inteira, mas, quando se trata de Summer, também não tenho escolha.

Não tenho tempo para ficar de brincadeira. Não tenho tempo para encarar esta situação de outro jeito. Preciso estar com a minha garotinha, e preciso que este bando de cretinos vá embora.

— Norah, querida, é o Pete... hã... Escuta, preciso que venha até a delegacia. Ben disse que você precisa trazer uma certa carta... Isso... Certo, querida, te vejo em breve.

Quando ele desliga, a expressão de Jessica é de amargura.

— Quem é essa? Sua nova piranha?

O xerife Peeler se levanta e aponta o dedo para mim, já antecipando o pior.

— Ben, não diga nada.

Fecho a boca e suspiro de novo. Está bem claro que Pete está determinado a não me deixar meter os pés pelas mãos. Preciso me lembrar de agradecer a ele depois.

— Olha — diz o homem de terno, falando pela primeira vez —, estamos aqui porque a minha cliente foi coagida, subornada e forçada a assinar um documento no qual cedia seus direitos parentais para que o Sr. Bishop tivesse a guarda total da filha. Naquela época, minha cliente estava desesperada, mas teve bastante tempo para pensar em como foi injustiçada. Além disso, mais tarde, ela me confessou que o Sr. Bishop, na verdade, não é o pai biológico da menina. Gostaríamos de pedir um exame de DNA imedia...

— Que mentira! — grito, perdendo a calma, o conselho do xerife Peeler desaparecendo num piscar de olhos. — Summer é minha filha.

— Bem, se acalme — ordena Pete, dando a volta na escrivaninha e colocando uma das mãos sobre meu peito. Ele empurra meu corpo, fazendo-o girar, e eu olho pelo vidro na metade superior da porta do escritório. Thomas e Eleanor estão sorrindo. — Deixar você irritado é exatamente o que este pessoal quer. A Srta. Norah disse que está vindo com a carta, seja lá o que isso signifique, e disse também que sua irmã está a caminho. É claro que ela deve ter falado com o seu advogado. Então, se acalme, está bem?

— Não estou calmo — rebato, na hora. — Nem um pouco, Pete. O tempo da Summer... está acabando, e eu estou aqui. Você entende?

Pete assente, o movimento mais rápido do que de costume.

— Entendo, Ben.

Com delicadeza, ele me conduz pela porta do escritório e me leva até o outro lado do saguão vazio. Pete puxa uma cadeira e eu me sento, encarando a janela em vez de gastar minha visão preciosa com aqueles palhaços e Jessica, sua fantoche.

O tempo parece demorar uma eternidade para passar, mas, na verdade, o relógio na parede só avança vinte minutos até que eu veja elas chegarem, a poeira levantando do estacionamento de cascalho enquanto Breezy estaciona o carro alugado em uma vaga. A picape de Clay vem logo atrás, os freios derrapando quando ele para. Norah salta do banco do passageiro do carro de Breezy, ainda usando minha camiseta, mas agora vestindo também uma calça. Minha irmã salta do banco do motorista, e Josie do banco traseiro.

Quando Clay sai da própria picape, ele e Josie caminham lado a lado em direção à delegacia, sem demonstrar aquela tensão cheia de raiva de sempre. Na verdade, os quatro parecem ser uma unidade de combate, prontos para me resgatarem juntos.

Acho que ser trazido para a delegacia uniu até mesmo as figuras mais improváveis.

Girando a cadeira, fico de pé e vou em direção a Thomas e Eleanor, pois minha maior preocupação é Norah vê-los aqui. Os olhos de Thomas se arregalam quando me aproximo, e ele recua, esbarrando primeiro em uma mesa e depois numa cadeira vazia.

Sorrio diante do medo dele.

— Xerife! — grita Eleanor, puxando Thomas para o seu lado. — Este detento está se aproximando de nós!

Pete apenas cai na risada.

— Estou vendo, Sra. Ellis.

— Bom, então faça alguma coisa! E é *Sra. Ellis-Prescott*! — Ela abre um sorrisinho como se isso fizesse sentido para Pete, mas os sobrenomes da alta sociedade de Nova York não significam porra nenhuma em Ponte Vermelha.

Pete dá de ombros.

— Ben, um passo pra trás, pode ser?

Suspiro e recuo um pouquinho, bem na hora em que meu grupo de defensores entra depressa no saguão.

Breezy está na linha de frente, seu rosto uma máscara rígida do foda-se nova-iorquino.

— Que merda está acontecendo aqui?

— Thomas... Mãe? — grita Norah assim que os vê. — Isso é coisa *sua*?

Clay vem ficar ao meu lado.

— Tudo bem, cara?

Confirmo com a cabeça.

— Só quero ir pra casa.

Clay dá um tapinha no meu ombro e assente.

— Eu sei.

— Você realmente perdeu a cabeça, Eleanor! — grita Josie, descontrolada. — Está do lado de um *abusador*?

Eleanor bufa.

— Thomas não é nenhum abusador, Josie. Fale sério.

— Estou falando — rebate Josie. — Ele agrediu a Norah, deixou marcas. Quase arrastou ela da minha loja, e teria feito isso se o Bennett não tivesse impedido. Thomas é um merda, e todo mundo sabe disso.

— Pessoal, pessoal — diz Pete, tentando interferir, mas já é tarde demais.

— Ele é muito mais do que isso — interrompe Norah, puxando um envelope de papel-manilha de debaixo do braço. Sua voz está trêmula e nervosa, e odeio saber que eu sou o motivo de ela estar assim. — Tenho evidências aqui de chantagem e coerção, e um bom pressentimento de que houve várias garotas submetidas à força a abortos e outras coisas por causa destes dois.

— De onde diabos você tirou isso? — pergunta Thomas, a voz cheia de raiva.

Norah balança a cabeça.

— Não importa de onde tirei. O que importa é que está comigo. E vou levar isso o mais adiante que a lei permitir, mesmo que isso signifique um julgamento longo e cansativo contra você.

Josie abraça os ombros de Norah para confortá-la. Não é preciso ser muito inteligente para perceber que essa é a última coisa que Norah quer fazer.

Conforme a confusão aumenta, Jessica e seu advogado saem do escritório do xerife. Assim que Breezy a vê, seus olhos se arregalam.

— O que diabos esta mulher está fazendo aqui?

— Estou aqui pela minha filha.

Josie e Clay arquejam. Norah se vira para mim, os olhos cheios de lágrimas.

Breezy, por outro lado, não se deixa abalar.

— Não me venha com esse papo de merda, Jessica Folger. Aquela menina não é sua filha. Seu único papel foi o de dar à luz, e acabou.

— Porque ele me pagou pra ir embora! — grita ela.

— Sim, Bennett te pagou uma quantia generosa, mas não precisou te convencer muito a ir embora, Jess. Nós duas sabemos que você não queria aquele bebê.

— Ela disse que eu não sou o pai biológico de Summer — explico, engasgando de leve e causando outra rodada de arquejos na plateia, o que quase suga todo o oxigênio da delegacia.

Breezy, porém, nem pisca.

— É mesmo? Bom, então ainda bem que fizemos um teste de DNA antes de Bennett sair do estado com a menina.

— Vocês testaram o DNA? — gagueja o advogado, se transformando em um idiota.

— Sim — confirma minha irmã. — Temos o teste de DNA, uma declaração assinada afirmando que o dinheiro não foi suborno, e um documento de custódia também assinado, onde ela transfere todos os direitos sobre Summer para Bennett. Não sei o que você acha que tem, mas garanto que não é merda nenhuma.

— Você assinou uma declaração? — pergunta o advogado para Jessica, os olhos arregalados de incredulidade.

— Eu assinei um monte de coisas, mas fui coagida! — grita Jessica, a plenos pulmões.

— Exatamente! — grita Thomas, e Breezy olha para ele com um olhar assassino.

— Fique fora disso!

Dou uma risadinha, mas não estou achando graça.

— Vai ser difícil ele ficar fora disso, porque foi ele quem convenceu Jess a vir até aqui. Estou certo?

Thomas e Jess ficam em silêncio por um longo momento, e Eleanor decide preenchê-lo.

— Isso tudo é um absurdo. Xerife! É tudo mentira, cada detalhe!

Josie deixa escapar uma gargalhada.

— Não se faça de inocente, mãe. Tem dedo seu nesta história toda.

— Olha, pessoal, depois de tudo o que ouvi, Bennett está liberado — interrompe o xerife Pete, vindo na minha direção para retirar as algemas. — Se houver mais alguma coisa pra resolver, sugiro que entrem com um processo no tribunal adequado.

— Mas que palhaçada! — grita Jessica, apontando para Thomas. — Você disse que eu ia conseguir mais dinheiro! Foi o único motivo pelo qual eu vim até aqui!

O advogado, por outro lado, já está arrumando sua pasta.

Balanço a cabeça diante das besteiras dela e passo a língua sobre os dentes enquanto o xerife Peeler retira as algemas. Massageio de leve meus pulsos doloridos. A única coisa que faz com que eu não me arrependa de ter conhecido Jessica é a filha que ela me deu.

— O dinheiro acabou, Jess — digo, o mais direto possível. — Tudo o que restou foi a filha que você nunca quis. A filha que eu daria *tudo* pra ficar comigo. Então, sugiro que volte pro lugar de onde veio, porque seu único destino na companhia deste cara é a cadeia.

Desde que chegamos aqui, Jessica não pediu nenhuma vez para ver Summer. Nem uma *única* vez. Ela não faz ideia de tudo o que a filha enfrentou. Não faz ideia de que a vida de Summer está por um fio. Jessica não sabe, nem se importa, e a tristeza desta situação me faz agradecer por a minha filha ter vivido sem conhecer esta mulher.

Também me faz agradecer por Norah ter sido a única figura materna que Summer teve na vida.

Procuro por Norah, ignorando a merda que Eleanor e Thomas ainda estão dizendo. Ela está parada em um canto, os ombros caídos, a boca rígida, demonstrando seu desconforto.

Parece destruída, e eu me odeio por ter causado isso. Odeio tê-la arrastado para esta situação. Ter pedido para ela fazer o que fez. Mas não posso mudar nada. A única coisa que posso fazer é dar o fora daqui e ir para o único lugar onde preciso estar. O lugar de onde eu nunca deveria ter sido forçado a sair: o lado da cama de Summer.

Atravesso a multidão.

— Pete, já vou indo.

Ele não me impede.

— Certo, Ben.

— Eu te levo — oferece Clay, tirando logo as chaves do bolso e indo em direção à saída.

Quando me aproximo dela, Norah não consegue me olhar nos olhos. Meu peito queima ao sentir que perdi sua confiança. Paro na frente dela, abaixando a voz até que se torne um sussurro.

— Eu sei que não foi justo o que te pedi pra fazer. Sabia que iria praticamente te destruir. — Os olhos dela encontram os meus. — Mas fiz mesmo assim.

— Eu sei.

Meu Deus, eu não a mereço. Nunca mereci.

Norah observa em silêncio enquanto saio com Clay, mas não olho para trás. Porque o tempo está passando, e todos esses minutos que fiquei aqui na delegacia já me roubaram mais que o suficiente, e nunca vou recuperá-los.

37

Quinta-feira, 2 de setembro

Bennett

Uma música baixinha vem do rádio no canto do quarto, a melodia da estação favorita de Summer tocando só as antigas, dos anos 1950, 1960 e 1970. Sua mão está fraca sob a minha, mas a seguro com firmeza o suficiente para nós dois.

Ela não se mexeu desde antes de eu sair para a delegacia no dia anterior, e sei que isso significa que o tempo está acabando. Seu corpo adorável está cansado e preciso deixá-lo descansar, não importa o quanto eu esteja desesperado para passar mais dias, semanas e anos ao seu lado.

— Eu te amo tanto, minha Abelhinha. — Encosto a cabeça em sua mão e aperto meus olhos vermelhos e cansados a fim de conter a dor esmagadora que sinto ao ouvir o som pesado de sua respiração. — Não quero ficar sem você.

A voz dela é muito baixinha, mas sinto como se tivesse levado um tiro, de tão surpreso que fico ao ouvi-la.

— Você... vai... ficar... bem... papai.

— Summer? Summer, querida, você está acordada? — pergunto depressa, beijando sua mão, a bochecha e a testa. Ela tosse e seus olhos se esforçam para piscar, mas os cantos de sua boca ainda se erguem de leve, mostrando seu sorriso lindo e maravilhoso.

— Por que... você... tá... gritando?

Dou risada.

— Desculpa. Desculpa, Sum. Só pensei...

— Tô... com... sono, papai... — diz ela, lutando para pronunciar cada palavra.

— Eu sei, querida. Sei que está cansada. — Meu rosto se contorce, as lágrimas deslizando por ele o mais silenciosamente possível. — Você tem sido tão forte. — Sinto minha garganta se fechar. — Mas agora está tudo bem. Não precisa mais ser forte. Vou ficar bem.

— Eu... sei, papai...

Enxugo as lágrimas com as costas da mão e tento sorrir para ela.

— Sabe?

— Você... tem... a Norah — diz Summer, tossindo de novo, mal conseguindo recuperar o fôlego. — Ela... deixa... tudo... melhor.

Eu concordo. *É, minha garotinha e eu ficamos perdidamente apaixonados, como suspeitei que aconteceria.* O único problema é que *eu* não deixo as coisas melhores para Norah. Ela merece ser feliz e se sentir segura com alguém em quem possa confiar.

— Sim, querida. Deixa mesmo.

— Quero... ver... ela.

— Tá — concordo, sem hesitar, porque sei que Norah também gostaria de vê-la.

— Charlie! — grito. Demora menos de cinco segundos até Charlie espiar pela porta do quarto e entrar para assumir o meu lugar. Não sei como ela sabe, mas nem preciso pedir que se sente ao lado de Summer, pois já entende que é isso que quero. Depois de mais um beijo, ou dois, ou três, no rosto precioso da minha filha, saio do quarto e vou até a cozinha procurar meu celular.

Breezy está aqui outra vez, e estou quase delirando o suficiente para acreditar que toda aquela história de delegacia foi um pesadelo e Norah ainda está dormindo na minha cama.

— Tudo certo, Ben? — pergunta Breezy, pulando da cadeira quando me vê zanzar de um lado para o outro, tentando entender o que diabos estou fazendo.

— Eu... — Balanço a cabeça. — Summer quer ver a Norah. Estou procurando o meu celular, mas não sei onde está.

— Eu ligo pra ela. Tenho o número — sugere Breezy na mesma hora.

— Ótimo — digo, concordando. Então concordo outra vez. — Talvez seja melhor assim. — Nem sei se Norah quer conversar comigo neste momento. — Diga a ela que... se precisar que eu saia, posso fazer isso.

— Bennett — retruca Breezy, me repreendendo apenas com o tom de sua voz ao dizer o meu nome.

Eu dispenso o argumento com um gesto da mão.

— Não, Breezy. Eu... Só diga isso a ela. Será como Norah quiser. Mas... tem que vir logo.

A boca de Breezy é uma linha rígida e representa tudo o que estou sentindo agora.

As estações estão mudando e nossa bela Summer, nosso verão, está partindo.

38

Norah

A ligação de Breezy foi simples e direta: eu deveria ir logo.

Josie é a única razão pela qual estou usando sapatos, já que saí correndo em direção à porta. Para ser sincera, estou me sentindo mal desde que Bennett saiu da delegacia na tarde do dia anterior.

A expressão em seus olhos enquanto confessava seus supostos pecados era uma janela para as profundezas frias de sua alma sofrida. Não apenas por Summer, mas pela maneira como enxerga a si mesmo e pelo que acha que merece.

Não ligo que Bennett tenha telefonado para mim da delegacia, e não ligo que essa decisão tenha custado meu livre arbítrio. Parece o mínimo que eu podia fazer depois de toda a confusão que causei em sua vida desde que cheguei; além disso, foi por um ótimo motivo.

Como ele poderia esperar que eu amasse um homem disposto a priorizar uma mulher que conheceu há pouco tempo em vez da filha com quem passou a vida inteira enfrentando tantos desafios? Porque, por mais que eu tenha sido a vítima de suas escolhas, eu também venci.

Bennett Bishop é o tipo de homem pelo qual você procura a vida inteira. O tipo de homem que a maioria das mulheres nunca encontra.

Não consigo nem contar quantas vezes nas últimas vinte e quatro horas tive que me impedir de procurá-lo. De aparecer em sua casa e dizer todas as coisas que ele precisa ouvir.

Já chorei com Josie milhões de vezes desde o dia anterior, debatendo comigo mesma sobre o que fazer, mas sei que agora não é o momento de invalidar os sentimentos de Bennett. Ele sente que errou comigo. Perdoá-lo enquanto ele enfrenta os últimos momentos da filha neste mundo seria encarado como um ato de pena ou misericórdia, e também não quero que ele acredite nisso.

Então estou aqui. Em silêncio. Desejando falar com ele, abraçá-lo e encontrar uma maneira de deixar as coisas melhores.

Mas perder uma filha é o tipo de coisa que não tem conserto.

A porta do quarto de Bennett está fechada quando atravesso com cuidado o corredor em direção ao quarto de sua filha. E, ao entrar, apenas Charlie e Summer estão ali.

Charlie abre um sorriso triste quando encontro seus olhos do outro lado do cômodo, e não preciso perguntar por quê. O pequeno peito de Summer sobe e desce em inspirações profundas e trêmulas, e o espaço de tempo entre elas é tão longo que chega a ser alarmante. Seu rosto está pálido e os lábios têm um tom fraquinho de azul. O tubo de oxigênio ainda está no nariz, mas, pelo modo como ela luta para encontrar o oxigênio a cada respiração, imagino que já não esteja ajudando muito.

Charlie pigarreia quando me sento ao lado de Summer na cama e seguro sua mãozinha, desejando que seu corpo lute com um pouco mais de força. Sei que não é certo pedir isso dela, mas não estou pronta para me despedir de Summer.

Charlie pigarreia de novo e, desta vez, me obrigo a erguer o olhar. Ela está segurando um pedaço de papel dobrado e os óculos escuros cor-de-rosa em formato de coração de Summer. Seus olhos estão cheios de lágrimas.

— Ela... ela me pediu pra escrever algumas coisas enquanto esperávamos você chegar. É... é muito difícil pra ela falar agora e, na verdade, não sei se Summer se sentia confiante de que conseguiria.

— Charlie — sussurro, meu coração se partindo.

— Eu sei, querida. Mas você devia ler o bilhete. Talvez até em voz alta. Depois, diga a ela o que achou. Ela vai te escutar.

Concordo depressa, enxugando as lágrimas que abriram caminho pelas minhas bochechas. Agora, não consigo mais as segurar, muito menos controlar a velocidade com que aparecem.

Desdobro o papel e me viro para Summer. Charlie sai pela porta do quarto, fechando-a atrás de si. Bem de leve, para garantir que não a estou machucando, passo meus dedos sobre a pele do braço de Summer, na esperança de que ela consiga sentir minha presença.

— Oi, Norah — leio em voz alta, mordendo os lábios entre as palavras até os sentir em carne viva. — Conheço você há pouquinho tempo, mas te amo muito. Fico muito feliz por ter tido a chance de te conhecer e mais feliz ainda pelo meu pai. Você é uma pessoa especial, e é disso que meu pai precisa. Ele pode ser mal-humorado e barulhento, e pode até ser irritante, mas é o melhor pai do mundo, então sei que é o melhor cara que existe. Sei que ele vai sentir saudade de mim, mas eu vou sentir mais ainda dele. Quero que fique ao lado do meu pai quando ele precisar de você, e até mesmo quando ele achar que não precisa, tá? Vou pensar em você sempre que eu ver um pôr do sol lá do céu, e espero muito conseguir dizer "oi" pra Cassiopeia.

Um soluço inesperado faz minhas costas estremecerem, mas engulo o barulho, fazendo-o descer até as profundezas do meu desespero, para que Summer não me ouça.

— Agora estou muito cansada, mas obrigada por tudo. Diga ao meu pai que eu o amo, depois diga que ama ele também. Amigas cor-de-rosa pra sempre. Com amor, Summer. Obs.: Pode guardar os óculos escuros cor-de-rosa pra mim? Use eles no meu lugar sempre que o sol aparecer lá fora.

Balanço a cabeça e enxugo a umidade do meu rosto com as costas da mão. Depois, pego a de Summer e a seguro.

— Eu também te amo, Summer. E você é que é uma garotinha especial, meu amor. Mudou minha vida pra sempre. Prometo cuidar do seu pai e pensar em você todos os dias. Prometo que o cor-de-rosa é e sempre será a minha cor favorita. Prometo usar seus óculos escuros quando o sol aparecer e pensar em você. E prometo que vamos nos ver de novo. Um dia, lá no céu, vou te abraçar bem forte. Muito, muito, *muito* forte.

Quero ficar aqui para sempre e segurar sua mão até não poder mais, mas sei, com toda a certeza do meu coração, que se eu fizer isso, Bennett não poderá fazer o mesmo.

Então, mesmo precisando reunir todas as minhas forças, fico de pé, dou um beijo na bochecha de Summer e vou embora, sabendo que esta será a última vez.

*

Quando meu celular toca no meio da noite, Josie, que está dividindo a cama de casal comigo para que eu não fique sozinha, dá um pulo ao meu lado e o pega.

Não preciso perguntar quem é, nem me dou ao trabalho de segurar as lágrimas.

— É a Breezy — diz Josie, colocando uma das mãos com delicadeza sobre o meu quadril. Confirmo que ouvi, a cabeça contra o travesseiro, enquanto um soluço agonizante atravessa o meu corpo inteiro.

A dor de Summer finalmente acabou. E, por causa disso, o resto de nós conhece uma dor que nunca acabará.

39

Bennett

— Deixa que eu faço isso, Charlie.

Ela ergue os olhos para mim, parada ao lado da cama de Summer. A súplica evidente em seu olhar. Charlie não tem certeza quanto ao meu pedido, e sei que é porque, no momento em que minha filha deu seu último suspiro, no momento em que sua alma deixou o corpo, eu chorei como nunca fiz antes.

De cabeça abaixada e agarrando suas mãozinhas, fiquei ao lado da minha filha durante horas. Acariciei seu cabelo, beijei seus dedos e admirei aquele rosto doce e angelical, desejando de maneira egoísta que um milagre ainda fosse possível.

Que Summer não tivesse me deixado de verdade.

Que eu não tivesse acabado de perder metade do meu coração.

Não sei por quanto tempo Charlie e Breezy me deixaram ficar ali, mas, por fim, elas encontraram um jeito de me tirar do quarto de Summer quando o Dr. Brock chegou para dar a declaração oficial do óbito.

— Bennett, por que você não puxa uma cadeira e se senta ao lado da cama dela, enquanto eu...

— Não. — Balanço a cabeça de novo. — Preciso fazer isso.

Charlie continua hesitante. Dá para perceber pela maneira como recua devagar para me deixar assumir a tarefa. Mas sei, em cada célula do meu corpo, em cada grama de amor que sinto pela minha filha, que quem precisa fazer isso sou eu.

Eu preciso ser a última pessoa a dar banho na minha doce Summer.

Pego a toalha da mão estendida de Charlie e começo a preparar a minha filha para o seu descanso final.

Lavo os braços e as mãos dela, demorando bastante tempo admirando seus dedinhos. Lavo os ombros e a barriga. As pernas e os pés, sorrindo através das lágrimas quando vejo o esmalte cor-de-rosa com glitter nas unhas dos pés.

Lavo seu cabelo e, quando preciso alcançar as costas, Charlie me ajuda a virá-la de lado com gentileza.

Seco sua pele com uma toalha limpa, e Charlie me ajuda a vesti-la com uma camisola nova.

Quando termino, quando Summer está limpa, subo na cama ao lado dela.

— Você foi o melhor presente que já ganhei, e ser o seu pai sempre será o meu maior motivo de orgulho — sussurro em seu cabelo, beijando o topo de sua cabeça, tentando sufocar o soluço que quer escapar do meu peito. — Odeio o fato de você ter que me deixar tão cedo, mas estou muito feliz por você não sentir mais dor. Estou muito feliz por você estar livre das restrições de uma doença que não merecia.

Seguro uma de suas mãozinhas, admirando como é pequena em comparação à minha, enorme. Depois, dou um beijo nela.

— Ah, como vou sentir saudade dos seus sorrisos, das risadinhas e da maneira como você revirava os olhos pra mim quando me achava irritante. Vou sentir falta da sua presença lá no estúdio, me dizendo pra usar cor-de-rosa, e dos nossos passeios no carrinho de golfe. Vou sentir saudade do jeito como você conseguia iluminar os lugares sempre que chegava, e de como o som da sua voz doce era sempre música pros meus ouvidos. — Mal consigo respirar, mas continuo falando: — Vou sentir muita saudade de você, Abelhinha.

Minha voz engasga com o soluço que finalmente consegue escapar dos pulmões. Quando as lágrimas começam a escorrer sem parar pelo meu rosto, envolvo Summer em um abraço.

Abraço-a do jeito que sempre desejei fazer, mas não podia.

Abraço-a como se isso fosse compensar todos os abraços que perdemos.

Abraço-a como se este fosse o primeiro e o último que lhe darei.

Porque é.

Minha Summer se foi. Mas, graças a Deus, a dor que ela sentia também.

40

Sexta-feira, 10 de setembro

Norah

O prefeito Wallace e o xerife Peeler carregam a parte de trás do caixão enquanto Bennett e Clay vão à frente. A cidade inteira se reuniu para sepultar uma das melhores pessoas que já conheci.

Há tanta gente aqui que, se eu decidisse fazer uma lista, demoraria uma semana inteira. Até mesmo Lillian veio de Nova York, reagendando seus compromissos para poder estar aqui assim que lhe contei dos preparativos.

Por outro lado, a ausência dos pais de Bennett e de seu irmão Logan é gritante. Acho que, dado o histórico da família, talvez tenha sido uma coisa boa, mas, lá no fundo do meu coração, não consigo me imaginar sendo tão insensível com um filho ou irmão.

O vento está gelado. É exatamente assim que imaginei que um mundo sem Summer seria. Eu me aconchego mais no meu cardigã preto, e Josie dá um passo na minha direção, abraçando meus ombros.

— Tudo bem? — sussurra ela.

Balanço a cabeça. Nunca estive pior em toda a minha vida.

Depois de me permitir suspirar profundamente, endireito a coluna e firmo os joelhos antes que minhas pernas fiquem bambas. O rosto de Bennett está pálido, vazio, e as pontas dos dedos estão brancas devido à força que faz para segurar o caixão. A dor dele se mistura à minha, e tenho que desviar o olhar quando colocam a caixa de madeira na plataforma que a levará até o chão, porque ele demora bastante até a soltar.

Clay e o xerife Peeler permanecem ao lado dele até Bennett obrigar as próprias pernas a se mexerem, afastando-se. Ele se senta na primeira fileira, de frente para mim e ao lado de Breezy. Josie e eu preferimos ficar de pé, abrindo espaço quando Clay e o xerife se juntam a nós.

Faz uma semana que não vejo nem falo com Bennett, mas não foi por falta de tentativa. Eu liguei e mandei mensagem, e até fui à casa dele certo dia, mas todos os meus esforços foram em vão. Mas não o culpo. Breezy tem feito um ótimo trabalho ao manter contato comigo, apesar da relutância dele. Bennett está em um momento obscuro, que nem me arrisco a tentar compreender. Só gostaria que ele me permitisse estar ao seu lado.

Uma nuvem cobre o sol, lançando uma sombra quando o reverendo Bob, o pastor da única igreja da cidade, começa a cerimônia formal do sepultamento.

— Bem-vindos. Gostaria de começar agradecendo a todos por estarem aqui neste dia tão difícil. Estamos aqui para prestar nossas últimas homenagens à doce Summer Bishop, levada deste mundo terreno cedo demais.

Bennett baixa o olhar para as próprias mãos, a cabeça afundando entre os ombros como um bloco de cimento jogado no mar. Eu o encaro, porque não consigo fazer outra coisa, desejando que um pouco de conforto se teletransporte pelo espaço entre nós.

— Estamos todos sofrendo, mas devemos buscar consolo no fato de que Summer não sofre mais. Sentiremos o impacto que ela nos causou pelo resto de nossas vidas. E devemos ser gratos pelo tempo que passamos com ela. Porque, durante esse tempo, fomos privilegiados ao aprender o valor de buscar alegria e de viver com ela. Summer pegou suas dificuldades e as transformou, encontrando prazer nos gestos mais simples. Um churrasco na igreja, um casamento na praça, um dia com os amigos no festival da cidade. Ao longo dos anos, tive a oportunidade de rir pessoalmente com Summer diversas vezes. Até mesmo quando, devo admitir, eu andava meio amargo. Ela era a personificação vibrante da nossa felicidade mais inocente, e sentirei muito a sua falta. Mas sei que o céu lhe dará as boas-vindas com um portão aberto e braços calorosos, e sei que Deus, nosso Deus amoroso e piedoso, lhe dará uma eternidade livre de dor e cheia de alegria. Uma existência mais que merecida para ela.

O corpo de Bennett está trêmulo, e Josie tem que segurar meu cotovelo para me impedir de pular a droga do caixão e ir até ele. Os olhos de Breezy encontram os meus e sua mão encontra a do irmão e a aperta. Assim como me disse todas as vezes em que nos falamos, está ao lado dele. Por enquanto, ela aguentará o fardo dele, caminhará com Bennett até ele estar pronto para que eu volte a consolá-lo.

O pastor Bob coloca a Bíblia sobre o caixão e sua mão sobre ela, inclinando a cabeça e rezando diretamente por Summer.

— Honramos sua vida, aceitamos sua partida, reverenciamos sua lembrança. Embora hoje estejamos tomados pelo luto, amanhã, e durante o resto de nossos dias, seremos gratos pela sua vida e pelo privilégio de compartilhá-la contigo. Descanse, querida Summer, e siga vivendo tanto em Deus quanto nos corações daqueles que te amam. Abençoados somos nós por termos te conhecido. Em nome de Jesus, amém.

— Amém.

O mundo se torna, ao mesmo tempo, o conjunto partido de uma multidão torturada e de uma esperança por tudo aquilo que o pastor disse.

Minha respiração está trêmula, e Josie acaricia minhas costas. Do outro lado, Breezy puxa Bennett em um abraço. Ele aceita de bom grado, e vejo seu corpo estremecer com a presença física avassaladora do luto.

— Agora convido vocês a se despedirem do corpo físico de Summer, e a facilitarem a passagem de seu espírito para o céu, colocando uma rosa cor-de-rosa sobre o caixão. Começaremos da última fileira até a primeira. Hank lhes entregará as flores conforme vocês forem se aproximando.

Não me mexo nem pisco enquanto testemunho Bennett assistindo ao seu mundo desaparecer. A cada flor, ele encara a cena enquanto seus amigos, conhecidos e até mesmo alguns pseudoinimigos ajudam sua única filha a descansar. Seus olhos são como icebergs em um mar tempestuoso, uma diferença nítida das águas azuis calorosas e convidativas de sempre.

Parece que se passam horas antes de o pastor Bob convidar a nossa fileira a avançar, mas, quando ele o faz, Pete e Clay são os primeiros. Dois homens desajeitados e brutos, movendo-se com uma gentileza que mal posso acreditar. Depois de colocarem as rosas, eles dão a volta no caixão e, um de cada vez, apertam a mão de Bennett e o puxam para um abraço apertado.

Encaro o gesto como uma deixa, passando a frente de Josie para ser a próxima no caixão de Summer. Com uma das mãos sobre a madeira, fecho os olhos e imagino o rosto dela para que fique mais fácil conversar com Summer. Em silêncio, prometo cumprir minhas promessas e continuar insistindo para ficar ao lado de Bennett até que ele me permita. Consigo imaginar o sorriso dela e até sentir o calor de sua pele sob todos os beijos que tive o privilégio de lhe dar.

Ignorando o vento, tiro meu suéter preto, revelando um vestido cor-de-rosa, e coloco os óculos escuros cor-de-rosa dela em meu rosto.

— Amigas cor-de-rosa para sempre, Abelhinha.

O olhar de Bennett me acompanha quando me afasto de Summer pela última vez e caminho na direção dele, um fogo ardendo dentro daqueles olhos, capaz de incendiar meu corpo inteiro.

Com o coração ao mesmo tempo disparado e partido, paro na frente do amor da minha vida e espero. Por sua permissão, por um sinal, por alguma coisa que não sei bem o que é, até que a recebo.

É um balanço suave, como se uma abertura se fechasse entre o meu peito e o de Bennett, mas não preciso de outro sinal. Na mesma hora, passo meus braços pelos ombros dele e puxo seu corpo na direção do meu, absorvendo com tudo o calor furioso de sua angústia. Bennett me abraça de volta, cruzando os braços em minha cintura e afundando o rosto no meu pescoço. Sinto a ardência salgada de lágrimas recentes e, sem pensar, aperto-o com mais força.

— Ainda te amo, Bennett. Estarei aqui quando estiver pronto — sussurro, em um apelo desesperado.

A princípio, sei que parece inapropriado e banal. Mas, lá no fundo, sei que é a coisa certa a dizer. Hoje, Bennett não quer um pedido de desculpa vazio da minha parte, assim como não quis arrependimentos pelo leite derramado. Ele quer a filha e, por Deus, eu também. Mas o que Summer queria era que o laço que tinha conosco continuasse sem ela, e Bennett precisa que eu lhe assegure que essa é uma promessa que pretendo cumprir.

Sua expressão é de surpresa quando separo nosso abraço e me afasto, então fixo meus olhos nos dele apenas o suficiente para acalmá-lo. Quando vou embora e Josie aparece, não olho para trás.

De queixo erguido e coração partido, percorro o longo caminho do cemitério até o carro. Somente quando entro é que me permito chorar.

Não consigo pensar em nada que eu deveria ter dito. Não consigo pensar em nada de que me arrependa. Porque, mesmo sabendo que é assim que acaba, faria tudo de novo.

A verdade é que Summer mudou minha vida, e continuará mudando mesmo muito depois de as folhas do outono começarem a cair.

41

Sábado, 18 de setembro

Bennett

— Você sabe que eu não queria dizer isso, Ben, mas preciso das suas chaves.

— Tan-to faz, Clay. Fodam-se as chaves.

Clay suspira e eu caio na risada.

— É, preciso delas agora, Ben.

Vasculho o bolso por um tempo, mas meus dedos não encontram nada, então procuro no outro bolso. Há algo afiado. Puxo as chaves e jogo-as sobre o bar, mas elas não caem onde eu estava mirando e, em vez disso, escorregam até o outro lado, batendo na garrafa de uísque Pappy.

Porra, como é gostoso.

Quando Clay coloca no bolso as chaves voadoras e me serve outro copo de uísque, seu rosto é uma máscara de um número grande demais de emoções para ser possível compreender. Balanço animado o copo para ele, depois viro tudo em um só gole, saboreando a queimação que preenche minha garganta.

Clay me encara por bastante tempo, o rosto triste demais para combinar com esta delícia de uísque. Balanço a cabeça.

— Chega de tristeza, dá pra ser?

Ele suspira de novo, virando-se e indo em direção à outra ponta do balcão para ajudar alguém.

Porra, ainda bem.

Não preciso que um filho da puta infeliz fique me lembrando de que a minha filha morreu. Acredite, não dá para esquecer. É para isso, é claro, que serve o uísque. Para que eu possa esquecer, só por um tempinho.

Tem um jogo de futebol americano da liga das faculdades passando na TV, entre Clemson Tigers e LSU Tigers. Começo a rir ao ver um monte de tigres brigando. Clay volta a parar na minha frente, o pano de prato na mão.

— Qual é a graça, Ben?

— Clemson e LSU! — digo, quase gritando. — Todas essas merdas de tigres!

Clay olha para a TV, então volta a me encarar.

— Aquele não é o LSU, cara. É o time da Universidade de Washington.

— Tsc! O time da UW nunca jogaria com o Clemson na temporada.

Clay bufa.

— É, bom, nem o LSU. Mas teve toda aquela coisa com as torcidas no ano passado, lembra? Até a *Sports Illustrated* entrou nessa. Por isso, a UW vai jogar com uns times diferentes este...

Eu o dispenso com um gesto da mão. Ninguém dá a mínima para o futebol americano.

Clay assente, depois ergue o olhar para algo às minhas costas, os olhos se suavizando de tal maneira que decido me virar. Norah está parada ali, olhando para mim, e a pele do meu pescoço começa a esquentar.

— Que merda é essa, *Clay*? — pergunto, minha entonação mais do que hostil.

Os dois me ignoram.

— Obrigada por ligar, Clay.

Clay assente e sorri, o filho da puta.

— Conta comigo, Nore. Desculpa pela hora.

— Tudo bem. Josie está esperando no carro. Ela vai me ajudar a levá-lo pra casa.

— Posso andaaar — reclamo, alto. — Não preciso de ne-nhuma ajuda.

Clay morde o lábio quando Norah coloca um dos ombros sob o meu braço e começa a andar. Tento acompanhá-la, mas meus pés ficam tropeçando um no outro. O cabelo dela está mais rebelde que o normal, espalhando-se para todos os lados ao redor de seu rosto e emoldurando os olhos perfeitos e reluzentes. Tento observar a maneira como as manchinhas douradas dentro deles refletem a luz, mas acabo fazendo nós dois tropeçarmos quando chegamos à porta. Norah tem que se segurar na parede para nos equilibrar.

Meu Deus, está linda, ainda mais bonita do que eu me lembrava da última vez em que a vi, uns dias antes, quando Clay também ligou para ela e me dedurou.

Tento fazer o possível para caminhar sem fazer a gente tropeçar de novo. Quando dou por mim, ela está me segurando pelas axilas, enquanto Josie me puxa para o carro pelo banco de trás.

Entro de boa vontade, já que agora não vale mais a pena resistir. Deixo que a bebida percorra as minhas veias, na esperança de que isso me faça dormir.

Norah entra no banco de trás comigo e me puxa para seu colo, e Josie se senta no banco do motorista a fim de nos levar para fora da cidade. Fico maravilhado com a paciência das duas ao enfrentar minha figura bêbada durante os últimos quatro dias. Eu teria começado a beber antes disso, mas Breezy demorou a ir embora para Nova York, e ela nunca teria permitido este comportamento enquanto estava aqui.

O carro sacoleja e me embala quando Josie vira na rua principal. Sinto meus olhos começarem a se fechar. Entre piscadas fracas, percebo Norah olhando para mim e, quando finalmente fecho os olhos, juro que consigo sentir o roçar suave de sua mão em meu cabelo.

Quando entro na terra dos sonhos, me permito um instante para me entregar ao gesto, absorvendo a sensação. *Deus, eu a amo.*

Só gostaria de merecer este amor.

No sonho, a mão de Norah para sobre a minha cabeça e depois volta a se mexer, acariciando também a minha bochecha e o queixo. Juro que até sinto o toque suave de algo macio em meus lábios, mas a vertigem começa, e não confio em mim mesmo nem para saber como a minha própria cabeça se sente neste momento.

Depois disso, não sinto mais nada.

42

Domingo, 19 de setembro

Norah

Olho a hora no celular, são 2h03 da manhã.

Bufando, coloco-o de volta na mesinha de cabeceira e me viro, puxando o cobertor sobre a cabeça e forçando meus olhos a se fecharem.

Porém, depois de me virar de novo e conferir a hora outra vez — 2h06 —, saio da cama e vou andando pelo corredor na ponta dos pés até a cozinha, para fazer uma xícara de chá.

Esta noite foi difícil. Na verdade, as últimas noites foram difíceis. Já ficou previsível: Clay liga um pouco depois da meia-noite e Josie e eu saímos para buscar um Bennett bêbado no bar e levá-lo para casa.

O luto dele pela morte de Summer o deixou paralisado, e eu quero desesperadamente aliviar sua dor, estar ao seu lado, mas ele não deixa. Eu ligo e mando mensagem para Bennett todos os dias, mas ele nunca responde. E agora que Breezy voltou para Nova York, está sozinho na casa enorme de fazenda. Sozinho com seus pensamentos. Sozinho com sua tristeza.

As lágrimas fazem meus olhos arderem, então aperto a ponte do nariz para segurá-las. Desesperada por uma distração, destravo a tela do celular na intenção de ficar olhando as redes sociais, mas uma mensagem perdida de Lillian chama a minha atenção.

Deve ter chegado quando Josie e eu estávamos levando Bennett para casa.

Lillian: Você conversou com o advogado do Bennett? Tem uma bomba acontecendo com Thomas e Eleanor...

Depois da mensagem, há dois *links*. Clico no primeiro, e uma revista de fofoca *on-line* anuncia que meu padrasto **CARLTON PRESCOTT PEDE O DIVÓRCIO DE ELEANOR ELLIS-PRESCOTT.** Quando clico no segundo *link*, uma matéria de um jornal nacional importante aparece na tela.

THOMAS KING PASSA O DIA SENDO INTERROGADO

NOVA YORK, 18 de setembro — Na última sexta-feira, o garoto de ouro da Império King, Thomas King, e Eleanor Ellis-Prescott, esposa do empresário milionário Carlton Prescott, foram levados até a delegacia da cidade de Nova York para prestar depoimento sob juramento. Até agora, a Promotoria não deu detalhes a respeito do motivo do interrogatório, mas afirma que essa informação será revelada ao público em uma data próxima.

É surpreendente ver o nome da minha mãe nos jornais sem estar relacionado a algum evento ao qual foi ou a um jantar de caridade que ofereceu. Ela e Thomas estão sendo interrogados pela polícia, e isso faz com que eu me pergunte quantas evidências foram encontradas contra os dois e o quanto elas são ruins.

Depois que eles deixaram Ponte Vermelha, dei ao advogado de Bennett e Breezy tudo o que eu tinha: a carta de Alexis e todas as provas que havia dentro do envelope. A última novidade que ouvi era que tudo fora entregue ao promotor de Nova York e o caso estava sendo investigado.

Só posso presumir que as minhas suspeitas sobre haver outras garotas estavam corretas, mas isso com certeza não faz com que eu me sinta melhor. Só me deixa muito triste. Triste por ter sido tão ingênua em relação aos dois. Mas, acima de tudo, triste pela possibilidade de eles terem arruinado a vida de outras pessoas. Triste por saber que pode existir outra garota como Alexis, forçada a enfrentar uma situação impossível, a consentir algo que não queria fazer, por medo.

Sem pensar duas vezes, clico para sair da matéria e vou até os contatos a fim de ligar para Bennett. Mas, assim que meus dedos pairam sobre o nome dele, percebo que já passa das 2h. Por mais que seja a única pessoa com quem quero conversar sobre isso, eu sou a última com quem ele quer falar.

Deus, estou com saudades.

Pensamentos sobre ele e Summer giram em minha mente como um tornado. Centenas de lembranças diferentes voltam para mim em *flashes. O sorriso de Bennett. A risada dele. As gargalhadas com Summer no estúdio sobre Kim, Kourtney e Khloe enquanto ele pintava. Pintar as unhas de Summer de cor-de-rosa com* glitter *para o casamento falso de Josie e Clay. Comer sanduíches na grama cercadas de borboletas enquanto Bennett resolvia ligações de negócios com a irmã. Procurar estrelas cadentes com os dois no quintal.*

Antes que eu perceba, as lágrimas escorrem pelas minhas bochechas. Dou uma olhada no quarto de Josie para ver se ela ainda está dormindo.

Quando confirmo que sou a única acordada, volto para o meu quarto, calço um par de sandálias, pego meu celular e as chaves do carro da Josie e saio pela porta da frente o mais quieta possível, só de pijama.

Entro no carro, dou a partida e rezo em silêncio para que o barulho do motor do Civic não acorde a minha irmã. Não sei bem por que não quero que Josie descubra o que estou fazendo. Acho que tenho medo de ela me julgar, ou acabar com os meus planos.

Ou talvez eu seja apenas incapaz de encarar o que estou prestes a fazer.

O céu está escuro e a única luz na rua é a dos faróis do carro enquanto saio pela entrada de cascalho e viro à esquerda na rua principal.

Nem me dou ao trabalho de ligar o rádio. Meu coração acelerado é a única coisa vibrando em meus ouvidos.

Esse meu coração continua batendo depressa enquanto avanço, as batidas tornando-se cada vez mais altas e persistentes conforme me aproximo do meu destino.

Um casarão grande de fazenda aparece à vista, assim como o celeiro onde minha pintura ainda está exposta na parede.

Aquela que Summer implorou a Bennett que deixasse ali para sempre.

Summer.

Deus, como sinto saudades dela.

Os freios guincham quando paro o carro e desligo o motor. A casa está escura, exceto pela luz da varanda. Não sei por quanto tempo fico sentada ali, debatendo comigo mesma se esta é uma boa ideia.

Uma lâmpada se acende na lateral da casa, iluminando o caminho até o estúdio. Então, a figura alta e musculosa de um homem aparece, alguém que não consigo tirar da cabeça, com quem não paro de me preocupar, de quem sinto falta. Aquele por quem não consigo parar de ansiar, a pessoa que desejo e da qual preciso. Bennett sai da casa e vai até seu lugar favorito de pintar.

Ele não repara no Civic na entrada da garagem, ou em mim no banco do passageiro. Quando entra no estúdio e fecha a porta, saio do carro e o sigo.

Menos de um minuto depois, encontro-o lá dentro, jogando com força uma de suas pinturas prontas em uma pilha com outras três. Bennett ainda não notou minha presença, mas o uísque que bebeu esta noite ainda deve estar em sua corrente sanguínea.

Quando acrescenta de qualquer jeito mais duas telas à pilha, decido chamá-lo.

— Bennett?

Ele para na hora, mas evita descaradamente se virar e me encarar.

— Vá pra casa, Norah.

Vá para casa. As palavras são os pregos, e a entonação séria de sua voz, o martelo, fazendo uma dor lancinante perfurar meu coração.

— O que está fazendo?

— Vá pra casa — repete, puxando do cavalete uma pintura abstrata que fez antes de Summer falecer. Ele a lança de maneira doentia e rude, acrescentando-a à pilha.

Quando Bennett pega uma caixa de fósforos e para próximo às telas descartadas no meio do estúdio, a preocupação faz o meu peito apertar.

— *Bennett* — digo, também tentando soar séria.

Ele me ignora e tira um fósforo da caixa, os olhos completamente fixos nas pinturas. Sua intenção é inegável. A preocupação em meu peito se transforma em medo.

Decido partir para a ação, correndo até ele e arrancando a caixa de fósforos de suas mãos com um tapa. Ela cai no chão com um baque, e o olhar de Bennett finalmente encontra o meu. Seus olhos azuis estão tristes e avermelhados, marcados por profundas olheiras escuras. Vê-lo assim parte meu coração em milhões de pedacinhos.

— Por quê, Norah? — A voz dele está rouca quando segura meus braços, mas seu toque é gentil. — Por quê?

A pergunta não tem nada a ver com as pinturas. Tudo que posso fazer é olhar para ele, prendendo seu olhar devastado ao meu.

— Também sinto falta dela, Ben — sussurro. — Também sinto falta dela.

E sinto a sua. Demais.

Sua respiração está entrecortada, e a emoção reluz em seus olhos. Quando uma única lágrima solitária escorre pela bochecha de Bennett, estendo a mão para enxugá-la com o dedo.

Ele se inclina na direção do toque, a mandíbula definida roçando minha mão pequena.

— Eu não te mereço. Nunca mereci. — As palavras saem tão baixas que minha mente agitada e hiperativa se pergunta se elas sequer existem.

Bennett começa a se afastar, a colocar certa distância entre nós. Quer sejam palavras reais ou não, não consigo encará-las.

A última coisa que quero agora é que esse homem me dê espaço. Em pouco tempo, ele se tornou tudo para mim. Não desejo outra coisa neste mundo a não ser estar ao seu lado. Estar *aqui* com ele.

Jogo meu corpo contra o dele, abraçando seu pescoço e me erguendo até envolver sua cintura com as minhas pernas. Ele parece uma pedra, paralisado como uma estátua, mas seu peito sobe e desce contra o meu em respirações arfantes.

Encosto a testa na dele, tentando fazer seus olhos voltarem a encontrar os meus, mas eles estão fixos na minha blusa.

— Bennett — chamo, encorajando-o a olhar para mim. Meu lábio inferior estremece com a emoção, que me deixa com um nó na garganta. — Bennett.

Os olhos azuis lutam para evitar os meus, mas perdem a batalha. Encaramos um ao outro, o azul marejado de lágrimas contra o castanho marejado de lágrimas.

— Amo você — sussurro, minha voz quase um sussurro silencioso. *Amo você.*

Ele esmaga os lábios contra os meus, os movimentos imprevisíveis e instáveis ao lançar a língua em minha boca. Seus dedos deslizam para o meu cabelo, e o agarro com mais firmeza em volta dos ombros e da cintura ao beijá-lo de volta.

A mistura de nossas bocas e respirações é uma bagunça desesperada, e quando sinto um gosto salgado na língua, não sei se as lágrimas são minhas ou dele.

As mãos grandes de Bennett descem pelas minhas costas, agarrando a minha bunda.

— Norah. — Meu nome sai rouco e grave de sua língua. — Minha Norah. Preciso pra cacete de você.

— Bennett, eu... — Um soluço sufoca a minha voz, fazendo meu peito vibrar contra o dele. Ele esmaga minha boca com a dele mais uma vez.

Não ligo de ainda estar bêbado. Não ligo se esta é uma ideia ruim. Não ligo para o que vai acontecer depois deste momento. Tudo o que sei é que preciso dele assim mesmo. Retribuo o beijo com toda a minha vontade.

Mal percebo que ele nos moveu até que minhas costas batem contra o sofá no canto do estúdio.

Em resposta, estendo as mãos e tiro sua camiseta. Ele copia o gesto, tirando o short do meu pijama e a calcinha, e liberta seu pau da calça jeans.

Bennett se impulsiona para dentro de mim com um grunhido, e meus olhos se fecham quando me preenche por completo.

Está difícil respirar. As lágrimas escorrem pelas minhas bochechas e cravo as unhas em suas costas, silenciosamente implorando a ele por mais.

As bocas saboreiam, lambem e respiram uma à outra, enquanto nossas mãos tocam os corpos o tempo todo. É como se estivéssemos tentando nos embrenhar um no outro, incapazes de nos aproximarmos o suficiente sem que nos tornemos um só. Enquanto isso, ele continua se impulsionando dentro de mim com estocadas fortes e duras de seu pau.

Quando Bennett pressiona a testa contra a minha e nossos olhares se encontram, as lágrimas dele escorrem pelo rosto e se misturam de novo às minhas.

— Você me merece — sussurro em seu ouvido, mas ele balança a cabeça e se impulsiona ainda mais fundo dentro de mim.

— Não, Norah. Não diga isso, porra.

Seguro seu queixo e tento forçá-lo a me encarar, mas Bennett se recusa e enterra o rosto no meu pescoço. Um soluço gutural vibra em seus pulmões, e as estocadas fortes de seu pau dentro de mim se tornam mais firmes, profundas e rápidas.

Este momento não se parece em nada com a primeira vez que fizemos amor. É bruto e animalesco, e o desespero paira sobre nós como uma nuvem obscura.

Isto é sexo, puro e simples.

Talvez eu devesse me odiar por ser aquela que nos incentivou a chegar a este ponto. Devia estar irritada comigo mesma por ter vindo até aqui esta noite, sabendo em que estado ele se encontrava. Mas não consigo me obrigar a fazer nada, exceto saborear cada segundo deste momento que eu não deveria ter roubado.

E a realidade do que faria por ele fica clara: qualquer coisa.

Eu faria qualquer coisa por este homem.

Eu te amo, grita o meu coração.

Quero afastar a dor dele.

Quero dizer a Bennett que ele é a melhor coisa que já aconteceu na minha vida.

Quero dizer que nunca pediria que me escolhesse em vez da própria filha, e que não estou brava por ter me pedido para levar a carta até a delegacia naquele dia.

Quero dizer milhares de coisas para ele, mas sei que Bennett não está pronto. Consigo ver isso em seus olhos e sinto isso na maneira desesperada com que ele se mexe.

Não paro de beijá-lo quando ele nos leva ao clímax e goza dentro de mim. Não paro de beijá-lo quando se deita no sofá e puxa o meu corpo sobre o seu.

Só paro quando ele fecha os olhos e sua respiração vai desacelerando até dormir. Então, me visto e sumo noite adentro, exatamente como vim até aqui.

Sem convite, sem respostas, sem a sensação de resolução.

Eu amo Bennett Bishop. Mas ele ainda não está pronto para me amar.

43

Bennett

Minha cabeça lateja e minhas mãos estão trêmulas quando acordo de repente, me sentando no sofá do estúdio. Não sei como vim parar aqui na noite anterior ou por quê, mas a pilha de pinturas no meio do cômodo e a caixa de fósforos espalhados ao lado dela me dão a sensação de que eu tinha grandes planos para uma fogueira.

Ainda bem que não fui adiante.

Quando me levanto, todos os músculos do meu corpo doem. Saio do estúdio e volto para casa, mas, quando entro, o silêncio é angustiante. Nesta manhã, do lado de fora da janela, os passarinhos cantam, mas, fora isso, o mundo é um vazio doloroso e silencioso.

Não tem o barulho da minha irmã na cozinha, nem as gargalhadas de Summer enquanto ela conversa com Charlie no quarto, nem o suspiro suave de uma mulher na minha cama.

É um novo dia e continuo sozinho.

Afundo a cabeça nas mãos e imploro por um sinal. Uma direção para onde ir, uma solução para pôr em prática, uma visão para seguir. Sendo realista, sei que não posso ter Summer de volta, mas há várias partes de mim que esperam por algum tipo de milagre.

Algo que faça eu sentir que posso respirar de novo. Algo que me garanta que Summer está bem.

Norah.

É um sussurro fraco no fundo da minha mente e o cheiro de seu perfume na minha camiseta, tão leve que consigo ignorá-lo sem problemas.

As lembranças de sua presença no estúdio na noite anterior começam a girar em minha cabeça, mas não consigo distinguir a fantasia da realidade.

Será que ela esteve aqui na noite passada? Ou tudo isso não passa de mais uma noite de sonhos excruciantes?

Vou até a cozinha preparar uma xícara de café e escolho a única opção que realmente tenho: parar de pensar em tudo isso.

Ela está melhor sem mim.

44

Sábado, 25 de setembro

Norah

A noite passada foi a primeira vez em dez noites que Clay não me ligou para buscar Bennett no bar, o que significa que é a primeira vez em dez noites que não o ouço dizer que me ama.

Embora esteja esperançosa de esse ser um indício de que Bennett está saindo do estupor do luto e buscando uma maneira de seguir em frente, preciso admitir que vou sentir falta do som de suas confissões bêbadas.

Como continua sem responder minhas mensagens ou atender as ligações, não tenho a menor ideia se ele se lembra de que estive no estúdio naquela noite. Eu deveria estar arrependida de ter feito aquilo, mas não estou. Quando se trata de Bennett, não me arrependo de nada.

Paro de caminhar e ajeito com cuidado o cobertor cor-de-rosa que eu trouxe, me certificando de que não baguncei as flores nas laterais da lápide de Summer. Quando termino de arrumar o cobertor, deito de costas em uma das laterais, coloco os óculos escuros cor-de-rosa no rosto e imagino pela quinta vez na última semana que Summer está deitada ao meu lado.

Ergo os olhos para o céu. O sol está passando atrás de uma nuvem pequena, e seus raios se estendem pelas laterais, parecendo formar uma auréola. Sorrio, as lágrimas ardendo em meu nariz diante da sensação esmagadora desse sincronismo divino.

— Oi, Sum — cumprimento, baixinho, alisando o cobertor vazio ao meu lado em um gesto automático. — Tenho boas notícias sobre o seu pai. Acho que, talvez, ele esteja se recuperando.

Paro um instante e coloco a mão sobre meu estômago embrulhado, erguendo a outra até a boca quando uma sensação forte de enjoo me dá vontade de vomitar. Fico completamente parada por um minuto; enfim, a ânsia passa e volto a conversar com Summer.

— Não tenho me sentido muito bem, mas acho que é só uma daquelas viroses que a gente pega quando nossa imunidade não está muito boa, sabe? Não tenho dormido lá essas coisas, e Josie diz que meu apetite também parece estar diferente. — Deixo escapar uma risada curta. — Mas sei lá. Tenho certeza de que logo tudo vai melhorar.

Viro de lado, a fim de poder traçar as letras do nome dela na lápide.

— Todos estamos com saudade de você, mas espero que esteja se divertindo e fazendo amigos. Ainda continuo cuidando de todas as redes sociais do seu pai, dos *e-mails* e tal, mas também sinto bastante falta do nosso tempinho no estúdio. Não sei quando ele vai sentir vontade de pintar de novo, ainda mais sem você aqui, mas espero que ele me convide.

Penso por um instante, ponderando estrategicamente o que mais aconteceu na minha vida que posso compartilhar com ela enquanto estou aqui. Quanto mais venho visitá-la, mais vontade sinto de lhe contar sobre tudo. Até mesmo as coisas que uma garotinha de 7 anos pode não entender muito bem. Mas Summer era esperta demais para a própria idade, e uma parte de mim sente que ela compreende.

— Ah, é — sussurro, quando me lembro de mais novidades. — Também falei com Breezy um dia desses, e ela me contou que, pelo jeito, o Thomas e a minha mãe vão enfrentar um problema e tanto. Acho que existem muitas coisas das quais você não pode se livrar subornando alguém, mas isso, somado ao que eles encontraram no *pen drive* que recebi de Alexis, é um crime bem perturbador.

Balanço a cabeça.

— Não acredito que quase me casei com alguém assim. Que não percebi nada. Às vezes, me sinto culpada por ser tão ingênua. Mas, na maior parte do tempo, esse sentimento desaparece. Estou melhorando, sabe? Me desculpando menos. Acho que seu pai vai ficar orgulhoso do quanto evoluí, quando estiver pronto para voltar à terra dos vivos.

Abro um sorriso.

— Nem acredito que já faz mais de três semanas desde que descobri que estou apaixonada pelo...

Eu me sento tão depressa que minha cabeça gira um pouco, mas não me dou ao trabalho de prestar atenção nisso antes de terminar de fazer as contas. É importante demais para deixar que a náusea interrompa.

Mais de três semanas. Mais de três semanas inteiras desde que fizemos amor pela primeira vez, o que aconteceu pelo menos duas semanas depois que menstruei. Isso significa que minha menstruação não dá as caras há mais de cinco semanas. Uma semana inteira a mais do que o meu ciclo normal, que é muito regular.

Meu estômago se revira de novo e, de repente, a seriedade do fato de que não usamos camisinha, nas duas vezes, é como um soco na minha cara. Nas duas vezes, *eu nem me lembrei disso.*

Puta merda.

Cubro a boca com as mãos trêmulas e me viro para a lápide de Summer mais uma vez, implorando a ela por um sinal. Um sinal de que não estou louca e uma razão para acreditar. Algo que me diga que ela está aqui, me observando, e que esse não é o tipo de coisa que vai fazer o pai dela cair duro.

— Por favor, Summer — imploro. — Me mostre algo, qualquer coisa, que me diga que vai ficar tudo bem.

No momento perfeito, como se tivesse sido chamada, uma folha cai sobre meu rosto. É de um verde brilhante, exceto por sete pontinhos cor-de-rosa reluzentes. Ainda é muito cedo na estação para as folhas caírem, e é muito raro que uma folha no meio da transição seja, ao mesmo tempo, tão verde e cor-de-rosa.

Esta folhinha só pode ser a Summer.

Aconchego a folha próximo à minha bochecha e respiro fundo, a emoção tomando conta de mim. Sei que o passo seguinte é fazer um teste, e também sei, no fundo do meu coração, que não posso fazer isso sozinha.

Recolho minhas coisas devagar, me despeço por hora da lápide de Summer e vou em direção ao CAFEÍNA procurar minha irmã.

Isso não é o tipo de coisa que se faz sozinha sem necessidade. É o tipo de coisa que se faz com as pessoas que a gente ama. As pessoas são a única coisa importante em nossas vidas. Summer me ensinou isso.

45

Segunda-feira, 27 de setembro

BENNETT

Hoje é o quarto dia seguido que estou sóbrio, mas ainda consigo sentir o cheiro da bebida fermentando pelos meus poros.

Na primeira noite em que não apareci no bar, Clay veio até a minha casa ver se eu estava bem, temendo que eu estivesse morto, e Norah tem me mandado mensagens pelo menos uma vez ao dia. No sábado à noite, Earl trouxe um pouco de sopa para o jantar; no domingo, Pete veio visitar e trouxe uma caçarola feita pela esposa; e Breezy liga quase de hora em hora, em ponto, desde que voltou para Nova York.

Porém, por mais que não tenha me faltado compaixão e amizade, nunca me senti tão solitário. Só parei de beber porque acordei na sexta-feira à noite coberto de vômito, e a vergonha me atingiu em cheio.

Normalmente, enfrentaria minhas emoções pintando, mas ainda não tenho forças para fazer isso. Ficar no estúdio sem Summer não é a mesma coisa. *Ou sem a Norah.*

Então, como eu precisava de uma solução viável que não envolvesse um comportamento imprudente, decidi cortar madeira. O resultado foi uma pilha bem grande, e não é de se surpreender que eu esteja pensando em queimá-la esta noite.

Com um gesto agressivo do machado, corto outra tora grande e pego a metade que sobrou para cortá-la de novo. Giro o braço, descontando toda a minha raiva e frustração no pedaço de madeira, e o toco se despedaça em centenas de pedacinhos.

Enxugo o suor da testa, depois arrumo outra tora, mas, quando me afasto para pegar impulso, o som de um carro esmagando o cascalho na entrada da garagem me faz parar. Entre dezenas de pessoas que eu esperava ver, fico surpreso ao descobrir que não é nenhuma delas.

Charlie estaciona o jipe próximo à casa, desliga o motor e sai do carro, colocando uma das mãos sobre os olhos para protegê-los do sol. Eu não a vejo desde o funeral de Summer e, para ser sincero, achei que nunca a veria de novo.

Algo dentro de mim muda com sua presença, e o peso, tão real, tão entorpecido, que eu vinha carregando em meu peito começa a formigar. Ela se aproxima, caminhando devagar e com passos firmes, mas somente quando para à minha frente é que recupero a capacidade de falar.

— Charlie.

Ela abre um sorriso pequeno, mas sincero.

— Oi, Ben.

Sinto os lábios secos ao lambê-los, desejando que a queimação em meu peito diminua.

— Eu... eu espero que não me entenda mal, mas não esperava mais te ver.

Sua boca se mexe, apenas a impressão minúscula de uma curva nos cantos dos lábios.

— Eu sei. Mas prometi a Summer que viria.

Minha mandíbula fica tensa. Sou obrigado a desviar os olhos quando a ardência das lágrimas se torna mais do que um incômodo.

— Duas semanas — diz ela, simples assim, voltando a chamar a minha atenção. — Summer me disse que eu precisava esperar *pelo menos* duas semanas. Tempo o suficiente pra que você *sentisse tudo o que devia,* de acordo com ela.

Começo a balançar a cabeça, intrigado com o mistério de como minha doce garotinha conseguiu ficar tão esperta em apenas sete anos.

Charlie dá uma risadinha suave.

— Ela te conhecia bem demais, Ben, e te amava muito também. Ela me fez escrever um bilhete para você, e queria que você recebesse depois que o primeiro impacto tivesse passado.

Encaro Charlie com tanta determinação que o poder do meu olhar poderia parti-la ao meio: Pelo menos ela leva no bom humor e ri.

— Eu sei, eu sei. Mas sou só a mensageira. Você conhece aquele ditado que diz pra não a matar, né?

Balanço a cabeça.

— Charlie, não sei se consigo...

— Consegue, sim. Leia o bilhete. Ouça o que ela diz. *Viva a sua vida*. Nada disso será fácil, mas juro que é tudo possível.

Eu concordo, movendo a cabeça de um jeito trêmulo e assustador até para mim mesmo. Charlie me entrega o pedaço de papel dobrado.

Depois, com um aceno delicado e um sorriso caloroso e amigável, ela volta para o carro, entra e vai embora. É quase como se nunca tivesse estado aqui.

Descarto o toco de madeira que estava prestes a cortar e coloco o machado no chão, depois me sento na tora grande que está servindo de base. Minha pele está úmida de suor, e os pozinhos de madeira grudam em mim. Ignoro a sensação, desdobrando o papel e revelando o texto.

Está escrito na caligrafia de Charlie, e só preciso ler as duas primeiras palavras antes de ter um acesso de choro que faz cada músculo do meu rosto doer.

Oi, papai.

Olá, minha doce Abelhinha. Deus, como estou com saudade.

É difícil se despedir, não é?

Merda.

Para mim, com certeza é. Você é o melhor pai do mundo, e cada vez que penso em te deixar, não quero ir. Mas agora que a Norah está aqui, sinto que posso. Ela vai cuidar de você, e você vai cuidar dela, e espero muito que lá no céu tenha alguém para cuidar de mim. Não tem problema se você estiver assustado, porque eu também estou. É como você sempre disse: não tem problema ter medo de vez em quando, porque, às vezes, as melhores coisas acontecem logo depois que a parte assustadora acaba. Bom, acho que, para você, ficar sem mim é uma parte muito assustadora. Mas isso significa que a parte boa está chegando. Não a deixe escapar, tá, papai? Vá para essa parte boa. Se não conseguir fazer isso por você, faça por mim.

Te amo para sempre, Summer

O peso do estresse e da incerteza abandonam o meu corpo de uma vez só. Inclino a cabeça para trás e deixo o papel e as minhas mãos caírem no meu colo.

Vá para a parte boa.

Summer pegou o sussurro curto e modesto que eu lhe dei e o transformou em um empurrãozinho. A partir de hoje, não posso mais ignorar Norah.

46

Quarta-feira, 29 de setembro

Norah

Josie e eu nos encaramos, e ela se mexe na cama apenas por causa da minha entrada psicótica e inesperada no quarto dela.

— Deixa eu ver se entendi direito... — diz ela, a voz de sono rouca. — Você ligou para um médico a duas cidades daqui e marcou uma consulta antes do horário comercial, antes do amanhecer, porque tem medo que alguém te veja no consultório e conte para o Bennett sobre o futuro pititico antes que você tenha a chance?

Acompanho todo o discurso dela, contando as palavras nos dedos para seguir a lógica e a completude, e então paro por um instante quando ela termina a fim de pensar antes de responder.

— Isso. Exatamente.

— Norah...

— Não, não, Josie. Você não tem o direito de me dizer que estou louca, porque, em apenas alguns meses, já virei manchete no jornal três vezes desde que vim morar aqui, tá? Você sabe que estou certa em fazer as coisas desse jeito.

— Mas hoje é o único dia que eu tenho pra dormir, porque quem abre a cafeteria é o Todd. Por quêêêê?

— Porque hoje é o único dia que você tem pra dormir até tarde, bobinha. E preciso que vá comigo. Além disso, esse horário foi o mais cedo que consegui subornar a médica a abrir pra mim. Tive que prometer uma pintura única de Bennett Bishop pra ela fazer isso.

— Norah! E como exatamente você vai conseguir cumprir essa promessa, hein?

Dou de ombros.

— Fácil. Ainda estou fazendo todo o trabalho burocrático do dia a dia pro Bennett, e a Breezy gosta de mim. É só contar pra que é a pintura e ela vai me mandar a etiqueta pra enviá-la.

— Deus nos ajude. Preciso só de um pouquinho da sua energia pra ideias doidas.

— Por favor. — Reviro os olhos. — Disse a mulher que continuou o legado da nossa avó no esquema de pirâmide de vender velas de atacado como se fossem artesanais.

— Norah...

— Josie, levanta. Preciso de alguém ao meu lado, está bem?

Josie suspira.

— Por quê? Me entregar o pauzinho com o seu xixi quatro dias atrás não foi o suficiente pra você?

— Preciso de uma confirmação oficial. Preciso de um motivo pra reunir coragem e contar ao Bennett. Preciso... disso. Você pode só sair da cama... por favor?

Josie balança a cabeça, mas, desta vez, está sorrindo.

— Tá. Mas, é sério, não estou ansiosa para as ideias malucas que você vai ter enquanto estiver cheia de hormônios.

Vinte minutos depois, bem quando o sol está nascendo, estamos no carro a caminho de Burlington. Da última vez em que passei por aqui, estava na picape de Bennett, seguindo o helicóptero de Summer até o hospital. Eu esperava que reviver essa lembrança doeria para caramba, mas, em vez disso, tenho a sensação estranha de que estou no destino certo. Quase como se a própria Summer estivesse me guiando neste momento de loucura.

Josie finalmente para no estacionamento e desliga o motor. Começo a sair do carro, mas ela permanece sentada ali, encarando o nada. Quando olho para a minha irmã, ela estremece, saindo do estupor e me provocando:

— Ah, você quer que eu entre junto?

Bufo e ela dá risada, mas parece meio forçada. Quando olho para o seu rosto de novo, algo parece errado, mas não sei bem dizer o que é.

— Você está... — Começo a perguntar se está tudo bem, mas Josie logo me interrompe ao sair do banco do passageiro.

— Vamos.

Não hesito em segui-la.

É uma caminhada rápida e, graças à hora, não precisamos esperar. Antes que a gente se dê conta, já estamos na sala de exames. A médica entra pela porta. Josie se ajeita na cadeira e guarda o celular. Eu coloco os braços sobre meu colo, coberto pelo lençol de plástico.

— Oi, Dra. Vesper. Obrigada por concordar com isso.

A Dra. Vesper é uma mulher robusta, com um sorriso caloroso e algumas ruguinhas nos cantos dos lábios. A julgar pela pele, já deve ter mais de cinquenta anos, mas, preciso admitir, está envelhecendo muito bem.

— Sim, bom, estou acostumada a atender futuras mamães desesperadas, mas tenho que reconhecer que o seu desespero parecia um pouco diferente.

Eu me retraio um pouco. É, imagino que sim, já que cheguei a um ponto em que não tenho muita certeza se não estou alucinando toda esta situação.

— Certo, nós examinamos a amostra de urina que nos deu, e você com certeza está grávida, minha querida. Os níveis de HCG parecem bons, mas como é uma gravidez de apenas seis semanas mais ou menos, vamos adiar o ultrassom. Gosto de esperar até pelo menos oito semanas pra fazer esse exame, porque assim temos a garantia de que vamos ouvir os batimentos cardíacos.

Eu sei que a Dra. Vesper ainda está falando, mas meu cérebro está ocupado demais com o zumbido que permeia as palavras *você com certeza está grávida*.

Não estou louca. Não é uma alucinação. Estou carregando um bebê que Bennett Bishop e eu fizemos juntos.

Josie cobre a boca com uma das mãos e, por mais que ela seja durona, ainda consigo ver o brilho de uma lágrima em seu olho. Se eu realmente descobri uma maneira de quebrar sua armadura sempre rígida ao ficar grávida, acho que sou capaz de gritar.

— Por isso, hoje, tudo o que vamos fazer de fato é reunir algumas informações sobre o histórico médico familiar, tanto seu quanto do pai — explica a Dra. Vesper. — Vou precisar que você preencha alguns papéis, vamos dar entrada no pré-natal e marcar outra consulta em algumas semanas.

Histórico médico familiar. Pela primeira vez desde que vi duas linhas cor-de-rosa uns dias atrás, fico preocupada com o fato de que não sei qual era o histórico genético do diagnóstico de Summer. Ela nasceu com a doença por causa de algum gene materno? Ou era de Bennett? Ou foi uma combinação dos dois?

Josie percebe a expressão em meu rosto e faz a leitura correta. Fico muito agradecida quando ela decide falar para que eu não tenha que fazer isso.

— É, hã, o pai tem outra criança que foi diagnosticada com osteogênese imperfeita tipo III.

O rosto da Dra. Vesper é incrivelmente gentil.

— Certo. Planejamos fazer um exame genético completo por volta da décima semana, e ele vai nos dizer tudo o que precisamos fazer. Até lá, não quero que fique preocupada. Embora a osteogênese imperfeita seja uma doença genética, ela geralmente é causada por uma mutação nos genes do colágeno tipo 1. Se mais ninguém na família do pai tem a doença, é provável que tenha vindo do lado materno.

A Dra. Vesper termina a consulta com um sorriso e uma pasta de informações. Fico sentada ali, perdida. Entre tantos altos e baixos, gostaria de poder encontrar algum equilíbrio no meio desta tempestade selvagem e instável.

Minha única reação é chorar e, quando consigo parar, basta pensar uma única vez em Summer, Bennett ou neste bebezinho crescendo na minha barriga para eu começar a chorar de novo.

Josie tenta me consolar enquanto saímos do consultório e no caminho para casa, mas a verdade é que preciso de Bennett. Preciso dele presente, forte e de volta ao seu jeito arrogante para poder colocar algum juízo na minha cabeça a respeito de todas as decisões bobas que tomo.

Preciso ouvir ele dizer que me ama, que me quer e que, aconteça o que acontecer, enfrentaremos esta situação juntos.

Quando estacionamos na garagem de Josie quase quarenta minutos depois, ainda estou pensando nele, até que meu celular toca, anunciando uma chamada de Breezy

— Alô?

— Norah, querida, preciso que me faça um favor. Preciso que você busque uma pintura no estúdio do Bennett. Acredite ou não, mas eu o convenci a doar alguma coisa para um leilão na semana que vem, e preciso dela para amanhã. Sei que vocês dois estão meio abalados, mas acha que consegue dar uma passada lá hoje? Estamos com o prazo apertado.

Afastando todas as emoções confusas desta manhã, sorrio para o celular.

— É claro. É pra isso que você me paga.

Breezy dá risada.

— Obrigada, Nore. Ah, escuta, falei com Chet Smith, nosso advogado, mais uma vez hoje de manhã, e ele disse que o promotor está pulando de alegria. Parece que o velho Tommy e a Eleanor não estavam apenas subornando e traumatizando várias garotas que trabalhavam para ele. Os dois também estavam envolvidos em uma rede de prostitutas de luxo, que incluía jovens menores de idade.

Rede de prostituição? Com garotas menores de idade?

Fico boquiaberta.

— Puta merda, você tá brincando!

— O quê? — pergunta Josie, entreouvindo. — O que foi?

— Detesto dizer isso, mas não estou nem um pouco surpresa — continua Breezy no celular. — Muitos desses riquinhos metidos são, no fundo, pervertidos. E são muuuito bons em esconder seus segredos, até serem descobertos. Enfim, eu diria que eles vão ter o que merecem. Quando tiver mais novidades, eu te ligo.

— Meu Deus. Obrigada, Breezy.

— Claro, querida. Me avise quando a pintura estiver no correio, tá?

— Pode deixar — confirmo, desligando depois dela. Josie aguarda ansiosa as novidades, os ouvidos alerta.

— O quê? O que aconteceu?

A história toda é tão doida que não sei outro jeito de contar a ela, a não ser sendo simples e objetiva.

— Thomas e Eleanor... eles comandavam uma rede de prostituição com garotas menores de idade.

— Que coisa escrota!

— É doentio — sussurro, sentindo meu coração pesar ao imaginar todas as vítimas, todas aquelas pobres garotas cujas vidas foram destruídas por causa de Thomas e da nossa mãe.

— É até meio impressionante como boa parte de mim não está nem um pouco surpresa.

Viro a cabeça para ela depressa.

— *Josie*!

— Eu sei, Nore. Eu sei. — Ela estende a mão e segura a minha. — Mas não se atreva a se culpar por nada disso, ouviu? Se você não tivesse fugido daquele casamento e tomado todas as decisões que tomou, eles não teriam sido descobertos, sabia?

Concordo com a cabeça. Eu sei. Se Alexis não tivesse sido corajosa o bastante para me entregar aquela carta no dia do meu casamento, quem sabe o que teria acontecido? Quem sabe quanto tempo eles conseguiriam continuar com essa armação?

Saio do carro da Josie e entro direto no meu, deixando-a parada ao lado do Civic, embasbacada.

— O que está fazendo? Vai a algum lugar?

As palavras parecem quase inacreditáveis quando as digo.

— Aham. Até a casa do Bennett. Me deseje sorte.

Josie balança a cabeça.

— Você não precisa de sorte, querida. Você tem a Summer.

Com toda a certeza.

Reafirmo o sentimento ao tirar da bolsa os óculos escuros cor-de-rosa dela e colocá-los no rosto.

47

Bennett

Velas iluminam o estúdio, e o quadro de Norah, que passei os últimos dois dias pintando, está pendurado na parede. O cor-de-rosa, o laranja e o pêssego estão misturados em uma espiral linear e terminam no meio, com um marrom chocolate. O quadro é caloroso, convidativo e captura perfeitamente tudo o que Norah Ellis significa para mim.

Graças à participação de Breezy no meu plano, ela deve chegar a qualquer momento, e meu coração dispara dentro do peito quando penso que vou vê-la.

Os minutos longos passam de maneira dolorosa sob as luzes bruxuleantes. Obrigo meus ouvidos a escutarem o som do cascalho sendo esmagado, tanto que, quando eles finalmente ouvem, quase me convenço de que é a minha imaginação.

Porém, após alguns instantes se passarem e o som da porta do carro batendo ecoar pelas paredes, eu me preparo para o que quer que essa encrenqueira rebelde e amorosa tem a me oferecer.

Seja lá o que for, eu mereço, sei disso, e talvez mereça até mais. Mas, com o amor profundo de Summer no coração e na mente, estou destinado e determinado a chegar à parte boa, não importa quais partes assustadoras apareçam no caminho.

Quando Norah abre a porta, está de cabeça baixa, e a falta de luz elétrica talvez lhe dê a falsa segurança de que não há ninguém aqui. Ela tira os óculos escuros cor-de-rosa de Summer e os guarda na bolsa. O fato de ela ainda usar as lentes favoritas da minha filha faz meu coração parecer grande demais para caber dentro do peito.

Espero até ela perceber as velas. Quando isso acontece, os lábios perfeitos de Norah arquejam e seus olhos castanhos se erguem ao encontro dos meus.

Tento abrir um sorriso, embora tenha a sensação forte de que ele sai cansado e trêmulo. Uma luz mágica brilha nos olhos dela.

— Bennett? Pra que tudo isso?

Dou um passo à frente, devagar, me obrigando a não ir muito rápido para não assustá-la. Ela merece ser amada e cortejada, e, para fazer isso, preciso encontrar um jeito de conter minha animação.

— Algo que eu já devia ter feito há muito tempo, Norah.

Ela fica olhando das velas para mim, até que vira de repente a cabeça para o lado quando vê a pintura.

— O que é aquilo? — sussurra ela.

— É você — digo, simples e direto. — É o que eu sinto, o que vejo, o que o meu coração diz quando você está por perto.

Norah umedece os lábios.

— É lindo.

— Você nem faz ideia.

— Bennett, não entendo. — Ela está admirando a pintura de novo. — Breezy disse que...

— Breezy estava me fazendo um favor ao te atrair até aqui. Veja, eu não tinha certeza se você atenderia uma ligação minha, já que tenho agido como um babaca do cacete e tudo o mais. — Os olhos dela se voltam rápido para os meus, e sorrio. — Não foi assim que você me chamou naquele dia no mercado do Earl?

— Algo assim. — Ela bufa. — E aí você fez uma piadinha sobre cacetes grandes.

— É, foi bem ruim — murmuro, baixinho, mas logo volto a conversa para o principal motivo de ela estar aqui. — Norah, naquele dia, no funeral, quando você disse que ainda me amava, eu deveria ter dito que eu também. Te amo... e tenho bastante certeza de que te amei desde o momento em que te conheci.

— Quando me conheceu, você me chutou da sua picape.

Abro um sorrisinho.

— Autopreservação.

Ela balança a cabeça, e eu avanço rápido, pegando sua mão e me ajoelhando.

Norah fica paralisada, os olhos arregalados de um jeito inacreditável.

— Bennett, o que está fazendo?

— Norah Ellis, amor da minha vida, você chegou como uma chama brilhante no momento em que menos pensei que precisava de você. Era extravagante e fresca, e tinha um tipo de compaixão que eu achava que ninguém poderia ter. Tagarela mais do que qualquer um que conheço, é terrível preparando café e é chata pra cacete na maior parte do tempo, mas, porra, eu também sou. Quero passar meus dias com você, não sem a sua presença. Mesmo nas minhas horas mais sombrias, você esteve ao meu lado sem esperar nada em troca. Amou a minha filha como eu amei, e, agora, quero te amar como ela te amou. Com todo o meu coração, com toda a minha alma, até dar o meu último suspiro.

Os joelhos dela estão trêmulos, assim como sua respiração.

— Norah, por favor, eu imploro... você daria a honra de se casar comigo?

— Bennett... eu... preciso te contar uma coisa.

Não é a resposta que estou esperando, mas, para ser sincero, eu esperava um "não". Isso... acho que posso aguentar.

— Essa coisa que você tem que me dizer por acaso é um "sim"?

— Bennett... eu... eu estou grávida.

Uma vela se apaga no canto, depois outra ao lado dela. Antes que eu me dê conta, o estúdio inteiro está coberto pela escuridão. Então, como se nada tivesse acontecido, as velas voltam a se acender.

— O que foi isso? — sussurra Norah, assustada.

É então que percebo que foi o jeito de Summer de dizer "oi". Minha garganta se fecha quando engasgo com um nó de emoção.

— Grávida?

— Acabei de descobrir — sussurra ela. — E sei que este talvez não seja o melhor momento pra você descobrir a notícia, e sei...

— Norah, eu te amo — digo, ficando de pé. Na mesma hora, puxo-a para os meus braços. — Casa comigo. Fica comigo. Vamos criar nosso bebê juntos.

— Você... — Ela para, afastando-se a fim de me olhar nos olhos. Lágrimas escorrem por suas bochechas, o lábio inferior tremendo ao acrescentar: — Não tem problema pra você?

— Problema? Norah, eu quero o pacote completo, e quero com você. — Pressiono os lábios nos dela, roubando um beijo gentil de sua boca, um que estava desesperado para sentir há tanto tempo que pareceu uma eternidade. — Casa comigo — repito, os lábios mal roçando os dela.

Desta vez, ela responde.

— Sim, Bennett. É claro que sim.

Minha vida e todas as partes assustadoras passam como uma luz ofuscante diante dos meus olhos. Depois, vem a paz.

E, simples assim... chegamos à parte boa.

Epílogo

Terça-feira, 9 de novembro

Norah

Com o pincel novo de Bennett enfiado na boca, a caneca com o café que acabei de passar em uma das mãos e o notebook na outra, saio correndo pela porta lateral da casa para ir até o estúdio.

Nas últimas semanas, ele voltou a ficar lá, pintando. Pelo ritmo com que anda ultimamente, sei que já acordou faz tempo e está trabalhando há horas. Mas, quando se trata de conseguir acordar todas as manhãs e começar o meu dia junto ao dele, estou levando uma surra desta gravidez.

Estou no meio do caminho quando o celular toca no meu bolso, e preciso me virar para descobrir como deixar uma das mãos livre. A tora de madeira que serve de base para Bennett cortar lenha fica ali perto, então dou uma corridinha até lá, coloco o café quente sobre ela e pego o celular bem quando o toque já está no fim.

Não dá tempo de olhar quem é, então torço para ser algo bom e o coloco na orelha.

— Alô? — digo.

— Olá. Eu poderia falar com Norah Ellis, por favor?

Ergo as sobrancelhas de leve.

— É ela mesma.

— Oi, Norah. Meu nome é Amanda. Sou a enfermeira da Dra. Vesper do Hospital da Mulher em Burlington. A Dra. Vesper me pediu pra te ligar e avisar que saíram os resultados do seu exame de sangue com o teste genético.

As lágrimas ardem nos meus olhos quando todas as emoções percorrem meu corpo num piscar de olhos. Esperança, preocupação, felicidade e uma saudade triste e profunda de Summer. Sentir a falta dela agora faz parte de mim. Sei que para Bennett é a mesma coisa, mas em uma profundidade ainda maior.

Duas semanas depois de ele me pedir em casamento e ficarmos juntos, fiz meu primeiro ultrassom, e ouvir as batidas do coração do nosso bebê nos fez cair no choro. Parecia que Summer estava na sala conosco. Como se estivesse bem ali, observando a tela e testemunhando o irmãozinho ou a irmãzinha se mexer na minha barriga.

Porém, desde então, lá no fundo da minha mente, estive esperando ansiosamente pelos resultados do meu exame de sangue.

— Você tem um minutinho pra lermos os resultados juntas?

Respiro fundo e me preparo.

— Sim.

Não importa que estou parada no meio do quintal, no ar frio de Vermont em novembro, ou que já estou atrasada. Eu pararia em uma piscina de lava só para escutar isso neste momento.

— Certo, ótimo. Vejamos. No que diz respeito a anomalias genéticas... não encontramos nenhuma. Como existe o risco de osteogênese imperfeita, provavelmente faremos outro ultrassom com dezoito semanas, mais ou menos, só pra ter certeza, mas a Dra. Vesper está muito confiante de que vocês têm um bebê feliz e saudável.

Engulo em seco, colocando uma das mãos sobre a boca para conter um soluço. Tudo dentro de mim parece relaxado, como se tivesse sido tirado de uma prensa.

— Também já descobrimos o sexo do bebê, se quiser saber. É algo que você gostaria de ouvir agora, ou quer esperar?

Na verdade, nem pensei na possibilidade de descobrirmos ou não, mas, agora, neste momento, eu sei com certeza absoluta.

— Pode me dizer.

— Bom, meus parabéns! É uma menina!

— Obrigada — digo, trêmula, pois é a única coisa que consigo pronunciar. Desligo o celular e vou cambaleando entre as folhas caídas pelo resto do caminho até o estúdio de Bennett. Esqueci a caneca com o café dele em cima da madeira, e se esta droga de notebook não fosse tão cara, eu com certeza teria esquecido ele também.

Por isso mesmo, entro no estúdio com o aparelho, mas o largo no primeiro lugar que encontro. Uma folha está grudada no meu pé descalço, e me abaixo para tirá-la.

De repente, como um raio me atingindo, eu entendo.

As folhas que caem sobre o meu rosto sempre que vou ao túmulo de Summer, as folhas aos meus pés, a folha que acabei de pegar... O verão pode até ter ido embora, mas nossa doce menininha fez questão de nos trazer a estação seguinte.

— Autumn — digo, assustando Bennett e desviando sua atenção do trabalho quando ele percebe pela primeira vez minha pele avermelhada e minha expressão abalada.

— O quê? Meu Deus, Norah, você está bem? Quanto tempo você ficou lá fora desse jeito?

Ele corre na minha direção, deixando os pincéis de lado e limpando as mãos. Depois, me puxa para os seus braços e esfrega os meus com vontade para estimular a circulação.

— Tá tudo certo. Estou bem. Na verdade, estou ótima. Eu... Bom, eu parei pra atender uma ligação do consultório da obstetra.

Bennett fica totalmente paralisado.

— Eles ligaram pra me dizer que o teste genético indicou tudo normal. — Os olhos dele se fecham, e juro que consigo sentir a ardência de suas lágrimas no meu próprio nariz. — Também me contaram que é uma menina.

Ele se afasta um pouco, o corpo todo tenso, mas os olhos azuis derretem de emoção.

— Uma menina?

— Uma menina. — Sorrio através das lágrimas que agora escorrem pelas minhas bochechas. — E quero que ela se chame Autumn, como a estação... outono.

— Norah — sussurra ele.

— Esta menininha é um presente de Summer, Ben. Sei disso, lá no fundo do meu coração e da minha alma. Nossa Summer trouxe a Autumn.

Bennett assente, a garganta com certeza fechada demais para falar. Quando enfim encontra as palavras, dá para perceber como saem roucas.

— É perfeito.

Seus lábios encontram os meus, e me entrego à sensação que sinto sempre que isso acontece. É algo tranquilo, feliz e bem no limite da paixão. É o tipo de beijo que se quer repetir sem parar, por toda a sua vida.

Quando Bennett se afasta, dou uma risadinha suave, e os lábios dele descem para o meu pescoço, traçando uma linha do queixo até a clavícula.

— Preciso ir preparar outra caneca de café pra você. Deixei a primeira lá fora no frio.

Ele bufa, e a vibração do ar é suficiente para fazer o meu corpo inteiro formigar.

— Acho que é um bom lugar pra ela.

Deixo escapar uma gargalhada.

— Como é que é?! Só pra você saber, o meu café já melhorou bastante.

Bennett dá risada.

— Não o suficiente.

— Beleza. Então, por que você não prepara o próprio café?

Bennett sorri.

— Vou fazer isso. Mas primeiro tenho que fazer outra coisa. — Ele me ergue pelos quadris e eu arquejo, envolvendo seus ombros com os braços e sua cintura com as pernas.

Meu coração acelera de empolgação enquanto ele me carrega até o lençol estendido na frente da pintura pela metade e me deita ali. Devagar e com reverência, Bennett vai me beijando dos pés à cabeça, venerando cada pedacinho exposto da minha pele e tirando as roupas para revelar o resto. Estremeço uma única vez, pois, quando o calor aumenta no pequeno espaço entre nós e Bennett tira a minha calcinha, deixo de sentir frio.

Então, os lábios dele avançam entre as minhas pernas, e qualquer outra noção além deste calor incrível deixa de existir.

— Ben — digo, gemendo de leve, deixando minhas coxas penderem abertas o máximo possível para que ele tenha espaço. Não é o que estou acostumada a fazer, geralmente prefiro apertar as coxas, mas estou tentando melhorar nesse ponto pelo bem da minha recompensa.

Afundo os dedos no cabelo dele quando Bennett gira a língua em volta do clitóris, minhas costas arqueando no chão em um aplauso silencioso. Ele usa a língua repetidas vezes para estimular meu sistema nervoso, e eu me contorço inquieta sobre o palete improvisado. Toda aquela tensão que desaparecera está de volta, mas, desta vez, é como a corda no arco do cupido, lutando para ser solta.

Bennett solta um grunhido de prazer ao sentir minha excitação vibrar contra ele. Em uma explosão gloriosa, gozo em uma onda enorme e esmagadora, que faz minhas costas se arquearem mais uma vez.

Isto é felicidade.

O orgasmo, o momento e, mais importante ainda, a vida que esta noiva fugitiva com um segredo obscuro conseguiu encontrar.

Quarta-feira, 9 de junho

Acordo assustada e olho para o berço ao lado da nossa cama. Está vazio, e eu me sento, totalmente confusa. Viro a cabeça procurando Bennett, mas, quando vejo que seu lado da cama também está vazio, me levanto do colchão e saio do nosso quarto.

Meus pés descalços batem contra o chão de madeira enquanto avanço pelo corredor. Conforme me aproximo da cozinha, meus ouvidos distinguem o barulho suave de música.

Com apenas uma luz fraca preenchendo o cômodo, Bennett está segurando nossa Autumn de quase duas semanas contra o peito. Uma música do Depeche Mode está tocando na caixinha de som sem fio na ilha da cozinha. Autumn parece tão pequena perto da figura grande do pai. Bennett a embala de um lado para o outro de acordo com a melodia, e canta baixinho para ela, os lábios pousados sobre o cabelinho loiro e ralo em sua cabeça.

Nunca parei para ouvir com atenção a letra emocionante desta música, *Enjoy the Silence*, mas ao ouvir a voz grave de Bennett pronunciá-la com carinho, uma lágrima solitária escapa das minhas pálpebras e escorre pela bochecha.

Isto também é tudo o que eu sempre quis.

Penso no passado conturbado de Bennett. Penso no que ele é capaz de fazer e em como Thomas ficou ao receber toda a raiva dele. Penso em Summer e no laço precioso que os dois compartilhavam. E penso também em Autumn e em mim, e em como me sinto segura e protegida por causa de Bennett.

Parece que garotinhas realmente têm o poder de domar até o mais terrível dos homens.

Enquanto eu os observo, enquanto assisto a Bennett beijar o topo da cabeça de uma Autumn adormecida e à maneira como suas mãos grandes a seguram com tanta ternura contra o peito, sinto que estou me apaixonando de novo por ele.

Eu amo este homem com tudo o que tenho, e juro que este amor só cresce a cada dia e cria raízes ainda mais profundas na minha alma.

Não sei quanto tempo fico parada ali, em silêncio, ou quanto tempo demora até que Bennett repare na minha presença, mas, quando seus olhos encontram os meus, um sorriso faz os cantos de sua boca se erguerem.

— Nossa garotinha estava meio agitada, então dei uma mamadeira pra ela, mas esperava que você fosse continuar dormindo — sussurra ele para mim.

Entro na cozinha para me juntar à dança, envolvendo os ombros dele com os braços para que Autumn receba um abraço cuidadoso entre nós dois.

— Eu te amo tanto — sussurro, e Bennett se inclina para beijar minha testa.

— Também te amo.

— Quero casar com você.

Ele abre um sorrisinho.

— Ora, que boa notícia, porque esse é o plano.

— Não. — Balanço a cabeça. — Eu quis dizer que quero casar agora. Assim que possível.

— Como assim?

— Quero me casar em julho. No verão.

Os olhos dele examinam os meus.

— Norah, eu adorei a intenção, mas você acabou de dar à luz, querida. Não acha que devemos esperar até julho do ano que vem? Tenho certeza de que a nossa doce Summer não se importaria se esperássemos mais um ano pra casar.

— Eu não ligo — digo, com sinceridade. Porque não ligo mesmo. Não ligo para o fato de que acabei de ter um bebê, ou de que meu corpo não está nem perto de ser o que era antes da gravidez. Não ligo para nada a não ser meu futuro com Bennett e nossa doce Autumn, e em manter viva a memória de Summer o máximo que pudermos. — Quero me casar agora, em julho. É o meu desejo, e eu sei, no fundo do meu coração, que seria o desejo de Summer também.

— Julho deste ano? — pergunta ele, e eu confirmo.

— Isso. Julho deste ano. Quero casar com você no nosso quintal, no mesmo lugar onde observamos as estrelas cadentes com Summer.

Bennett abre um sorriso suave. Depois, dá um beijo ainda mais suave no topo da cabeça de Autumn, e então outro no topo da minha.

— Eu quero a mesma coisa.

Sábado, 9 de julho

Bennett

Hoje, com a minha preciosa Autumn nos braços, vou dizer “aceito” no auge da estação mais quente do ano.

Minha futura esposa escolheu esta data em um capricho simbólico e na intenção de incluir nossa querida Summer. Para ser sincero, não consigo pensar em um jeito melhor de fazermos isso. Autumn está com pouco mais de seis semanas, e parece que demorei uma eternidade para ter este sentimento de que nossa família está completa.

Clay se espreguiça no sofá bege no canto do meu estúdio, e eu caminho pelo cômodo, embalando minha garotinha para cima e para baixo a fim de deixá-la feliz.

Breezy, Josie e Lillian estão dentro do casarão com Norah, se arrumando para o casamento no quintal. Eu sei, sem sombra de dúvidas, que ela deve estar rindo de como isso tudo é tão diferente do altar até o qual ela não foi.

— Acha que a Josie vai gostar de me ver de cor-de-rosa? — pergunta Clay, de sua posição reclinada, brincando com o tecido sedoso no meio de sua camisa, e eu reviro os olhos.

— Clay, juro por Deus que se hoje você fizer uma cena com aquela mulher incrível, vou ser obrigado a te dar uma surra.

— Você não pode me ameaçar com uma surra enquanto está segurando um bebê — responde ele, zombando de mim. — É meio que ilegal.

— Ilegal ou não, é o que vou fazer. Porra, deixa a Josie em paz hoje, pode ser?

— É fácil pra você dizer isso, já que hoje a mulher dos seus sonhos vai te encontrar no altar, amigo. Mas eu ainda sinto falta da minha. Me dá um tempo.

— É, hoje vamos nos casar, mas enfrentamos muita coisa pra chegar até aqui. Em primeiro lugar, por que não começa consertando seja lá qual foi a merda que você fez pra estragar as coisas com a Josie? Acho que seria uma estratégia melhor do que estar sempre batendo de frente com ela.

— O feriado da independência não foi culpa minha! Praticamente trancaram nós dois naquela barraca de fogos de artifício!

— É claro. — Caio na gargalhada. — E na Páscoa? O que aconteceu? Aquilo foi culpa sua?

Clay se senta e dá de ombros.

— Talvez eu pudesse ter escondido os ovos em outro lugar em vez de na cafeteria dela.

— E como esquecer da noite de Ano Novo na praça, ou da festa de Halloween do Earl?

— Tá, tá, já entendi. Hoje vou ficar na minha.

Abro um sorriso, segurando a cabeça de Autumn perto de mim e sentindo seu cheirinho de bebê.

— Obrigado. Te agradeço muito. Quero que hoje seja um dia perfeito pra Norah.

Clay fica de pé num pulo e chega perto para dar um tapa no meu ombro livre.

— Vai ser, cara. A cidade inteira trabalhou duro durante a noite pra garantir que isso aconteça.

★

Estou de pé no altar, e uma cortina de tecido cor-de-rosa cintilante, que Norah fez com o cobertor no qual nos deitamos com Summer para ver as estrelas cadentes, está pendurada sobre uma barra dourada atrás de mim. Ela esvoaça com o vento, levando lembranças celestiais consigo. A maior parte da cidade está sentada em cadeiras brancas dobráveis na colina meio íngreme do meu pasto. Norah e as madrinhas estão no celeiro, aguardando a marcha nupcial começar, e Clay está segurando nossa garotinha Autumn ao meu lado.

Breezy sai primeiro, carregando um buquê de rosas cor-de-rosa vibrantes e usando um vestido cor-de-rosa combinando. Imagino Summer sorrindo de lá do céu diante de todos os detalhes que nos lembram dela, e que Norah fez questão de espalhar por toda a parte.

Respiro fundo, depois faço isso de novo, esperando impaciente pela minha noiva enquanto Lillian e Josie também caminham até o altar. Elas formam uma fila do outro lado, e aguardam.

Finalmente, a música muda e Norah sai do celeiro com um vestido de ombro a ombro de renda branca. Seu cabelo natural, rebelde e encaracolado flutua por todos os lados. Ela está usando um cinto cor-de-rosa na cintura e também carrega um buquê cor-de-rosa. Seus pés descalços deixam à mostra as unhas pintadas com esmalte cor-de-rosa e glitter.

O xerife Peeler sorri como um bobalhão ao lado dela, os cotovelos entrelaçados ao conduzi-la até o altar.

A cidade inteira está aqui, assim como fizeram no casamento falso que fizemos para Summer no ano anterior. Mas, exceto pelas nossas irmãs, a ausência das pessoas ligadas a nós pelo sangue é gritante.

A mãe de Norah, Eleanor, não foi convidada, embora eu ache que não fosse conseguir comparecer mesmo se tivesse sido, pois aguarda julgamento, marcado para começar no outono, na prisão de Manhattan, junto a Thomas Conrad Michael King III.

É óbvio que nenhum dos dois está usando cor-de-rosa hoje, e sim laranja.

Esse simples pensamento já me dá uma injeção de alegria que mal consigo descrever.

E é claro que eu nunca convidaria o escroto do meu irmão. Meus pais nem se deram ao trabalho, ocupados demais vivendo suas vidas sem sentido. Gostaria de dizer que fiquei surpreso, mas depois que eles perderam o funeral de Summer e o nascimento de Autumn, não esperava que viessem. E, se não fosse pela minha noiva, eu nem os teria convidado.

Norah está com um sorriso largo, ousado e bonito, e seus olhos reluzem sob o sol forte. Borboletas voam pela grama alta ao nosso redor, e sou obrigado a apertar o meu peito para diminuir o calor dentro dele.

Ela é tudo o que eu nunca sonhei que queria. É tudo o que achei que eu não precisava. Norah Ellis é o amor da minha vida.

— Quem nos entrega a nossa noiva? — pergunta o pastor Bob atrás de mim, quando Pete e Norah param à nossa frente.

— Eu entrego — afirma Pete, cheio de orgulho, colocando a mão dela na minha.

Norah abre um sorriso gentil ao dar um beijo na bochecha de Pete, e é incrível como ele fica corado. Não sabia que esse velho ranzinza era capaz de enrubescer.

Norah entrega o buquê para Josie, e Lillian dá um passo à frente para ajeitar as costas do vestido de Norah quando ela se vira para mim. Seguro as mãos dela nas minhas e, na mesma hora, sinto vontade de pular todas essas formalidades e ir direto para a parte do beijo. Norah sorri e pisca, e juro que sabe exatamente o que estou pensando, porque balança a cabeça de leve.

— Bem-vindos! Sejam todos bem-vindos! — grita Bob, vasculhando a multidão com um sorriso que é sua marca registrada. — Obrigado por se juntarem a nós hoje para celebrar esta ocasião mágica. — Ele volta a olhar para nós dois, e continua: — Norah e Bennett, hoje nos reunimos aqui para unir as vidas de vocês dois... embora o bebê já tenha feito isso muito bem. — A multidão ri, e eu reviro os olhos. — Enfim, vamos começar, está bem?

Confirmo com a cabeça ansiosamente, fazendo o sorriso de Norah suavizar de emoção.

— Norah, você aceita Bennett como seu legítimo esposo na saúde e na doença, na riqueza e na pobreza, até que a morte os separe?

— Aceito — responde ela, depressa, e meus dedos apertam os seus.

— Bennett, e você? Aceita Norah como sua legítima esposa, na saúde e na doença...

— Aceito.

— Bennett, eu não terminei.

— Não precisa, Bob — digo, simples assim. — Eu aceito Norah de qualquer jeito.

Ela umedece os lábios e seus olhos ficam marejados. Estendo o braço e pego a primeira lágrima antes que escorra.

— Eu te amo, Norah.

— Também te amo, Bennett.

O pastor Bob dá risada.

— Bom, acho que vocês não precisam de mim, mas, só pra garantir, vamos para as alianças, sim?

Norah assente, dando risada, e se vira para Josie. Eu me viro para Clay a fim de pegar a minha.

— Norah, você vai colocar este anel no dedo de Bennett e repetir as palavras depois de mim. "Com esta aliança, eu te aceito".

— Com esta aliança, eu te aceito.

— Ótimo. Agora, Bennett, é a sua vez. "Com esta aliança, eu te aceito".

— Com esta aliança, eu te aceito — repito, deslizando o anel, mas paro de repente quando vejo. Tatuado em volta do anelar de Norah, assim como no meu: ***Summer***. — Norah — digo, sussurrando seu nome.

— Fiz ontem à noite. Queria ter feito antes, mas fiquei com medo de você ver e estragar a surpresa.

Puxo o corpo dela para o meu, selando nossos lábios em um beijo. O gosto dela é perfeito, a sensação dela é perfeita, ela é... perfeita.

— Eu vos declaro marido e mulher. Pode beijar a noiva — diz o pastor Bob, tão rápido que as palavras quase se embolam umas nas outras. Com os lábios dançando sobre os de Norah, deixo escapar uma risadinha. Ela afasta a boca e também ri.

— Desculpa, Bob. Eu não aguentava mais esperar.

Já basta tudo o que esperei desde o momento em que a vi naquela ponte amarela.

Por fim, Norah Ellis é oficialmente minha esposa.

Norah

Danço e canto comigo mesma enquanto termino de lavar as mãos no banheiro. Minhas bochechas estão com um brilho perfeito e feliz.

Não consigo deixar de reparar em como esta ida ao banheiro é diferente daquela que fiz vestida de noiva um ano atrás.

A porta empurra a minha bunda ao se fechar atrás de mim, e solto uma risadinha. Hoje, meu cérebro meio bêbado está aproveitando todos os pequenos detalhes.

Enquanto caminho de volta para o quintal, paro um minuto para admirar toda a bondade à nossa volta. Bennett e Breezy estão no meio da pista de dança, gingando juntos, com uma Autumn adormecida nos braços.

O xerife Peeler está flertando justamente com Eileen Martin, e Betty e Earl estão botando para quebrar na dança. Lil encontrou um grupo de senhorezinhos para se entreter perto do bar, e o garanhão do Lance deixa algumas adolescentes fascinadas por suas palavras. É uma amostra perfeita de cada etapa da vida, e um lembrete da alegria que sinto ao morar aqui.

As únicas pessoas que estão faltando são as duas que eu nunca imaginaria juntas, e basta esse fato para levantar uma suspeita que não posso ignorar. Dou uma volta pela festa devagar, observando as sombras escuras com olhos ávidos, procurando a minha irmã e o único homem que parece estar sempre tentando chamar a atenção dela.

É uma noite sem lua, mas cheia de estrelas, e as luzes brilhantes da festa fazem com que fique ainda mais difícil enxergar.

Na terceira volta, estou prestes a desistir, mas o som de um tapa chama a minha atenção bem rápido.

Procurando perto de onde ouvi o barulho, finalmente tenho um vislumbre das costas de Josie e do rosto surpreso de Clay, com um rastro de batom vermelho nos lábios.

Puta merda. Parece que não serei a única Ellis a protagonizar a cena "entre tapas e beijos" nesta cidade.

Vou até eles com cuidado, pronta para intervir se necessário, mas não consigo nem dar mais de um passo antes de a minha intuição me mandar parar.

— Mas que merda, Clay — sussurra Josie, quase gritando, e há tanta dor em sua voz que levo minha mão ao peito. — Você não pode consertar isso. Não pode fazer desaparecer. Não pode voltar no tempo.

— Jose...

— Não! — grita ela, fazendo os pelos da minha nuca se arrepiarem. — Depois que aquilo aconteceu, você continuou vivendo numa boa, mas eu *nunca* serei a mesma.

Não sei o que está acontecendo, mas sei de uma coisa: está na hora de Josie e eu termos uma conversa *séria* sobre o divórcio dela.

Tempo esgotado, maninha. É a sua vez de contar a história.

FIM

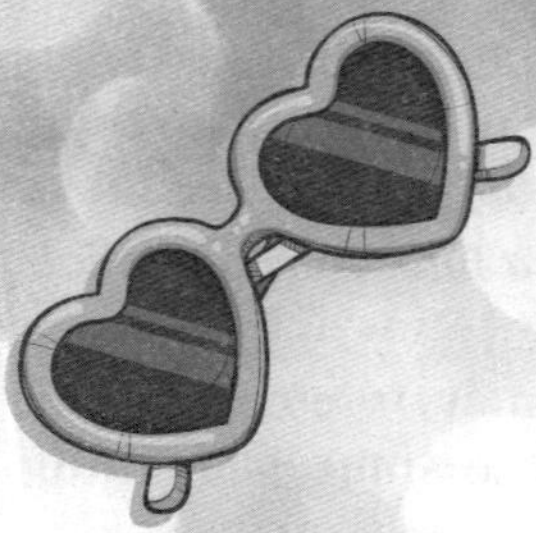

Agradecimentos

Em primeiro lugar, OBRIGADA por ler este livro. Isso vale para todo mundo que comprou uma cópia, leu no ARC, ajudou na leitura beta, editou ou encontrou um tempo na agenda apertada só para garantir que permanecêssemos nos trilhos. Obrigada por nos apoiarem, por falarem sobre os nossos livros e por serem tão incrivelmente apaixonados e solidários com nossos personagens. Vocês fizeram com que esta se tornasse a nossa aventura FAVORITA até agora.

OBRIGADA a nós mesmas. Monroe agradece a Max. Max agradece a Monroe. Sempre fazemos isso, e é porque *amamos* escrever livros juntas. Amigas cor-de-rosa para sempre.

OBRIGADA, Lisa, por ser você. Sem a sua ajuda, nunca chegaríamos tão longe (tão distante?) em nossas carreiras. Também pedimos desculpas por todas as lágrimas. Embora, se a gente parar para pensar... meio que valeu a pena. Certo?

OBRIGADA, Stacey, por sempre deixar o miolo dos nossos livros tão lindos! E por ser tão flexível com o fato de deixarmos tudo para a última hora. Não sobreviveríamos sem você!

OBRIGADA, Peter, por arrasar ao produzir esta capa e torná-la tudo o que queríamos e precisávamos que ela fosse! Esses óculos escuros serão para sempre os nossos favoritos.

OBRIGADA, Mel, por dar um salto gigantesco de fé e se juntar à nossa equipe, e por sobreviver ao nosso período de "apagão" durante o prazo. A gente jura que você vai se acostumar.

OBRIGADA, Rick, por resolver todas as questões numéricas complicadas. Além disso, você disfarça bem demais.

OBRIGADA a cada blogueiro e *influencer* que leu, deixou avaliações, fez *posts*, compartilhou e nos apoiou. O entusiasmo, a solidariedade e o esforço de vocês não passam despercebidos. Amamos vocêêêêêêêêêêês!

OBRIGADA às pessoas que nos amam: nossas famílias. Vocês são nossos maiores apoiadores e motivadores. Não conseguiríamos fazer isso sem vocês. Literalmente. Toda a vida ao nosso redor com certeza morreria sem o cuidado de vocês quando tivemos que nos ausentar por causa do prazo.

OBRIGADA ao grupo Awesome ARC-ers. Amamos e adoramos muito vocês.

OBRIGADA aos nossos amigos do Camp Love Yourself! Amamos vocês. Sempre encontram um jeito de nos fazer sorrir e dar risada todo santo dia. Vocês são os melhores. Vamos continuar saindo juntos, pode ser?

Como sempre, deixamos aqui todo o nosso amor.

BEIJOS,

Max & Monroe

Este livro foi impresso nas oficinas gráficas da Editora Vozes Ltda.,
Rua Frei Luís, 100 – Petrópolis, RJ.